Science Fiction

Science Fiction
Lektorat: Ronald M. Hahn
Ullstein Buch Nr. 31166
im Verlag Ullstein GmbH,
Frankfurt/M - Berlin

Aus dem Amerikanischen übersetzt
von Wulf H. Bergner, Hans Kneifel,
Horst Mayer, Peter Robert

Deutsche Erstveröffentlichung

Umschlaggestaltung:
Hansbernd Lindemann
Umschlagillustration: Vincent DiFate

Quellen- und Übersetzerangaben
am Ende des Bandes
Printed in Germany 1988
Gesamtherstellung:
Elsnerdruck, Berlin
ISBN 3 548 31166 0

Mai 1988

Vom selben Autor
in der Reihe der
Ullstein Bücher:

Der letzte Wikinger:
Das Goldene Horn (31151)
Der letzte Wikinger:
Die Walroß-Straße (31152)
Der letzte Wikinger:
Das Zeichen des Raben (31154)
Sternenfahrer (31159)
Der Psychotechnik-Bund (31163)
Der Psychotechnik-Bund:
Kalter Sieg (31164)

CIP-Kurztitelaufnahme
der Deutschen Bibliothek

Anderson, Poul:
Der Psychotechnik-Bund:
Die Welt der Frauen;
Roman/Poul Anderson.
[Aus d. Amerikan. übers. von
Wulf H. Bergner ...]
- Dt. Erstveröff. -
Frankfurt/M, Berlin
Ullstein 1988.
(Ullstein-Buch; 31166
Science fiction)
ISBN 3-548-31166-0
NE: GT

Poul Anderson

Der Psychotechnik-Bund: Die Welt der Frauen

Roman

Science Fiction

INHALT

Vorwort
(FOREWORD)
Seite 7

Die Sternzigeuner
(GIPSY)
Seite 9

Das Sternenschiff
(STAR SHIP)
Seite 21

Die Welt der Frauen
(VIRGIN PLANET)
Seite 59

Der Gott,
der vom Himmel fiel
(TEUCAN)
Seite 129

Der Pirat
(THE PIRATE)
Seite 152

Ein Kapitel schließt
(THE CHAPTER ENDS)
Seite 188

Quellenangaben
und Übersetzervermerke
Seite 207

VORWORT

Mit der Entwicklung des Überlicht-Hyperdrive im Jahre 2784 erreichte die acht Jahrhunderte überspannende Sage der Erdenmenschen im All deutlich erkennbar ein neues Stadium. Zuvor waren Raumschiffe mit Unterlichtgeschwindigkeit von Stern zu Stern gekrochen, wobei jede Reise Jahrzehnte, manchmal sogar ganze Menschenalter lang dauerte. Jetzt jedoch stand unserem Geschlecht die gesamte Galaxis offen.

Die Einzelheiten können in Yamatsus klassischem Geschichtswerk *Zu den Sternen!* nachgelesen werden, aber wir wollen hier einen Moment innehalten, um jenen Pionieren des 20. Jahrhunderts zu gedenken, die als erste in den Himmel unserer Heimatwelt vorgedrungen sind. Die Raumfahrt ist »der größte Stolz einer tragischen Ära« genannt worden. Daß unsere fernen Vorfahren während der lebenswichtigen Wiederaufbauprojekte nach drei verheerenden Weltkriegen noch genügend Energie erübrigen konnten, um Raumschiffe ins All zu schicken, ist ein Beweis für die Spannkraft des menschlichen Geistes.

Darüber hinaus war die Erforschung des Weltraums die einzige große Neuerung des 20. Jahrhunderts, die ihr anfängliches Versprechen gehalten hat. Weder die 1965 eingerichtete vorläufige Form einer Weltregierung noch eines der darauf folgenden Regimes war in der Lage, Frieden und Gerechtigkeit zu garantieren. Die Psychodynamik, jene ehrgeizige Wissenschaft, mit der die Menschheit sich ein neues Gesicht zu geben versuchte, konnte nicht nur dieses Ziel nicht erreichen, sondern ihre Techniken wurden auch vom Psychotechnischen Institut aufs gröbste mißbraucht. Durch alle Zeiten ist unsere Spezies unbeugsam, aber mit Fehlern behaftet geblieben.

Natürlich ging die extraterrestrische Ausbreitung je nach den übergreifenden sozialen Entwicklungen langsamer oder schneller vonstatten. Wie unsere früheren Bände *Der Psychotechnik-Bund* und *Kalter Sieg* gezeigt haben, wich die erste Woge des Idealismus bei der Kolonisation erst der Enttäuschung und dann dem Konflikt. Im 22. Jahrhundert stellte der wissenschaftsfeindliche Humanismus die pro-wissenschaftlichen Werte der Neuen Erleuchtung in Frage, nur um selbst wiederum im Gefolge der blutigen Revolte von 2170 unterdrückt zu werden. Danach wurde bis weit ins 23. Jahrhundert hinein ein unsicheres Gleichgewicht zwischen den beiden Fraktionen aufrechterhalten.

Wenn man die chronischen materiellen und ideellen Probleme bedenkt, an denen die Solare Union krankte, ist es dann ein Wunder, daß die Sterne dieselbe Bedeutung als Grenzland bekamen wie einst die Neue Welt für die erschöpften Menschen der Alten Welt? Sowohl Visionäre wie Unzufriedene suchten einen ganz neuen Anfang unter einer anderen Sonne. Tatsächlich war der Start des ersten Schiffes nach Alpha Centauri im Jahr 2126 ebenso ein Experiment der Soziodynamik wie der Astronautik.

Obgleich der Flug zu den Sternen jenen das gesamte System umfassenden Sturz in den Ruin nicht verhindern konnte, den wir als das Zweite Dunkle Zeitalter kennen, gab er doch den Kräften der Erneuerung ein machtvolles Symbol, unter dem sie sich zusammenscharen konnten. Ebenso wie in den Nachwehen des Dritten Weltkriegs wurden schwere Opfer gebracht, um den Erdenmenschen wieder den Zugang zum Weltraum zu öffnen.

Im 27. Jahrhundert durchstreiften verbesserte Unterlicht-Schiffe von neuem die Regionen zwischen den Sternen. Stellare Kolonien schlugen wieder Wurzeln und säten ihrerseits neue Kolonien aus. Manche der so gegründeten Gemeinschaften entwikkelten sich in merkwürdigen Bahnen, die mit der ursprünglichen Norm der solaren Zivilisation nicht mehr viel zu tun hatten. Der Durchbruch des Hyperdrive brachte sowohl das Ende der kolonialen Isolation als auch ein schnelleres Ausschwärmen neuer Siedler mit sich.

Enthusiastische Emigranten erkannten nicht sofort, daß die Transitzeiten und die gewaltigen Entfernungen ihre geliebte Übersee-Analogie untergruben. Ob man nun langsamer oder schneller als das Licht flog, schon das interstellare Reisen selbst veränderte die Reisenden.

DIE STERNZIGEUNER

Als ich das kleine Raumschiff in einer flachen Kurve nach unten steuerte, sah ich die *Traveler.* Aus der großen Entfernung wirkte das große, um den Planeten kreisende Schiff wie ein winziges Spielzeug. Es hob sich klar gegen den tiefschwarzen Hintergrund des Weltalls ab, eine glänzende Kugel aus Metall und Glas. Ich empfand so etwas wie Sympathie für das einsame Schiff. Ich wußte, daß die Maschinen unablässig arbeiteten, um das große Schiff funktionsfähig zu halten.

Der Planet begann unter mir zu wachsen, wurde zu einer gewölbten Scheibe. Die weißen Wolkenfelder hoben sich klar gegen den schwarzen Hintergrund mit den glitzernden Sternen ab. Unter mir glitten Kontinente und Meere vorbei. Wir nannten den Planeten ganz einfach *Hafen.* Nach der langen Reise war uns kein schönerer Name eingefallen. Hafen, das bedeutete Heimkehr und Sicherheit.

Die Atmosphäre rauschte an der Außenhaut des kleinen Schiffes vorüber. Nach einem Monat in der eisigen Kälte des fünften Planeten und der Gesellschaft unheimlicher Wesen war ich sonst immer froh gewesen, wieder nach Hause zurückkehren zu können. Sonst war ich immer ziemlich rücksichtslos gelandet, ohne auf die schwere Fracht hinter mir zu achten. Diesmal landete ich vorsichtiger. Vielleicht hatte mich das um den Planeten kreisende Raumschiff nachdenklich gestimmt.

Ich richtete die Spitze des Raumschiffes auf die langgestreckte Halbinsel in der nördlichen gemäßigten Zone. Das Schiff, noch immer schneller als der Schall, zog den Donner der gepeinigten Luft wie eine Schleppe hinter sich her. Dann war ich unten und ließ es über den hartgestampften Boden rutschen. Rechts und links des Landestreifens standen die aus rohen Stämmen zusammengefügten Lagerhäuser, etwas weiter entfernt einige Wohnhäuser.

Als ich ausstieg, sog ich die klare Luft in vollen Zügen ein. Es roch nach Wald und frischem Gras. Aus der Ferne klang das Rauschen des Meeres herüber.

Tokogama saß neben dem Bürogebäude und rauchte seine Pfeife. Er begrüßte mich mit der formlosen Herzlichkeit eines alten Freundes.

Wir benutzten nur das kleine Schiff, so daß die Funktion des Platzaufsehers eigentlich überflüssig war. Er war eigentlich nur da, um im Notfall eingreifen zu können. Tokogama versah dieses Amt auch nur nebenbei. Es gab verschiedene Funktionen, die abwechselnd übernommen werden mußten. Es gab keinen Lohn dafür, nur verschiedene Begünstigungen bei der Benutzung der Landwirtschaftsmaschinen.

»Wie war die Reise, Erling?« fragte Tokogama.

»Nicht schlecht. Ich habe die Maschinen gegen Erze eingetauscht. Außerdem konnte ich mein Wörterbuch vervollständigen und die Gewohnheiten dieser Wesen studieren. Die Verständigung klappt jetzt schon recht gut.«

»Das ist eine erfreuliche Nachricht für die Wissenschaft«, grunzte Tokogama. »Aber du bist der einzige von uns, der diese Fahrten macht. Warum läßt du nicht einmal einen anderen fliegen, Erling? Will und Ivan sind ganz versessen darauf.«

»Mir ist es gleichgültig, wer den Handel betreibt, Tokogama«, antwortete ich. »Aber die Boys müssen erst einmal lernen, wie ein Raumschiff geflogen wird. In der Zwischenzeit mache ich weiter. Ich bin auch einer von denen, die für die Suche nach der Erde gestimmt haben.«

Tokogama nickte. »Das war vor drei Jahren. Aber in der Zwischenzeit mußt selbst du Wurzeln geschlagen haben.«

Ich lachte auf. »Das erinnert mich an meinen Hunger. Alanna hat sicher schon gehört, daß ich zurück bin.«

»Bestimmt. Der ganze Kontinent hat es gehört. Alannas Küche muß eine starke Anziehungskraft haben.«

Ich lachte noch fröhlicher. »Ich wittere ihre Steaks, wenn ich am Ende der Welt bin. Übrigens lade ich euch alle zu mir ein. Ich werde auch die anderen benachrichtigen. Wir waren schon lange nicht mehr gemütlich beisammen.«

Ich flog mit dem kleinen Flugzeug nach Hause. Unter mir glitten die Wälder und Wiesen vorüber. Das Land war fast unberührt. Ich freute mich auf mein Haus am Meer, auf das Segelboot und die langen Fahrten. Nach dem Aufenthalt in der sterilen Luft des Raumschiffes waren die Segelpartien immer die beste Erholung.

Nach der Landung stürmten zwei kleine Jungen auf mich zu, Einar und Mike. Ich hob sie beide auf die Schulter und trug sie ins Haus. Alanna wartete an der Tür. Sie war fast so groß wie ich, schlank und rothaarig. Für mich war sie die schönste Frau der Welt. Wir umarmten uns leidenschaftlich.

Später saß ich am flackernden Feuer im Wohnzimmer und erzählte den Jungen meine letzten Abenteuer. Ich sprach über die zerrissene Oberfläche des vierten Planeten, die Wüsten des Planeten zwei und über die großartige Zivilisation des Planeten fünf. Dabei wurde mir die Wärme des Hauses erst richtig bewußt. Nach der Einsamkeit des Alls und der Fremdartigkeit der anderen Planeten war mein Heim immer wieder der Hafen, in dem ich mich ausruhen konnte.

Früher war ich nach solchen Unternehmungen immer überschwänglicher gewesen. Vielleicht lag das Nachlassen der Begeisterung an der Gleichförmigkeit der Flüge. Alles wurde zur Routine. Wir hatten die anfänglichen Schwierigkeiten überwunden und uns an die neue Heimat gewöhnt. Merkwürdigerweise kamen aber jetzt, da wir eigentlich zufrieden sein mußten, trübe Gedanken auf.

»Was ist mit dir, Erling?« fragte Alanna.

»Wie? Nichts . . .!« Ich erwachte aus meinen Träumen.

Alanna brachte die Kinder zu Bett und setzte sich zu mir. Sie spürte genau, was in mir vorging. »Ich habe nachgedacht«, sagte ich. »Vielleicht liegt die trübe Stimmung an meiner Müdigkeit.«

Alanna lächelte verständnisvoll. »Du bist kein guter Lügner, Erling. Woran hast du eben gedacht?«

»Ich . . . ich sah die *Traveler.*« Ich lächelte etwas verlegen. »Das ließ Erinnerungen aufkommen.«

»Das kann ich mir denken.«

Ich bemerkte Alannas Resignation und sah auf. Sie lächelte aber schon wieder.

Am nächsten Tag fuhr ich mit meinen beiden Söhnen auf das Meer hinaus. Alanna blieb zu Hause. Sie entschuldigte sich mit Vorbereitungen für die Abendgesellschaft. Ich wußte es aber besser. Sie wollte mich mit den beiden Jungen allein lassen, um einen Ausgleich zu schaffen. Schließlich waren sie immer in ihrer Nähe und sollten auch einmal unter den Einfluß des Vaters kommen. Für einen Tag sollte ich die Hauptperson sein.

Die Worte, die Einar zum Abschied sagte, gaben mir zu denken. Er war neun Jahre alt und las eifrig die mitgebrachten Mikrobücher. »Auf der Erde brauchtest du nicht zu arbeiten und könntest mitkommen«, hatte er gesagt. »Du brauchtest nur die Automaten einzustellen!«

»Ich koche aber sehr gern«, hatte Alanna ihn besänftigt.

Ich dachte über unsere Möglichkeiten nach. Wir waren in der

Lage, automatische Küchen zu bauen. Aber würden diese Roboter Alanna nicht die Freude am Leben nehmen? Ich kannte ihre Ansichten genau. Sie war glücklich, weil sie Aufgaben zu erfüllen hatte. Sie sehnte sich nicht nach der Erde zurück, ja, sie bedauerte die dort lebenden Menschen.

Allerdings kannten wir die Erde und die Lebensgewohnheiten ihrer Bewohner nur aus den Büchern. Alanna war jedenfalls der Meinung, daß es im ganzen Universum keinen schöneren Planeten als unseren *Hafen* gab.

Es wurde ein schöner Tag. Wir segelten weit hinaus und kämpften gegen die Elemente an. Die Wellen gingen hoch und übersprühten uns mit salzigem Gischt.

»Wir sollten einen Motor anbauen«, sagte Einar nach einer Stunde.

»Warum denn mein Junge? Die ständige Bewährung ist doch gerade das Schöne an diesem Sport.«

»Ich segele auch lieber«, sagte Mike.

Einar war aber nicht so leicht zu überzeugen. »Gibt es auf der Erde Segelboote?« fragte er.

»Sicher. Ich habe unser Boot nach einer Zeichnung gebaut. Auf der Erde gibt es bestimmt viele Land- und Wasserfahrzeuge. Wahrscheinlich ist das Meer schon überfüllt, und auf dem Land stehen überall Häuser. Keiner hat dort Platz wie wir hier.«

»Warum suchst du dann dauernd nach der Erde, Vater?«

Ein neunjähriger Junge kann mitunter recht unangenehme Fragen stellen. Ich mußte erst überlegen, bevor ich diese Frage beantwortete. »Die meisten stimmten für die Fortsetzung der Suche, mein Junge«, sagte ich nicht sehr überzeugend. »Vielleicht ist es nicht so sehr die Erde, sondern die Suche, die uns so fesselt. Wir entdecken ständig neue Planeten. Dieser Planet ist aber für uns am besten geeignet. Wir können froh sein, daß wir ihn gefunden haben.«

Der Junge überlegte. »Ich kann nicht verstehen, wie die Besatzung nicht mehr zur Erde zurückfinden konnte«, sagte er dann.

»Das kann wohl keiner verstehen, mein Junge«, antwortete ich nachdenklich. »Das Schiff war mit Kolonisten auf der Reise zum Alpha Centauri. Wenige Jahre zuvor hatten die Erdbewohner den Hyperantrieb erfunden und mit der Besiedelung der näheren Planeten begonnen. Während der Reise ereignete sich eine Explosion, durch die die Maschinen unbrauchbar wurden. Das Schiff irrte lange durch den Raum, ehe die Maschinen von der Mannschaft repariert werden konnten. Dabei entfernte es sich so weit von der Erde, daß der Rückweg trotz langer Suche nicht gefunden werden konnte.«

»Das Schiff ist so weit vom Kurs abgekommen?« fragte Einar ungläubig.

Ich zuckte mit den Schultern. »Das Reisen durch den Hyperraum ist immer schwierig. Es gibt Dimensionen, von denen wir nicht die geringste Ahnung haben. Das Schiff war durch Zufall durch die vierte Dimension gerast. Ließe sich dieses Verfahren kontrollieren, gehörte uns das Universum. So hat uns der Zufall nur in eine unbekannte Gegend des Kosmos geschleudert.«

Ich fand es schwer, einem neunjährigen Jungen die damit zusammenhängenden Probleme zu erklären. Zum Glück wurden meine beiden Söhne auch bald von anderen Dingen abgelenkt.

Mike wollte unbedingt schwimmen. Ich schlug ihm vor, die nächste Bucht anzusteuern. Damit war er aber nicht einverstanden; er wollte unbedingt in der Raumfahrerbucht baden. Wir nannten diese Bucht so, weil wir am Ufer eine Lagerstelle irgendwelcher Raumfahrer entdeckt hatten. Ich war kein Kind mehr und konnte meine Phantasie nicht so frei schweifen lassen wie meine Söhne. Für mich hatte das Lager etwas Unheimliches, aber auch etwas Verlockendes. Halb vom Sand zugeweht, lagen dort die zurückgelassenen Gegenstände. Es war nicht viel, nur ein paar Behälter, zerbrochene Werkzeuge und Maschinenteile. Aber alle diese Dinge waren fremdartig und ließen auf ganz andersartige intelligente Wesen schließen. Die Wesen, die an dieser Stelle gelagert hatten, konnten nicht vom fünften Planeten unseres Systems stammen, denn dort gab es zwar eine hochentwickelte Zivilisation, aber keine Flugtechnik. Von der Erde oder einem von Menschen besiedelten Planeten stammten die Gegenstände jedenfalls nicht. Irgendwo im All gab es Wesen, die das Geheimnis des Hyperantriebs kannten und das Universum erforschten.

Ich hielt das für selbstverständlich, denn auf meinen Reisen hatte ich viele Lebensformen gesehen. Auf der Suche nach der Erde waren wir lange Zeit durch die Weiten des Kosmos geirrt und auf vielen Planeten gelandet.

Nach der Rückkehr machte ich das Boot fest, während die beiden Jungen zum Haus stürmten. Meine Stimmung war nicht besonders gut. Alanna bemerkte es sofort. Ich sah ihr in die Augen und glaubte Tränen zu erkennen.

»Ihr wart in der Raumfahrerbucht, nicht wahr?« fragte sie.

»Einar und Mike wollten unbedingt dorthin«, murmelte ich verlegen.

»Erling . . .« Sie sprach nicht weiter und sah mich an. In diesem Augenblick erinnerte sie mich an die Landung auf dem Planeten Hralfar, einem unwirtlichen Himmelskörper. Wir hatten dort Geräte gegen Lebensmittel und Wasser eingetauscht. Ich erinnerte mich an die düstere Atmosphäre, die weiten Schneewüsten und die unerbittliche Kälte. Damals waren wir uns nähergekommen. Trotz der Jahre, die inzwischen vergangen waren, hatte sie sich nicht verändert.

»Du bist hier nicht glücklich, Erling«, sagte sie. Sie sprach leise, weil die Jungen es nicht hören sollten.

Ihre Worte wirkten wie ein Schock auf mich. »Wie kommst du darauf?« fragte ich bestürzt.

»Du denkst immer nur an das große Raumschiff da oben, Erling. Die Zeit der *Traveler* war deine glücklichste Zeit. Du hast die Gefahren vergessen und fühlst dich hier nicht mehr wohl.«

Natürlich liebte ich das Schiff. Schließlich war ich darin geboren und aufgewachsen. Das Raumschiff war meine eigentliche Heimat. Die kurzen Besuche anderer Planeten waren nur vorübergehende Episoden gewesen; wir bezeichneten nur die Erde als unsere Heimat, obwohl keiner von uns sie gesehen hatte.

»Hat dir dieses Leben nicht gefallen, Alanna?« fragte ich sie.

»Doch, Erling. Es war kein schlechtes Leben. Vor allem war es aufregend. Wir wußten nie, welche Aufregungen wir am nächsten Tag erleben würden. Wenn wir ein Sonnensystem entdeckten, kam immer gleich die Hoffnung auf, die Erde zu finden. Damals kannte ich aber nichts anderes. Heute weiß ich, was besser ist. Eine Frau braucht ein Heim, Erling.«

Ich konnte ihr keinen Vorwurf machen. Als Offizier hatte ich nicht im Massenquartier leben müssen. Ich hatte auch an den Expeditionen teilnehmen können, während die meisten anderen jahrzehntelang in der Enge des Schiffes vegetieren mußten.

»Du glaubst doch nicht, Alanna . . .?«

»Warum soll ich es nicht glauben?« fragte sie traurig. »Damals im Schiff warst du nie so nachdenklich und geistesabwesend wie heute. Du hattest eine Arbeit, ein Ziel.« Alanna biß sich auf die Unterlippe. »Vielleicht redest du dir tatsächlich ein, glücklich zu sein. Manchmal wundere ich mich aber über dich.«

»Hör zu, Alanna«, begann ich.

Sie wollte aber nichts hören und zog mich ins Haus.

Ich mußte mich schnell umziehen, denn die ersten Gäste würden bald kommen. Als ich den großen Wohnraum wieder betrat, war Mac Teague Angus schon da. Er war der erste Offizier der *Traveler* gewesen und nach Captain Kanes Tod der Kommandant. Bald kamen mein Bruder, Tokogama, Hideyoshi, Petroff Ivan und Ortega Manuel. Die anderen kamen etwas später und gesellten sich zwanglos zu uns.

Längere Zeit unterhielten wir uns über unsere kleinen Probleme, über die im weiten Umkreis gebauten Häuser und die Landwirtschaft. Solche Gespräche brachten immer viel Neues. Wir hatten noch nicht genug Teleschirme gebaut, um alle Häuser damit versorgen zu können. Die Gespräche drehten sich hauptsächlich um mehr oder weniger unwichtige Dinge, um Hagelschäden und Mängel an den Maschinen.

Mein Bruder Gustav machte sich begeistert über das von Alanna zubereitete Steak her. »Was ist das?« fragte er interessiert.

»Ein einheimisches Tier. Ich konnte es vor einigen Tagen schießen. Es war braun, so groß wie ein Hirsch, aber mit einem schaufelartigen Geweih.«

»Im Schiff hatten wir so etwas nicht«, sagte Ortega und nahm sich eine weitere Portion.

»So schlecht war das Essen nun auch wieder nicht«, warf ich ein.

»Sicher nicht. Aber die in Tanks gezogenen Gemüse und Früchte und das synthetische Fleisch schmeckten doch immer etwas fade. Ich kann mir nicht helfen, mir schmeckt das hier besser.«

»Alles nur Einbildung«, protestierte Petroff. »Ich kann es beweisen.«

»Das ist mir gleichgültig«, antwortete Ortega kauend. »Ich halte mich an Tatsachen.«

»Hier haben wir auch Platz und können uns frei bewegen«, sagte Gustav begeistert.

Ich hielt es für angebracht, seine Begeisterung etwas zu dämpfen. »Sei nicht ungerecht, Gustav. Die *Traveler* ist für die Beförderung von fünfzig Personen gebaut worden. Außerdem nur für relativ kurze Strecken. Wir waren so lange unterwegs, daß eine neue Generation im Schiff aufgewachsen ist. Es mußte zwangsläufig etwas eng werden. Fünfzehn Ehepaaren mit Kindern bietet das Schiff bequem Platz.«

Tokogama lehnte sich nachdenklich zurück. »Ich kann immer noch nicht begreifen, warum wir so lange nach der Erde gesucht haben. Wir fanden unzählige Planeten wie diesen, setzten die Suche aber fort, bis wir es endgültig satt hatten.«

»Vielleicht lag es an der Ähnlichkeit der Konstellationen«, sagte MacTague. »Wir wollten die Hoffnung nicht aufgeben. Aber das All ist riesengroß. Außerdem fing das Zeitalter der Raumfahrt erst an, als unser Schiff die Erde verließ. Die Unterlagen für die Navigation sind deshalb sehr dürftig. Wir mußten uns nach dem Typ unserer Sonne richten. Davon gibt es aber Millionen. Die Erfolgschance war zu gering. Wir mußten die Suche schließlich aufgeben.«

»Vielleicht hätten wir ohne Captain Cane gar nicht so lange gesucht«, sagte Tokogama. »Er war eine starke Persönlichkeit und riß uns alle mit. Solange er lebte, hatten wir noch Hoffnung. Das Verlangen, irgendwo eine neue Heimat zu suchen, kam erst nach seinem Tode auf.«

Ich nickte grimmig. Erinnerungen an Seymors Meuterei kamen auf. Dieser Zwischenfall hatte uns alle erkennen lassen, wie sehr wir uns nach Sicherheit sehnten. Die Landung sollte nur eine Ruhepause sein, doch die Lebensbedingungen waren so günstig, daß wir die Pause in die Länge zogen und nach einer Abstimmung blieben.

»Irgend etwas trieb uns voran«, sagte Ortega. »Die jüngere Generation stimmte damals nicht für das Verbleiben auf diesem schönen Planeten.«

MacTague sah mich kritisch an. »Manchmal wundere ich mich über euch«, sagte er gedehnt. »Warum nehmt ihr euch nicht einfach das Schiff und erforscht wenigstens die nähere Umgebung?«

»Das hätte wenig Sinn«, antwortete ich unruhig. »Das würde unser Verlangen nur noch stärker machen.« Ich suchte nach Worten. »Was hätten wir davon? Hier wissen wir wenigstens, woran wir sind. Wir haben uns eingerichtet. Unsere Kinder können einer guten Zukunft entgegensehen. Hier gibt es Regen, Wind, Wärme, Wälder und Weiden. Brauchen wir mehr? Wollen wir wieder in einem engen und sterilen Metalltank sitzen und ziellos durch das All jagen? Wir würden dann wieder heimatlos sein und . . .«

»Das stimmt wohl nicht ganz«, unterbrach mich Tokogama.

»Immerhin haben wir vielen Lebewesen zu einem besserem Leben verholfen. Wir haben auch umfangreiche Studien gemacht und Karten angefertigt. Wenn wir die Erde jemals finden, werden wir nicht mit leeren Händen zurückkehren. Unsere Wanderung durch das All war herrlich. Kann man einem Vogel verübeln, daß er keine Hufe hat?«

»Die Vögel haben jetzt Hufe«, sagte ich unwillkürlich und sah Alanna dabei an. »Und es scheint ihnen sogar zu gefallen.«

Dieser Ausbruch hatte ein betretenes Schweigen zur Folge. Ich hielt es für besser, das Gespräch in andere Bahnen zu lenken. Das gelang mir aber nicht, denn immer wieder fing einer an, über frühere Zeiten zu sprechen.

Es gab genügend Gesprächsstoff, denn während unserer langen Irrfahrt hatten wir merkwürdige Dinge gesehen und erlebt. Wir sprachen von fremden Welten, Riesensonnen, merkwürdigen Lebensformen, gigantischen Städten, von schroffen Gebirgen und heißen Wüsten.

Wir waren auf einem Planeten gewesen, dessen Sonne fast den Himmel ausfüllte und unbarmherzig auf das zerbröckelnde Gestein brannte. Wir waren mit Piraten über ein blutrotes Meer gesegelt, um am anderen Ufer eine phantastische Burg zu besichtigen. Wir hatten die vielfarbige Stadt Drangor gesehen und die ganzen Kontinente überdeckenden Stahlstädte auf dem Planeten Alkan. Auf einem Planeten hatten wir mit den Bewohnern über Philosophie gesprochen, auf einem anderen waren wir von den Einheimischen beschossen worden. Wir waren als Götter gelandet, um die in Barbarei lebenden Lebewesen aus der Tiefe ihrer Unwissenheit zu reißen. Wir hatten Plagen beseitigt, die die Bevölkerung ganzer Planeten auszurotten drohten. Wir hatten uns aber auch demütig belehren lassen müssen. Wir hatten Laboratorien von unvorstellbarer Größe gesehen und Einsicht in Dinge genommen, die wir bis dahin nicht einmal ahnten. Aber wir hatten auch an Meeresküsten gelegen und uns vom Rauschen der Wellen in den Schlaf singen lassen. Zentauren hatten uns getragen und sich dabei mit uns unterhalten.

All diese Erinnerungen waren unauslöschlich. Wir erinnerten uns an unangenehme Dinge, die nun romantisch verklärt waren und gar nicht mehr so schlimm wirkten. Wir dachten an die strahlenden Feuerkugeln der Sonnen und an die schwarze Leere des Kosmos. All das hatte uns zu einer Gemeinschaft zusammengeschmiedet. Mein Bruder Gustav und andere Männer waren andere Typen. Sie waren erst nach der Landung glücklich geworden.

Sie waren seßhafte Typen, denen das Herumzigeunern nicht behagte.

Mir wurde immer klarer, daß das Suchen mein eigentlicher Lebensinhalt war. Nun wußte ich auch, warum ich die Fahrten zum fünften Planeten machte. Das Einerlei des Lebens auf unserem Planeten gefiel mir nicht. Es war zu langweilig.

Die letzten Gäste gingen erst sehr spät. Wir brachten sie zu ihren Flugzeugen und sahen den in den Nachthimmel aufsteigenden Metallvögeln nach. Wir blieben lange Zeit draußen stehen und genossen die Stille der Nacht. Der Mond stieg gerade über den Horizont und warf einen silbrigen Schleier über Land und Meer. Über uns sahen wir die unzähligen unbekannten Sterne.

Eine merkwürdige Unruhe erfaßte mich. Ich sah Alanna von der Seite an. Ihr Haar glänzte im Mondlicht, ihre Augen glitzerten wie zwei Sterne. Sollte ich den freien Raum nicht mehr erleben? Sollte ich etwa mein ganzes Leben in dem selbstgebauten Haus verbringen?

Alanna begann zu sprechen. Anfangs waren es nur ausgesprochene Gedanken. »Ich fange an, die Wahrheit zu erkennen«, murmelte sie. »Im Grunde weiß ich es schon genau.«

»Was?«

»Du weißt, was ich meine«, antwortete sie. »Du, Manuel, Ivan und Hideyoshi, ihr gehört nicht hierher. Da sind noch ein paar andere, die auch so denken. Dein Bruder Gus und Angus sind anders veranlagt und fühlen sich hier wohl.«

»Du übertreibst, Alanna«, sagte ich.

»Im Gegenteil, Erling.« Alanna ließ sich nichts vormachen. »Kann ein in einer großen Stadt aufgewachsener Mann auf dem Lande glücklich sein? Er wird sich dem Landleben anpassen, aber er wird nie glücklich sein und immer die Sehnsucht nach der Stadt in sich tragen.«

»Lassen wir das«, sagte ich bedrückt. Wir hatten schon zu oft über diese Dinge diskutiert.

»Warum? Heuchelei bringt uns nicht weiter. Einige von uns haben hier Wurzeln geschlagen und werden bleiben. Sie werden eine neue Kultur zur Blüte bringen und glücklich sein. Es gibt nicht viele, die sich in neue Abenteuer stürzen wollen. Stell dir vor, ein Schiff von der Erde käme zu uns. Höchstens zwanzig von uns würden wirklich zur Erde wollen. Die anderen sehen diesen Planeten als ihre Heimat an und wollen nicht mehr fort.«

Alanna hatte sich offenbar nach langem Überlegen zu einer Entscheidung durchgerungen. »Du und deine Freunde, ihr seid im Schiff aufgewachsen«, fuhr sie fort. »Der Weltraum ist eure Heimat. Für euch ist ein Gebirge mehr als ein Höhenzug, weil ihr immer sehen wollt, was hinter dem Gebirge liegt. Das All kennt keine Grenzen, immer wieder gibt es etwas Neues. Wollt ihr wirklich nur die Erde suchen? Gib doch zu, daß sie dir gleichgültig ist. Ihr wollt die Suche, das Abenteuer. Du bist ein Zigeuner, Erling. Noch nie hat sich ein Zigeuner an einen bestimmten Platz ketten lassen.«

Ich antwortete nicht gleich. Die Stille der Nacht stimmte mich wehmütig. Ich sah Alannas zitternde Lippen und ihre krampfhaften Bemühungen, die Tränen zurückzudrängen. Es fiel mir schwer, etwas dazu zu sagen. Die Worte kamen stockend und unsicher.

»Du hast recht, Alanna«, sagte ich leise. »Ich hatte immer Angst vor dieser Erkenntnis. Aber ich kann nicht gegen die Sehnsüchte ankämpfen, sie sind stärker als mein Wille. Was soll ich nur tun?«

»Du fragst danach?« Sie lachte bitter auf. »Die Antwort liegt doch auf der Hand. Du wirst schnell eine Mannschaft zusammenbekommen. Es gibt mehr Männer deines Schlages.«

»Aber was soll aus dir und den Kindern werden? Ihr braucht doch . . .«

Alanna fiel mir in die Arme. »Ich bin doch auch im Schiff geboren und aufgewachsen«, sagte sie schluchzend. »Ich werde dich nie verlassen.«

Warum sollte ich lange über die nachfolgenden Diskussionen berichten? Nach kurzer Zeit hatten sich sechzehn Männer mit ihren Frauen für die Fortsetzung der Suche entschieden. Mit den Kindern waren wir fast fünfzig Personen.

Der Sommer verging, dann der Herbst und der Winter. Erst im Frühjahr hatten wir alle Vorbereitungen für die Abreise getroffen. Bei diesen Vorbereitungen wurde mir erst bewußt, wie sehr ich mich an die neue Heimat gewöhnt hatte. Beinahe hätte ich den Plan aufgegeben.

Aber die Freiheit des Kosmos lockte und erwies sich als stärker.

Wir ließen alle Baupläne zurück. Vielleicht würden die Zurückbleibenden eines Tages ein Raumschiff bauen wollen. Die Zurückbleibenden waren mit allem versorgt, denn wir hatten alle mitgebrachten Geräte nachgebaut. Wir wollten das All durchforschen, Karten zeichnen und vielleicht eines Tages zurückkehren.

Insgeheim wußten wir aber, daß wir nie zurückkehren würden. Wir würden unser Leben lang durch das All vagabundieren, hier und da diejenigen absetzen, die dieses Lebens müde waren. Dadurch würden wir überall kleine Kolonien gründen. Unsere Nachfahren würden den gleichen Drang verspüren, noch bessere und größere Raumschiffe bauen und unsere Arbeit fortsetzen. Wir waren die Keimzelle einer interstellaren Zivilisation.

Die Kinder konnten den Start kaum erwarten. Für sie war das alles noch ein großartiges Abenteuer. Sie träumten von großen Taten und romantischen Erlebnissen. Von den Gefahren ihres zukünftigen Lebens ahnten sie nichts.

Alanna überraschte mich durch ihr Verhalten. Sie war keineswegs schwermütig, sondern aufgeschlossen und fröhlich. Allerdings arbeitete sie viel in unserem Garten und machte lange Spaziergänge.

Dann kam der Tag der Abreise. Die Unruhigen, denen das vorgezeichnete Leben nicht paßte, sollten sich auf dem Landestreifen treffen. Von dort aus wollten wir mit einer Raumfähre zur *Traveler* hinauf. Ich konnte noch immer nicht begreifen, daß sie mich zum Captain gemacht hatten. Die Verantwortung war drückend und paßte so gar nicht zu einem Menschen mit dem Wesen eines Zigeuners. Aber wir waren ja eine besondere Art Zigeuner.

Vor dem Abflug berührte Alanna meinen rechten Arm. »Sieh dich noch einmal um, Erling«, sagte sie. »Wir werden dieses Land nicht wiedersehen.«

Ich ließ meinen Blick über das Meer und über die Wiesen gleiten. Das hohe Gras duckte sich unter dem Druck des leichten Windes. Es roch nach frischer Erde. Über uns zog ein Vogel seine Kreise und trillerte ein herrliches Lied.

»Es ist wunderbar!« sagte ich nur.

»Ja, Erling.« Alanna sprach so leise, daß ich ihre Worte kaum verstehen konnte. Aber dann klang ihre Stimme wieder kraftvoll und entschlossen. »Worauf warten wir noch?« fragte sie.

Wir sausten über die Wälder hinweg. Die beiden Jungen hatten keinen Blick für die unter uns dahingleitende Landschaft. Sie wurden erst lebendig, als der Landestreifen sichtbar wurde. Mir wurde warm ums Herz, denn ich wußte, daß Mike und Einar nach mir geraten waren. Auch sie spürten die Sehnsucht nach dem Unbekannten, die ewige Unzufriedenheit. Sie würden heranwachsen und mithelfen, das Universum zu kolonisieren.

Nur Alanna blickte starr nach unten. Ich sah ihr nicht in die Augen. Was mochte sie denken und empfinden? Ich zog es vor, sie nicht danach zu fragen.

So wurde die Traveler *zum ersten Nomadenschiff. Sechzehn rastlose Familien hatten sich unbekümmert eine ganz neue Kultur begründet, in der das Herumstreunen zu einer Lebensweise werden sollte. Wie es später in einem ihrer eigenen Lieder hieß: »Kein Paradies, sei's noch so grün / Hält dich zurück vom Weiterzieh'n.« Diese bunten und schlauen Sternzigeuner trugen viel dazu bei, die Annalen der folgenden Jahrhunderte zu beleben.*

Aber während die Nomaden sich schon bei freiwilliger Seßhaftigkeit unbehaglich fühlten, konnte die Gefangenschaft auf einem Planeten für andere zwischen den Sternen umherschweifende Menschen eine ebenso harte Prüfung sein.

DAS STERNENSCHIFF

Bei Sonnenuntergang setzte der Regen ein. Als Dougald Anson sein Boot in den Hafen von Krakenau brachte, umgab ihn nur eine unendliche nasse Dunkelheit.

Er fluchte in einer wüsten Mischung aus Krakenauisch, Volgazanisch und einem halben Dutzend anderer Sprachen, darunter auch ein paar Brocken Raumfahrer-Terranisch, und holte das Segel ein. In dem alles durchdringenden Regen war das Segeltuch schwer und unhandlich; er konnte es nur um den Baum wickeln und festzurren. Dann nahm er das lange Holzruder und fing an, sein Boot zum Dock zu skullen.

Bläuliche Blitze zuckten durch den Regen, und er sah die große Bucht in einem jähen fahlblauen Licht. Sie war gefüllt mit vor Anker liegenden Galeeren und den Fischschonern der Fischereiflotte. Hinter den Kaianlagen stieg das Land steil himmelan, und er sah die dunkle Masse der Stadt, die sich bis zur Zitadelle oben auf dem Hügel ausdehnte. Dunkel – dunkel! In der Finsternis war kaum ein Licht auszumachen.

Was, in Shantuziks Namen, war hier los? Zumindest im Hafengebiet hätten überall Fackeln brennen, Musik erklingen und anrüchige Lustbarkeiten im Schwange sein müssen. Und an den

Hauptstraßen, die zur Burg hinaufführten, hätten die neu installierten Straßenlaternen funkeln sollen. Statt dessen lag Krakenau in die Nacht gekauert da, und ...

Er runzelte die Stirn und steuerte das leichte Boot mit rhythmischen Schlägen des langen Ruders zum Ufer. Unsicherheit prikkelte über sein Rückgrat. Da stimmte etwas nicht. Er war nur ein paar Tage fort gewesen. Was war in der Zwischenzeit passiert?

Als er an die Pier kam, machte er so leise fest wie sonst nie. Vielleicht war er übervorsichtig. Vielleicht war nur der König gestorben, oder es war ein anderer Grund aufgetaucht, warum sich alle so zurückhaltend benahmen. Aber ein Mann trieb sich nicht jahrelang bei den Piraten der äußeren Inseln und der benachbarten Königreiche um Krakenau herum und zog mit ihnen ins Gefecht, ohne zu lernen, vorsichtig zu sein.

Er duckte sich unter das Zelt im Bug, den einzigen Schutz im Boot, nahm ein Handtuch aus der Seekiste und rubbelte seinen regennassen Körper trocken. Er hatte nur eine zerlumpte, knielange Hose angehabt, und das Wasser rann ihm über die Rippen und an den Seiten herab. Dann schlüpfte er in einen Waffenrock und zog ein Kettenhemd über. Ein Schwert mit flacher Klinge an seiner Seite und ein Helm über seinem langen gelben Haar vervollständigte die Ausstattung. Jetzt fühlte er sich sicher. Er sprang auf die Pier.

Einen Moment lang stand er nachdenklich da. Der stetige Regen strömte über seinen Lederumhang und verwischte ein paar Meter vor ihm die Sicht. Nur die unregelmäßig aufleuchtenden Blitze durchbrachen die Dunkelheit. Wohin sollte er gehen? Logischerweise vielleicht zum Haus seines Vaters. Aber das Haus der Masefields war ein bißchen näher, und Ellen ...

Er grinste und machte sich mit großen Schritten auf den Weg. Zu den Masefields also.

Die Straße, in die er seine Schritte lenkte, öffnete sich vor ihm wie ein nachtdunkler Tunnel. Die hohen Häuser mit den steilen Dächern lagen zu beiden Seiten im Finstern und mauerten die Straße ein, und die Fluorkugeln waren unbeleuchtet. Wenn ein Blitz aufzuckte, glänzte das nasse Kopfsteinpflaster; sonst bestand die Welt nur aus Dunkelheit und Regen.

Er kam an einer der gewundenen Gassen vorbei und warf mit automatischer Vorsicht einen Blick hinein. Im nächsten Moment hatte er sich zu Boden geworfen, und der Speer zischte durch die Stelle, wo sein Bauch gewesen war.

Er rollte sich herum, sprang auf die Füße und duckte sich tief. Das Schwert sprang winselnd aus der Scheide in seine Hand. Vier Khazakis kamen aus der Gasse und stürzten auf ihn zu.

Dougald Anson grunzte und wich an eine Wand zurück. Die Eingeborenen waren bewaffnet und hatten Kettenhemden an; es waren Krieger, und sie hatten die unmenschliche Schnelligkeit ihrer Rasse. Und es waren gleich vier –!

Der Angreifer an ihrer Spitze traf auf sein Schwert. Stahl klirrte. Dougald ließ ihn vorstoßen, nahm den Hieb auf seine kettenbedeckten Rippen hin und schwang sein eigenes Schwert zu einem mörderischen Streich. Schneller als ein Mensch denken konnte, hatte der Khazaki seine eigene Klinge oben, um den schwungvollen Hieb zu parieren. Aber er war nicht schnell genug; er fing ihn in einem ungeschickten Winkel auf, und die schiere Kraft des Terraners schlug ihm das Schwert aus der Hand und ließ es davonwirbeln. Einen Sekundenbruchteil später folgte die Hand dem Schwert, und er schrie, wich zurück und war fort.

Die anderen drangen auf Anson ein. Ein paar Augenblicke lang hieß es parieren und zuschlagen, drei gegen einen, und Anson hatte keine Zeit, Angst zu empfinden oder die Hiebe gegen seine Arme und Beine zu bemerken. Ein ferner Teil seines Gehirns sagte ihm düster: *Das ist alles. Du bist erledigt. Kein einzelner Erdenmensch hat jemals längere Zeit gegen mehr als zwei Khazakis durchgehalten.* Aber er nahm kaum Notiz davon.

Plötzlich hatte er nur noch zwei vor sich. Er machte einen Satz von der Wand nach vorn und schmetterte sein Schwert mit der ganzen Kraft seines mächtigen Körpers herab. Der Krieger versuchte zur Seite zu springen – zu spät. Der gewaltige Hieb durchschlug seine Abwehr, und das Schwert sank in seine Schädelknochen.

Und auch der letzte der Angreifer starb. Er taumelte und stürzte neben dem zweiten zu Boden, und jeder von ihnen hatte einen gefiederten Schaft zwischen den Rippen.

Der Bogenschütze kam mit leichten Schritten durch den Regen gelaufen. Er hielt inne und schnitt dem Verwundeten die Kehle durch, wie es für die Khazakis typisch war, und kam dann zu Dougald Anson, der keuchend dastand.

Der Mensch spähte angestrengt durch die regnerische Dunkelheit. Ein Blitz flackerte am Himmel, und er erkannte den Neuankömmling. »Janazik!«

»Und Anson«, nickte der Khazaki. Seine scharfen weißen

Zähne schimmerten in dem verschatteten Gesicht. »Man scheint dir einen warmen Empfang bereitet zu haben.«

»Zu warm. Aber – danke!« Anson beugte sich über die nächste Leiche, und erst jetzt drang die Erkenntnis zu ihm durch. Sie trugen alle schwarze Kettenhemden mit einem bestimmten Muster, Pickelhauben und rote Mäntel – bei den Göttern von Gorzak! Sie gehörten allesamt zur königlichen Garde!

Er blickte zu Janaziks dunkler Gestalt hoch, und sein hageres Gesicht war plötzlich angespannt. »Was hat das zu bedeuten?« fragte er langsam. »Ich dachte, Banditen oder ein feindlicher Staat hätten es vielleicht geschafft, in die Stadt einzudringen –«

»Das wäre ziemlich schwierig, wo wir jetzt Feuerwaffen haben«, sagte Janazik. »Nein, die hier kommen aus unseren eigenen Mauern. Wenn du genauer hinschaust, wirst du sehen, daß sie eine goldene Armbinde tragen.«

»Prinz Volakech – aber er –«

»Hier geht es um mehr als um Volakech. Das ist nicht nur eine Frage des Throns«, sagte Janazik. Dann drängte er plötzlich: »Aber wir können hier nicht stehenbleiben und schwatzen. Sie patroullieren durch die Straßen. Es ist gefährlich, draußen zu sein. Gehen wir ins Versteck.«

»Was ist passiert?« Anson richtete sich auf. Er überragte den Eingeborenen um einen guten Viertelmeter. Seine Stimme war auf einmal rauh. »Was ist los? Wie geht es den anderen?«

»Nicht gut. Jetzt komm mit.«

»Ellen? Masefield Ellen?«

»Ich weiß es nicht. Keiner weiß es. Komm jetzt!«

Sie schlüpften in die Gasse. Anson war in der Dunkelheit blind, und Janaziks schmale sechsfingrige Hand ergriff seine, um ihn zu führen. Die Khazakis waren kleiner als Terraner und hatten nicht die schiere Kraft und Ausdauer, die von der höheren Schwerkraft der Erde herrührten; aber sie waren so schnell wie der Wind und besaßen eine vollendete Anmut und Balance, so daß die Menschen neben ihnen wie schwerfällige Ochsen wirkten, und sie konnten im Dunkeln sehen.

Dougald Ansons Gedanken wirbelten in wilden Spekulationen. Wenn Volakech genug Gardisten und Soldaten auf seine Seite gebracht hatte, um eine Palastrevolution vom Zaun zu brechen, war das schlimm. Aber es sah noch viel schlimmer aus. Warum sollten Volakechs Leute einen Menschen angreifen? Warum mußte Janazik ihn zu einem Versteck schmuggeln? Vor allem, wie hatten die Revolutionäre gegen König Aligans neue Waffen die Herrschaft an sich gerissen? Über welche Machtmittel verfügten sie jetzt?

Was war aus der menschlichen Gemeinschaft in Krakenau geworden? Aus seinem Vater, seinem Bruder und seinen Schwestern, seinen Freunden? Und aus Masefield Ellen? Was war mit Ellen?

Er stellte fest, daß Janazik stehengeblieben war. Sie befanden sich in einem übelriechenden, von Abfällen übersäten Hof. Um sie herum standen baufällige Gebäude, so dunkel und still wie der Rest der Stadt. Es fiel Anson auf, daß ganz Krakenau verdunkelt war. In solchen Zeiten der Gefahr machte sich das alte Klanbewußtsein der Khazaki wieder geltend. Familien verbarrikadierten sich in ihren Behausungen und bereiteten sich darauf vor, gegen alle und jeden zu kämpfen, bis die Gefahr vorbei war. Die Stadt war wach, ja: Zu allen Seiten kauerte sie in atemloser Spannung, aber es war kein Licht zu sehen, keine Hand regte sich, keine Stimme war zu hören. Sie warteten alle.

Janazik hockte sich vor das Fundament eines alten Gebäudes und hob eine Falltür an. Aus einem Keller fiel matter Lichtschein heraus. Er stieg leichtfüßig nach unten. Anson folgte ihm und schloß die Tür hinter sich.

In dem trüben Halbdunkel brannte nur eine rauchige Lampe. Die Schatten um den tropfenden Docht herum waren dicht und riesengroß. Die rote Flamme fiel auf Gesichter, schimmerte auf kaltem Stahl und verlor sich in der Dunkelheit.

Ansons Augen musterten die Gesichter. Ein halbes Dutzend Menschen: Chiang Chung-Chen, Du-Frere Marie, Gonzales Alonzo und seine Frau Nora – Ansons Schwester –, Dougald John, Masefield Philip – keine Spur von Ellen.

»Anse! Anse!« Die Stimmen kamen fast schluchzend aus der matt erleuchteten Höhle. Joan und Nora sprangen vor, als wollten sie ihren Bruder anfassen und sich vergewissern, daß er wirklich lebte und keine nächtliche Vision war, aber Janazik winkte sie mit seinem Schwert zurück.

»Keinen Lärm«, zischte der Khazaki in wütendem Flüsterton. »Keinen Lärm, bei allen dreizehn Höllen! Volakechs *Burats* sind überall in der Stadt. Wenn uns eine Patrouille findet . . .«

»Ellen!« Ansons blaue Augen suchten Masefield Philip, der in der Nähe der Lampe kauerte. »Wo ist deine Schwester, Phil?«

»Ich weiß es nicht«, flüsterte der Junge. »Wir sind anscheinend die einzigen, die entkommen sind. Sie haben sie vielleicht erwischt ... Ich weiß nicht ...«

»Vater.« Joans Stimme versagte mit einem trockenen Schluchzen. »Vater und Jamie sind tot, Anse. Die Rebellen haben sie umgebracht.«

Einen Moment lang konnte Anson nicht glauben, daß es stimmte. Es war einfach nicht möglich, daß sein großer, lachender Vater und der kleine Lausebengel Jamie getötet worden sein sollten – *nein!*

Aber ...

Er schaute auf und wandte dann den Blick ab. Als er sich umdrehte und sie wieder ansah, war sein Gesicht hart und ausdruckslos, und nur die weißen Knöchel der Hand, die das Schwert gepackt hielt, zeigten, daß er kein Fremder war.

»Also schön«, sagte er langsam. »Also schön. Erzählt es mir. Was ist los? Was ist in Krakenau geschehen?«

Janazik ging auf leisen Sohlen um ihn herum und stellte sich vor ihn hin. Er war nicht der einzige Khazaki im Keller; es waren noch ein gutes Dutzend andere da. Zum größten Teil waren es junge Männer, und Anse erkannte sie. Bolazan, Pragakech, Slavatozik – als Kind hatte er mit ihnen gespielt, als Junge und Mann war er mit ihnen in den Krieg gezogen, um die Zitadelle von Zarganau zu erstürmen, die Krieger zu Volgazan zu besiegen und die Handelsschiffe der äußeren Inseln zu plündern. Ja, sie waren gute Kameraden. Aber Vater und Jamie waren tot. Und Ellen – Ellen war verschwunden. Nur ein Bruchteil der menschlichen Gemeinschaft war noch übrig; seine Welt war auf einmal um ihn herum in Trümmer gesunken.

Nun – seine alte, düstere Entschlossenheit kehrte zurück, und er starrte Janazik mit herausforderndem Blick in die gelben, geschlitzten Pupillen.

Sie waren ein seltsam gegensätzliches Paar, diese beiden, obwohl sie um den halben Planeten herum stets Schulter an Schulter gekämpft, obwohl sie von Krakenau bis Gorgazan zusammen gesungen, gespielt und Randale gemacht hatten. Waffenbrüder, vielleicht sogar Blutsbrüder, aber aus dem Blickwinkel des jeweils anderen war keiner von beiden ein menschliches Wesen.

Dougald Anson war groß, selbst für einen Terraner. Von seinem lohfarbenen Scheitel bis zur Sohle maß er volle zwei Meter, und seine breiten Schultern spannten das Kettenhemd, das er trug. Er war jung, aber fremde Sonnen und wilde Winde überall in der Welt hatten die Jugend aus seinem Gesicht ausgebrannt; es war hager und braun und von einer alten Narbe quer über die Stirn gezeichnet. Seine Augen waren fast unerträglich hell und direkt mit ihrem intensiven blauen Blick, die Augen eines Raubvogels.

Der Khazaki war unzweifelhaft humanoid – kleiner als der durchschnittliche Terraner, aber schlank und geschmeidig. Weiches goldenes Fell bedeckte seinen sehnigen Körper, und ein dünner Schwanz peitschte ruhelos gegen seine Beine. Sein Kopf mit der fliehenden Stirn, dem spitzen Kinn und der stumpfen Kieferpartie war das am wenigsten Menschliche an ihm. Die langen Barthaare um seinen Mund und über den bernsteinfarbenen Katzenaugen zuckten fortwährend; sie konnten winzige Veränderungen der Luftströmungen und der Temperatur wahrnehmen. Oben auf seinem Kopf wurde das Fell länger und zog sich wie der Federbusch eines Kakadus über den Schädel bis ins Genick, ein sekundäres Geschlechtsmerkmal, das den Frauen fehlte.

Janazik hatte etwas von einem Dandy, und selbst jetzt trug er die gebauschte, seidenartige Hose, die lange rote Schärpe sowie die kunstvoll bestickte Bluse und Weste eines Edelmanns von Krakenau. Die Sachen waren jämmerlich schmutzig, aber er schaffte es, eine gepflegte Eleganz auszustrahlen. Der Bogen und der Köcher auf seinem Rücken sowie das Schwert und der Dolch an seiner Seite wirkten aus irgendeinem Grund wie reine Verzierungen, wenn er sie trug.

Anses muskelbepackte Größe ließ ihn fast wie einen Zwerg aussehen. Aber der alte Chiang Chung-Chen bemerkte nicht zum erstenmal, daß der Mensch die Kleider und Waffen eines Khazaki trug und ihm die rauhen krakenauischen Silben leichter von der Zunge gingen als die terranischen seiner Väter. Und der alte Mann nickte schwer und ein bißchen müde.

Janazik sprach hastig. »Volakech muß seine Rückkehr aus dem Exil lange geplant haben. Es gelang ihm, eine kleine Armee von Piraten, Söldnern und geächteten Krakenauern aufzustellen, und er hat mit Gruppierungen in der Stadt Abmachungen getroffen. Vor zwei Tagen brachten sich gewisse Gardisten in den Besitz der neuen Feuerwaffen und ließen Volakech und seine Männer herein. Andere zettelten in der Stadt eine Revolte an. Ich glaube, König Aligan wurde getötet; zumindest habe ich seither nichts mehr von ihm gehört oder gesehen. Es hat Kämpfe zwischen Rebellen und Loyalisten gegeben, aber die Rebellen bekamen die ganzen Erdwaffen in die Hände, als sie das königliche Waffenlager einnahmen, und seit diesem Augenblick haben sie den Widerstand fast völlig gebrochen. Die Loyalisten sind aus der Stadt geflohen, soweit sie konnten. Der Rest hält sich versteckt. Volakech ist König.«

»Aber – warum wir? Die Terraner – was haben wir damit zu tun, wenn . . .«

Janaziks gelbe Augen funkelten ihn an. »Du bist doch nicht dumm, Blutsbruder. Denk nach!«

Nach einem Moment nickte Anse düster. »Das *Sternenschiff* . . .«

»Natürlich! Volakech hat sich in den Besitz des Raketenbootes gebracht. Kein Terraner, der noch bei Sinnen ist, würde ihm zeigen, wie er es benutzen kann. Also mußte er jemand gefangennehmen, der weiß, wie es funktioniert, und ihn zwingen, ihn zum Sternenschiff hinauszubringen. Der alte Masefield Henry wurde getötet, als er sich der Festnahme widersetzte – du weißt, wie blutrünstig die Gardisten sind, auch wenn sie Befehl haben, jemand lebend zu fassen. Daraufhin hat Volakech befohlen, alle Terraner gefangenzunehmen. Ein paar haben sich ihm ergeben, ein paar sind getötet worden, als sie Widerstand leisteten, die meisten sind mit Gewalt ergriffen worden. Soweit wir wissen, sind das hier alle, die entkommen konnten.«

»Dann ist Ellen . . .«

»Das ist das Merkwürdige. Ich glaube nicht, daß sie gefaßt worden ist. Volakechs Männer durchstöbern die Stadt immer noch nach einer ›Erdenfrau‹, wie es in ihrem Befehl heißt. Und wer sollte es sonst sein, wenn nicht Ellen? Keine andere Frau stellt für Volakech eine Gefahr oder begehrenswerte Gefangene dar.«

»Ellen versteht etwas von Astrogation«, sagte Anse langsam. »Sie hat es von ihrem Großvater gelernt.«

»Ja. Und jetzt, wo er tot ist, ist sie der einzige Mensch – das einzige Lebewesen auf diesem Planeten –, das diese Rakete zum Sternenschiff bringen kann. Und Masefield Carson weiß das.«

»Carson? Ellens älterer Bruder? Was –«

Janaziks Stimme war so kalt wie der Winter: »Masefield Carson war bei Volakech. Er hat die Rebellen in die Stadt geführt. Jetzt ist er der neue Stellvertreter des Königs.«

»Carson! Nein!«

»Carson – jawohl!« In Janaziks Lächeln lag weder Fröhlichkeit noch Mitleid. Seine Augen suchten Philip, der wie ein Häufchen Elend bei der Lampe kauerte. »Ist das nicht die Wahrheit?«

Der Junge nickte. Sein eigener Kummer steckte ihm wie ein Kloß im Hals, so daß er nicht weinen konnte. »Carson war schon immer ein Freund Volakechs, bevor König Aligan ihn geächtet hat«, murmelte er. »Und er hat dauernd gesagt, was für eine Schande das wäre, und daß Volakech jetzt besser als jeder andere wüßte, was mit dem Sternenschiff zu tun sei. Dann – in dieser Nacht...« Seine Stimme verklang, und er saß stumm da und starrte in die Flamme.

»Carson führte die rebellierenden Gardisten, als sie die Feuerwaffen der Stadt erbeuteten«, sagte Janazik. »Er ritt auch an der Spitze eines Trupps zum Masefield-Haus und forderte seine Familie auf, sich zu ergeben; er versprach, daß man sie gut behandeln würde. Joe und die Mutter taten es, und ich vermute, daß sie jetzt irgendwo in der Zitadelle festgehalten werden. Phil und Ellen waren zu dieser Zeit zufällig nicht zu Hause. Als Phil von dem Aufstand erfuhr, hatte er Angst, sich zu stellen, obwohl überall Herolde herumliefen und jedem Sicherheit versprachen, der es tun würde. Er hörte davon, daß die Rebellen seine Freunde getötet hatten. Er ging zu Slavatozik, dem er vertrauen konnte, und später setzten sie sich mit mir in Verbindung. Ich hatte dieses Versteck schon früher benutzt und sammelte nun alle Flüchtlinge hier, die ich finden konnte.« Janazik zuckte die Achseln, eine geschmeidige, unmenschliche Geste. »Inzwischen habe ich Carse aus der Ferne gesehen. Er ritt mit einem Trupp seiner persönlichen Gardisten herum, wie ein Prinz von königlichem Geblüt. Ich vermute, daß er jetzt hier den Ton angibt. Volakech will Macht, aber nur Carse kann ihm zeigen, wie er sie bekommen kann.«

»Und Ellen –?«

»Keine Spur von ihr. Aber wie ich schon sagte, ich glaube, sie hält sich irgendwo versteckt, sonst würden die Gardisten nicht überall nach einer Frau suchen. Sie würde sich nie ergeben.«

»Nein, Ellen nicht.« Anse hob den Kopf in grimmigem Stolz.

»Bleibt das Problem, sie zu finden, bevor die Gardisten es tun«, sagte Gonzales Alonzo. »Wenn sie Ellen erwischen und sie zwingen, einen Orbit für die Rakete auszuarbeiten, dann haben sie das Sternenschiff – und das heißt, die Macht über den ganzen Planeten.«

»Nicht, daß es mich groß kümmert, wer König ist«, knurrte

Pragakech. »Aber ihr wißt ja, daß Masefield Carson das Schiff nie dazu benutzen wollte, zu den Sternen hinauszufliegen. Und ich möchte diese anderen Welten sehen, bevor ich sterbe.«

»Zur dreizehnten Hölle mit den anderen Welten«, fauchte Bolazan. »Aligan war mein König, und es ist meine Pflicht, ihn zu rächen und seinen rechtmäßigen Erben auf den Thron zu setzen.«

»Wir haben alle unsere Motive, warum wir Volakechs und Carsons Blut wollen«, sagte Janazik. »Aber das ist jetzt egal; wichtig ist, wie wir an sie herankommen. Wir sind nur wenige, Anse. Das hier sind alle freien Menschen, soweit wir wissen, außer Masefield Ellen. Es können höchstens noch zwei oder drei andere auf freiem Fuß sein, und die zehn werden wohl tot sein. Das bedeutet, der Feind hält annähernd hundert Menschen gefangen. Wenn man die Kinder und andere abrechnet, die keine Ahnung von terranischer Wissenschaft haben, heißt das immer noch, daß sie die Feuerwaffen bedienen und die Stahlfabrik sowie das Atomkraftwerk betreiben können – die ganzen neuen Maschinen mit Ausnahme des Raketenbootes, und nur dafür brauchen sie Ellen.«

Anse nickte langsam. »Wie stark sind wir?« fragte er.

»Keine Ahnung. Nicht sehr stark. Ich weiß, wo sich ungefähr hundert Khazaki-Krieger verstecken, die bereit wären, sich uns anzuschließen, wann immer wir sie dazu auffordern und noch viel mehr werden jetzt zu Hause sitzen, die sich erheben würden, wenn jemand anders die Führung übernimmt. Aber der Feind hat alle Feuerwaffen. Es wäre Selbstmord.«

»Was ist mit den geflohenen Khazakis?« Die Flüchtlinge bei einem der gewaltsamen Regierungswechsel auf dem Planeten waren für gewöhnlich mächtige Edelmänner, die man sicherheitshalber erschlagen würde, wenn sie in ihrer Heimat blieben, die jedoch im Exil starke Kräfte für ihre Rückkehr mobilisieren konnten. Volakech war selbst einer von ihnen gewesen; er war vor ein paar Jahren nach seinem katastrophal fehlgeschlagenen Versuch, den Thron zu erobern, nur knapp mit dem Leben davongekommen.

»Stell dich nicht dümmer als du bist«, schnaubte Janazik. »Bis sie genug Leute zusammenbekommen, um etwas zu erreichen, werden Volakech und Carson so oder so das Sternenschiff haben, und dann ist ihnen die ganze Welt auf Gnade und Ungnade ausgeliefert.«

»Das bedeutet, daß wir irgendwie zurückschlagen müssen –

und zwar rasch!« Anse dachte einen Moment lang nach.

Die Gewohnheiten seiner kriegerischen Wanderjahre kehrten zu ihm zurück. Er hatte schon früher dem Tod und der Verzweiflung ins Gesicht gesehen und war mit Kraft, Schläue, Bluff und purem Glück lebend davongekommen. Dies war ein weiteres Problem, zwar auswegloser und drängender, aber trotzdem nur ein weiteres Problem.

Nein. Hier ging es um mehr als nur darum.

Sein Gesicht wurde düster, und es war, als ob etwas Kaltes sein Herz berührte. Carson war Ellens älterer Bruder, und obwohl sie sich von Zeit zu Zeit gestritten hatten, wußte er, daß sie sich tief mit ihm verbunden fühlte. *Carse ist all das, was ich nie war. Er ist in Krakenau geblieben, hat studiert und ist ein gebildeter Mann und fähiger Ingenieur geworden, während ich mich in der Welt herumgetrieben habe. Er ist tapfer und ein guter Kämpfer, so wie ich, aber er ist soviel mehr. Ich glaube, sein Beispiel hat Ellen dazu gebracht, die Astrogation zu erlernen, die nur ihr Großvater beherrschte.*

Und jetzt bin ich wieder zurück, nachdem ich mit Janazik herumvagabundiert bin, und gebe mir große Mühe mich hier einzuleben und etwas zu lernen damit ich nicht bloß ein Barbar bin, ein wilder Khazaki in der Haut eines Menschen, wenn wir zur Zivilisation der Sterne hinausfliegen. Damit ich nicht vor Scham in den Boden versinke, wenn ich Ellen bitte, mich zu heiraten. Und bisher ist alles ziemlich gut gegangen.

Aber jetzt – jetzt kämpfe ich gegen ihren Bruder . . .

Nun – er verdrängte den Gedanken aus seinem Bewußtsein. Immerhin war sie anscheinend auch gegen Carsons Pläne.

»Ich möchte wissen, warum sie versucht haben, mich zu töten«, sagte er laut, mehr um die Zeit zu füllen, während er nachdachte, denn aus Neugier.

»Du wärst nutzlos für Carson, weil du keine technische Ausbildung hast«, meinte Janazik, »während dein Können als Kämpfer und deine Verbindung mit kriegerischen Gruppen dich für ihn gefährlich macht. Außerdem glaube ich nicht, daß es ihm je gefallen hat, welche Aufmerksamkeit du Ellen geschenkt hast.«

»Nein. Er hat immer behauptet, ich sei ein Nichtsnutz. Er hat mich einen – einen absorbierten Khazaki genannt. Ich hätte ihm den Schädel gespalten, wenn er nicht Ellens Bruder gewesen wäre . . . Aber das ist jetzt egal. Wir haben Wichtigeres zu bereden.«

So, haben wir das? überlegte er elend. *Carson muß Ellen gut kennen, besser als ich. Wenn er glaubt, er kann mich töten lassen, ohne daß sie ihn dafür haßt, dann – dann hatte ich vielleicht nie eine Chance bei ihr ...*

»Wieso bist du gerade zufällig vorbeigekommen?« fragte er tonlos.

»Ich war ab und zu draußen, um Ellen zu suchen und Gardisten zu töten, wenn ich welche allein erwischen konnte.« Janaziks weiße Fänge glänzten in einem Raubtierlächeln. »Und natürlich hab' ich dich etwa um diese Zeit vom Fischfang zurückerwartet und nach dir Ausschau gehalten, damit du ihnen nicht in die Hände stolpertest.«

Anse begann mit langen Schritten auf und ab zu gehen. Er hatte den Kopf gebeugt, um nicht an die Dachsparren des Kellers zu stoßen. Wenn Carson die Macht hatte und es darauf anlegte, ihn zu töten ... Selbstverständlich ging es dabei um mehr. Die ganze Zukunft des Planeten Khazak, vielleicht der sagenhaften galaktischen Zivilisation selbst, stand auf der Schneide eines Schwerts. Wenn Volakech oder einer seiner Abkömmlinge die kriegerische Rasse zu den Sternen hinausbrachte, mit einem hohen industriellen Niveau, um einen Eroberungsplan zu stützen ...

Aber das war unwichtig. Das ganze Universum war unwichtig. Es ging nur um Ellen, um seine eigenen toten Angehörigen und um ihn selbst.

Mehr hat im Herzen eines Mannes keinen Platz.

Janazik trat schweigend zurück und beobachtete seinen Freund, der rastlos auf und ab lief. Er hatte das schon früher gesehen, und er wußte, daß daraus ein Plan entstehen würde, ein verrückter, verwegener und verzweifelter Plan, den er mit seiner eigenen kühlen, unmenschlichen Intelligenz mildern und funktionsfähig machen würde. Er und Anse waren ein gutes Team. Sie waren das allerbeste Kämpferteam, das Khazak je gesehen hatte.

Gleich darauf hob der Mensch den Kopf. In dem Versteck herrschte eine so tiefe und gespannte Stille, daß sie ihren eigenen Atem und das stetige Trommeln des Regens auf der Falltür hören konnten.

»Ich hab' eine Idee«, sagte Anse.

Die lange Nacht zog sich dahin. Janazik hatte die meisten seiner Khazakis losgeschickt, um die anderen Loyalisten in ihren Verstecken zu mobilisieren. Nur sie hatten eine Chance, unbeobachtet an den feindlichen Patrouillen vorbeizuschlüpfen. Menschen, die man sofort als Fremde erkannte und die neben den huschenden Schatten von Khazak langsam und schwerfällig waren, würden nie frei davonkommen. Sie mußten warten.

Anse war froh über die Gelegenheit, sich mit Janazik beraten und den Angriff auf die Zitadelle planen zu können. Sie wußten beide nicht so genau über ihre Anlage Bescheid, aber Alonzo als Ingenieur des Raketenbauprojekts sowie der alte Chiang waren oft genug dort gewesen und kannten sie gründlich.

Ein paar hundert Krieger mit den primitiven Waffen von Khazak konnten die Festung unmöglich einnehmen. Schon ihre Mauern waren mit mehr Kämpfern bemannt, und dazu waren diese auch noch mit den schrecklichen Erdwaffen ausgerüstet. Alonzo hatte einen Blaster mit zwei Ladungen, aber ansonsten gab es in der Truppe der Loyalisten nichts Modernes.

Trotzdem war dieser fruchtlose Angriff jedoch notwendig . . .

»Wir gehen ein verzweifeltes Risiko ein«, sagte Dougald Joan. Sie war noch jung, kaum der Kindheit entwachsen, aber ihre Stimme hatte einen unbeugsamen Klang. Die echten Krieger unter den fünf Erdenfamilien waren allesamt Dougalds, dachte Janazik. »Angenommen, Ellen kommt nicht aus ihrem Versteck? Und was, wenn sie tot oder – oder schon gefunden ist, auch wenn wir es nicht glauben?«

»Dann müssen wir versuchen, die Rakete zu zerstören«, sagte Alonzo. »Auf keinen Fall dürfen wir zulassen, daß Volakech zum Sternenschiff kommt.« Er seufzte schwer. »Und damit wird die Arbeit einer weiteren Generation umsonst gewesen sein.«

»Wir würden nicht lange brauchen, um ein neues Boot zu bauen«, meinte seine Frau. »Wir wissen jetzt, wie es geht, und wir haben die industriellen Mittel, um es zu tun.«

»Es gibt nur wenige, die sich mit der Handhabung und Herstellung der terranischen Maschinen wirklich auskennen, und die meisten davon sind in der Hand des Feindes«, erinnerte sie der alte Chiang. »Ich bin sicher, daß ich euch nicht viel über atomgetriebene Maschinen erzählen könnte, obwohl ich selbst früher auf dem Sternenschiff war. Wenn diese wenigen getötet werden, sind wir vielleicht nie mehr imstande, unsere Anstrengungen zu wiederholen. Die überlebenden Terraner werden in die Barbarei zurücksinken und einfach zu einem neuen Bestandteil der Khazaki-Kultur werden.«

»Ich weiß nicht . . .« sagte Nora.

»Ich weiß es, weil ich gesehen habe, wie es passiert ist«, beharrte Chiang. »In den fünfzig Jahren, seit es uns hierher verschlagen hat, sind zwei Generationen auf Khazak geboren worden. Sie sind unter den Khazakis aufgewachsen, haben mit den Kindern der Eingeborenen gespielt, mit Khazakis zusammen gearbeitet und gekämpft und die Kleidung, die Sprache und die ganze Weltanschauung von Krakenau angenommen. Nur wenige in dieser dritten Generation haben sich bewußt bemüht, Terraner zu bleiben. Ich muß zugeben, daß Masefield Carson einer von ihnen ist. Ellen ist eine andere. Aber sonst sind es nur wenige.«

»Möchten Sie, daß wir uns von der Welt abschotten?« fragte Anse mit aufflackerndem Ärger.

»Nein. Ich sehe nicht, wie man der Situation abhelfen kann. Wir sind eine Minderheit in einer fremden Kultur, mit der wir kooperieren mußten. Es ist nur natürlich, daß wir eher assimiliert werden als daß wir die anderen assimilieren. Selbst unter diesen Umständen haben wir noch immense Veränderungen bewirkt.«

Janazik nickte. Die gestrandeten Terraner hatten sich in einer Zivilisation von Stadtstaaten der frühen Eisenzeit mit einer Rasse wiedergefunden, die naturgemäß gewalttätig und räuberisch war. Um ihres eigenen Überlebens willen hatten sie ein Bündnis mit dem Staat schließen müssen, in dem sie sich befanden – Krakenau, wie es sich zufällig ergab. Ehe sie die Industrie aufbauten, die sie brauchten, mußten sie für eine gewisse Sicherheit sorgen. Das bedeutete, daß sie den Krakenauern militärische Prinzipien und Methoden für den Bau neuer Waffen beibringen mußten, die sie ihren Nachbarn überlegen machten. Danach – nun, schon für den Bau eines kleinen Raumschiffs war eine ungeheure Technologie erforderlich. Für die Superlegierungen, welche die Verbrennung von Raketentreibstoff aushalten konnte, brauchte man nie gehörte Elemente wie Mangan und Chrom, wofür Mittel erforderlich waren, mit denen man sie schürfen und veredeln konnte, wofür eine beachtliche chemische Fabrik erforderlich war, wofür – Wie tief unten mußte man da anfangen? Und es gab hunderterlei oder tausenderlei andere Erfordernisse, die ebenso wichtig und schwierig waren.

Abgesehen davon mußten die Terraner selbst vieles ganz von vorn lernen. Keiner von ihnen hatte je ein Raketenboot gebaut oder auch nur eines in Funktion gesehen. In der galaktischen Zivilisation waren sie seit Jahrhunderten überholt. Aber ein Schwerkraftantrieb stand überhaupt nicht zur Debatte. Also hatten sie das Schiff von Grund auf neu entwerfen müssen. Das bedeutete Jahre fleißiger Forschungsarbeiten . . . und dafür standen nur ein paar interessierte Menschen und Khazakis zur Verfügung. Die übrigen waren in der rauflustigen Barbarenkultur zu sehr mit ihren eigenen Angelegenheiten beschäftigt.

Vor zwei Jahren war das erste Raumboot auf einem Feuerschweif zu dem Sternenschiff abgehoben – und mitten in der Beschleunigungsphase explodiert. Weitere Planungen, mehr Tests, noch zäheres Bauen – und jetzt lag das zweite bereit. Vielleicht konnte es das Sternenschiff erreichen.

Das Sternenschiff. Schneller als das Licht, trotz seiner enormen Masse gewichtslos, wenn es das sein sollte, mit Atomwaffen bestückt, die eine ganze Stadt zu überhitztem Dampf zerstrahlen konnten. Wer dieses Schiff kontrollierte, konnte innerhalb von Wochen andere Sterne in der Galaxis erreichen. Oder er konnte ganz Khazak beherrschen, wenn er wollte.

Kein Wunder, daß Carson und Volakech jetzt zugeschlagen hatten, bevor das Raketenboot losgeflogen war. Wenn *sie* das Schiff hatten . . .

Aber nur Ellen kannte die Angaben für seinen Orbit und die komplizierten Berechnungen für den Kurs des Bootes, um dorthin zu gelangen. Ein mutiger Krieger konnte vielleicht versuchen, das Schiff zu erreichen, indem er es grob über den Daumen anpeilte, aber er hatte keine großen Chancen, es zu schaffen. Also waren Ellen und das Raketenboot der Dreh- und Angelpunkt der Zukunft.

»Seltsam«, sann Chiang. »Seltsam, daß wir diesen Unfall haben sollten . . .«

Sie hatten die Geschichte schon hundertmal gehört, aber sie umringten Chiang, um ihm zu lauschen. Es gab nichts anderes zu tun, während die langsamen Stunden sich dahinschleppten.

»Wir waren zehn, alles in allem, fünf Männer und ihre Frauen. Da Forschungsexpeditionen oft jahrelang unterwegs sind, hat es sich der Dienst zur Regel gemacht, die Schiffe mit Ehepaaren zu bemannen. Einem Khazaki fällt es schwer, die absolute Gleichberechtigung der Geschlechter zu würdigen, die man in der menschlichen Zivilisation erreicht hat. Das haben wir natürlich der fortgeschrittenen Technologie zu verdanken, und wenn wir in die Barbarei zurückfallen, dann geht es verloren . . .«

Anse spürte eine kleine Hand auf seinem Arm. Er sah in die dunklen Augen von Du-Frere Marie hinunter. Sie war ein hübsches Mädchen, ein bißchen jünger als er, und bis ihm Ellen richtig ins Auge gefallen war, hatte er ihr einige Aufmerksamkeit geschenkt.

»Ich mach' mir nichts aus Gleichberechtigung«, flüsterte sie. »Eine Frau sollte nicht versuchen, ein Mann zu sein. Ich würde gern nur für meinen Mann dasein, für ihn kochen und das Haus in Ordnung halten und seine Kinder bekommen.«

Das war eine typische Khazaki-Einstellung, erkannte Anse. Aber – er fühlte plötzlich Mitleid, als ihm einfiel, daß Carson Marie umworben hatte. »Das ist bestimmt sehr hart für dich«, murmelte er. »Ich werde aufzupassen versuchen, daß Carse am Leben bleibt . . . wenn wir siegen«, fügte er bitter hinzu.

»Der? Ich mach' mir nichts aus diesem Masefield. Sollen sie ihn ruhig hängen. Aber Anse – sei vorsichtig . . .«

Er wandte den Blick ab. Sein Gesicht war heiß im Dunkeln, als ihm plötzlich klar wurde, warum Masefield Carson ihn haßte. Flüchtig wünschte er, daß er nicht so ein ewiges Glück bei den Frauen gehabt hätte. Aber der zufällige Umstand, daß es in der zweiten und dritten Generation der Menschen auf Khazak einen Frauenüberschuß gab, hatte es mehr oder weniger unvermeidlich gemacht, und er – nun, er war eben nur ein Mensch. Er hatte einige Erdenmädchen gehabt; und nicht wenige Khazaki-Frauen waren von dem großen Terraner fasziniert gewesen. *Ja, ich hatte Glück,* dachte er bitter. *Bei allen bis auf die eine, auf die es ankommt.*

». . . wir waren ein paar Wochen von Avandar fort – das war damals ein unbedeutender Außenposten, obwohl ich mir vorstellen kann, daß er seither gewachsen ist –, als wir diese Sonne vom Sol-Typ entdeckten. Wir sahen, daß es dort einen erdähnlichen Planeten gab, und beschlossen, ihn zu erforschen. Wir hatten es alle satt, im Schiff zusammengepfercht zu sein, und weil die Teleskope zeigten, daß die Eingeborenen, die es vielleicht geben mochte, zu primitiv waren, um eine Gefahr für uns darzustellen, gingen wir alle im Rettungsboot nach unten.

Und dann trat der Zufall von eins zu einer Milliarde ein . . . die atomaren Konverter gerieten außer Kontrolle, und wir entkamen nur um Haaresbreite aus dem Boot, bevor es völlig zerstört wurde. Wir waren auf einem fremden Planeten gestrandet und hatten nichts als unsere Kleider auf dem Leib und ein paar Handwaffen – und unser überlichtschnelles Schiff kreiste in seinem Orbit, keine zehntausend Kilometer über uns!

Es bestand keine Aussicht auf Rettung. Es gibt einfach zu viele Sonnen, als daß die galaktischen Koordinatoren hoffen könnten, ein Schiff zu finden, das nicht zurückkehrt. Eine Ausbreitung in diese Raumregion stand erst in zweihundert Jahren auf dem Programm. Da waren wir also, und da würden wir bleiben, bis wir ein Boot bauen konnten, das uns zu unserem Schiff zurückbringen würde.

Und das hat uns bis jetzt fünfzig Jahre gekostet . . .«

Pragakech kam herein. Der Regen glitzerte auf seinem Fell und tropfte in kleine Pfützen um seine leisen Füße. »Wir sind bereit«, sagte er. »Wir haben uns mit jedem Krieger in Verbindung gesetzt, dessen Versteck wir kannten.«

»Dann können wir uns ebensogut auf den Weg machen.« Janazik stand auf und streckte sich genüßlich. In dem trüben Licht waren seine Augen wie flüssiges Gold.

»So rasch?« Marie hielt Anse mit ängstlichen Händen zurück. »Noch heute nacht?«

»Je eher, desto besser«, sagte Anse grimmig. »Mit jedem verstreichenden Tag werden mehr von unseren Freunden gefunden und getötet. Man wird weitere Orte nach Ellen absuchen, und Volakechs Griff um die Stadt wird stärker.« Er setzte sich die Pickelhaube wieder auf den Kopf und gürtete das Schwert um seine gepanzerte Taille. »Komm, Janazik. Der Rest bleibt hier und wartet auf das Zeichen. Wenn wir vernichtend geschlagen werden, dann wird es den Überlebenden gelingen, hierher zurückzukommen und euch aus Krakenau hinauszuführen – irgendwie.«

Marie setzte an, etwas zu sagen, dann schüttelte sie den Kopf, als ob ihr die Worte im Hals weh taten, und zog Anses Gesicht zu ihrem herab. »Dann leb wohl«, flüsterte sie. »Leb wohl, und mögen die Götter mit dir sein.«

Er küßte sie unbeholfener, als er es gewohnt war, und kam sich wie ein richtiger Schuft vor. Dann folgte er Pragakech und Janazik durch die Falltür nach draußen.

Der Hof war voller Khazaki-Krieger, die stumm in dem trägen, starken Regen standen. Es war die Dunkelheit des frühen Morgens, und nur ein gelegentlicher fahler Blitz, der Speere und Äxte aufschimmern ließ, durchbrach die kalte Finsternis. Anse merkte, daß sich geschmeidige Körper mit leisen Bewegungen um ihn herumdrängten, daß Augen, die nachts sehen konnten, ihn mit gleichmütigem Blick beobachteten. Er und Janazik waren diejenigen, die den Plan und die meiste Erfahrung im Kriegshandwerk hatten, und die anderen erwarteten, daß sie die Führung übernahmen. Es war nicht leicht, diesem kühlen, prüfenden Blick standzuhalten, und Anse ging weiter und trat mit einem Gefühl der Erleichterung auf die Straße hinaus, als er daran dachte, daß ihnen ein Kampf bevorstand.

Während sie durch die engen Kopfsteinpflasterstraßen, die sich den Hügel hinaufwanden, zur Burg zogen, schwoll ihre Armee an. Krieger kamen mit leisen Schritten aus den Gassen gelaufen, schlüpften aus dunklen, verbarrikadierten Häusern und schienen in der regnerischen Nacht um sie herum wie aus dem Nichts aufzutauchen. Ganz Krakenau war auf den Beinen, so schien es, aber leise, ganz leise.

Und überall in der Stadt waren andere solche Trupps unterwegs, sammelten sich unter der Führung von jemandem, dem man vertrauen konnte, und strebten zur Zitadelle und dem Raketenboot, das dort unter Bewachung lag.

Heute nacht – Sieg, oder Zerstörung des Bootes und eine unentschiedene Schlacht . . . oder wir werden zurückgeworfen und erleiden eine endgültige, vernichtende Niederlage. Die Götter sind heute nacht unterwegs.

Irgendwo ertönte der herausfordernde Ruf einer Trompete, schwach und weit entfernt in dem stumpf herabrieselnden Regen; einmal, dann noch einmal. Danach kam von der Entfernung gedämpftes Geschrei und das Klirren von Schwertern.

»Einer unserer Trupps ist auf eine Patrouille gestoßen«, sagte Janazik überflüssigerweise. »Jetzt wird in Krakenau die Hölle losbrechen. Kommt!«

Sie fielen hügelan in Trab. Als sie um eine scharfe Kurve bogen, sahen sie eine dichtgestaffelte Masse von Kriegern mit hoch erhobenen Speeren.

Gardisten!

Die beiden Trupps stießen gleichzeitig ein lautes Gebrüll aus und stürzten in der unordentlichen Art der Khazakis aufeinander los. Es begann eben ein bißchen hell zu werden; Anse konnte gerade so viel erkennen, daß es für den Kampf reichte. Heja – dran und drauf!

Er krachte mit einem Gardisten an der Spitze zusammen, der mit seinem langen Speer nach ihm stieß. Die Schneide glitt schabend an Anses schwerem Kettenhemd ab, als der Erdenmensch mit seinem Schwert dreinhieb. Er schlug den Schaft beiseite, warf sich nach vorn und ließ das Schwert auf den Hals des Khazaki niedersausen. Der Gardist fing den Hieb mit seinem Schild ab und rammte es plötzlich nach vorn. Die mörderische Spitze auf dem Schildbuckel schlug dumpf gegen die breite Brust des Terraners, und die verketteten Ringe gaben unter diesem Stoß eine Spur nach – nur ein wenig, gerade genug, daß ein bißchen Blut floß. Anse brüllte auf und landete einen Hieb auf dem rechten Arm des anderen. Der Khazaki heulte vor Schmerz und taumelte zurück.

Ein anderer stürzte sich wie eine fauchende Katze auf den Erdenmenschen. Schwerter summten und klirrten aufeinander. Der Khazaki sprang herum, duckte sich und schlug mit einem Schwert wie eine flackernde Flamme zu, und keiner von Anses Hieben konnte ihn erwischen.

Der Khazaki machte plötzlich einen Satz nach vorn, und seine Klinge zuckte auf die ungeschützte Kehle des Menschen zu. Anse parierte mit seinem Schwert, während seine linke Faust wie eine eiserne Kanonenkugel vorschoß. Sie traf den Eingeborenen mit einem Knirschen splitternder Knochen voll ins Gesicht. Der Kopf des Gardisten schnellte zurück, und er fiel auf die blutüberströmte Straße.

Janazik kämpfte gegen zwei Mann gleichzeitig. Sein Schwert stand keinen Moment still. Er sprang und tanzte wie der Schatten einer Kerze im Wind, und er lachte – er lachte! Anse schlug zu, und der Kopf eines der Feinde sprang vom Hals. Janazik sprang vor, ein schwirrendes Stahlgewirbel, und der andere Gardist stürzte zu Boden.

Axt und Schwert! Speer und Dolch und fliegende Pfeile! Der Kampf wogte zwischen den dunklen Mauern der Häuser hin und her. Mit der Zeit dehnte er sich aus; Volakechs Patrouillen wurden von dem Lärm angelockt, Loyalisten hörten in ihren Verstekken von dem Angriff und beeilten sich, dazuzustoßen. Anse und Janazik kämpften Seite an Seite, die Muskelkraft des Menschen und die Schnelligkeit des Khazaki, und wohin sie gingen, dort häuften sich die Leichen.

Eine Speerspitze streifte Ansons Hand. Er ließ das Schwert fallen, und der Feind sprang mit gezogenem Messer auf ihn zu. Anse griff nicht nach seinem eigenen Dolch – bei einem Messerkampf mit einem Khazaki hatte kein Mensch eine Chance –, aber seine Arme schnellten vor, die Hände schlossen sich um die Taille des Eingeborenen, und er hob den Feind hoch und schleuderte ihn gegen einen anderen. Sie gingen beide mit dem Scheppern eingebeulter Rüstungen und dem Knacken brechender Knochen zu Boden. Anse stieß seinen Kriegsschrei aus und hob das Schwert wieder auf.

Janazik tänzelte herum, sprang vor und parierte. Er grinste, während er kämpfte, dämonische Lichter in seinen gelben Augen. Ein Speer wurde auf ihn geschleudert. Er griff ihn mit einer Hand aus der Luft und warf ihn zurück, während er mit einem anderen Gardisten kämpfte. Der Rebell nutzte den Vorteil aus, um unter Janaziks Deckung durchzukommen. Schneller als man denken konnte, war der Dolch in der linken Hand des Kriegers – und im Hals des Rebellen.

Das Kampfgetümmel ging hin und her, ein einziges Gebrüll und Getrampel, und der Regen vermischte sich mit dem Blut zwischen den Pflastersteinen. Das Donnern von Waffen, das Schreien der Verwundeten, die Rufe der Angreifenden – Blitze tanzten über ihnen!

Auf einmal war es vorbei.

Anse blickte von seinem letzten Opfer auf und sah, daß sich um sie herum keine Knäuel von Kriegern mehr bildeten. Auf der Straße häuften sich die Toten und Verwundeten, und bis auf ein paar Zweikämpfe, die noch weitergingen, waren die überlebenden Gardisten in voller Flucht begriffen, und die siegreichen Krieger stießen ihr Triumphgebrüll aus.

»Das war ein Kampf!« keuchte Janazik. Er zitterte vor wildem Eifer. »Und jetzt vorwärts zur Burg!«

»Ich glaube«, sagte Slavatozik nachdenklich, »das war der Entscheidungskampf, soweit es die Stadt betrifft. Seht euch an, wie viele daran beteiligt waren. Nahezu alle Patrouillen müssen hierhergekommen sein – und jetzt sind sie geschlagen. Die Stadt ist in unserer Hand!«

»Das nützt uns nicht viel, solange Volakech in der Burg hockt«, meinte Anse. »Er braucht sich nur mit den Erdwaffen auf den Weg zu machen . . .« Er stützte sich schweratmend auf sein Schwert und sog die kühle, feuchte Luft mit tiefen Zügen in seine Lungen. »Aber wo ist Ellen?«

»Wir haben Herolde ausgeschickt, die sie rufen sollten, wie du vorgeschlagen hast«, sagte Slavatozik. »Jetzt, wo wir die Stadt kontrollieren, müßte sie eigentlich herauskommen. Wenn nicht –«

»– dann weiß ich, wie wir das Boot sprengen können«, erklärte

Gonzales Alonzo düster. »Wenn es uns gelingt, in die Zitadelle hineinzukommen und zu ihm zu gelangen.«

Die Truppen der Loyalisten sammelten sich wieder. Krieger liefen über den Schauplatz der Schlacht, fledderten tote Gardisten und schnitten verwundeten Feinden und schwer verstümmelten Freunden die Kehlen durch. Es war eine kleine Armee, die sich um Anses hochgewachsene Gestalt drängte.

Seine sorgenvollen Augen spähten in das trübe graue Licht der regnerischen Dämmerung. Auf einmal versteifte er sich und sah noch genauer hin. Jemand kam die Straße entlang und schob sich durch die versammelten Krieger. Jemand – jemand – er kannte dieses leuchtende, bronzefarbene Haar . . .

Ellen.

Er stand da und wartete, während er sie auf sich zukommen ließ, und seine Augen waren hungrig. Sie war groß und gut gebaut und geschmeidig, fast so anmutig wie ein Khazaki, und ihre weit auseinanderstehenden Augen unter der breiten, klaren Stirn waren ruhig und grau, und ihre gerade Nase war mit Sommersprossen gesprenkelt und ihr Mund war breit und markant und großzügig und . . .

»Ellen«, sagte er erstaunt. »Ellen.«

»Was willst du tun?« fragte sie. »Was hast du für einen Plan?«

Keine Frage, wie es ihm ging, kein Blick auf das Blut, das ihm an der Seite herablief, das auf seinem Gesicht und seinen Armen verspritzt war. »Wo warst du?« fragte er und verfluchte sich, daß er nicht imstande war, sich eine bessere Begrüßung auszudenken.

»Ich hab' mich bei der Familie von Azakhagar versteckt«, sagte sie. »Ich lag auf ihrem Dachboden, als die Patrouillen kamen und nach mir suchten. Dann hörte ich deine Herolde durch die Straßen laufen, die mich in deinem Namen aufforderten, herauszukommen. Also bin ich gekommen.«

»Woher hast du gewußt, daß es kein Trick von Volakech war?« fragte jemand.

»Ich befahl den Herolden, meinen Namen zu benutzen und danach etwas hinzuzufügen, was – nun – was nur Ellen und ich wußten«, erklärte Anse verlegen.

Janazik verzog keine Miene, aber er erinnerte sich, daß der Satz gelautet hatte: »Dougald Anson, der dir an einem sonnigen Tag unten am Zamanaui-Fluß etwas gesagt hat.« Er konnte sich denken, was dieses Etwas gewesen war. Nun, es schien früher oder später allen Erdenmenschen zu passieren, und es bedeutete das

Ende der alten zügellosen Zeiten. Er seufzte ein bißchen wehmütig.

»Aber wozu wolltest du mich hier haben?« fragte Ellen. Sie stand in ihrem kurzen, engen Waffenrock vor Anse, die Regentropfen glitzerten in ihrem dichten, kupferfarbenen Haar, und er dachte sarkastisch, daß die Frage in gewisser Weise überflüssig war. Aber andererseits, wo die Zeit so furchtbar knapp war ...

»Du bist die einzige von uns, die einen Kurs für die Rakete ausarbeiten kann«, sagte er. »Alonzo – oder fast jeder von uns – ist wohl in der Lage, sie zu fliegen, aber du bist die einzige, die sie zum Sternenschiff bringen kann. Deshalb waren Volakech und Carson natürlich hinter dir her, und deshalb mußten auch wir dich haben. Wenn wir in die Zitadelle eindringen, uns die Rakete schnappen und zum Sternenschiff fliegen können, wird es leicht sein, Volakech zu stürzen. Aber wenn er zuerst dorthin kommt, könnte ganz Khazak nichts mehr gegen ihn ausrichten.«

Sie nickte langsam und müde. Ihre grauen Augen waren gequält. »Ich möchte wissen, ob es etwas ausmacht, wer dorthin gelangt«, sagte sie. »Ich habe darüber nachgedacht, warum wir miteinander kämpfen und uns gegenseitig umbringen. Wegen der Frage, wer auf dem Thron eines obskuren Stadtstaates auf einem unwichtigen Planeten sitzen wird? Wegen der Entscheidung, was genau mit einem kleinen Raumschiff geschehen soll? Das ist es nicht wert.« Sie ließ den Blick über die ausgestreckten Leichen schweifen, die auf dem blutigen Kopfsteinpflaster lagen und in deren weit aufgerissene Münder der Regen fiel, und erschauerte. »Das ist es wirklich nicht wert.«

»Es geht um mehr als nur das«, sagte Janazik düster. »Masefield Carson und sein Freund Volakech – eher seine Marionette, glaube ich – würden das Schiff dazu benutzen, um die ganze Welt unter ihre Knute zu zwingen. Sie würden sie dann nach ihren Plänen umgestalten, um sich ein kleines Imperium unter den benachbarten Sternen zu erobern.«

»Volakech hat sich vor seiner ersten Revolution dauernd so geäußert«, stimmte Ellen zu. »Und Carse hat immer gesagt – aber das kann doch nicht stimmen! Er kann es nicht so gemeint haben. Und selbst wenn – was dann? Ist es das wert, daß Brüder sich dafür dauernd abschlachten?«

»Ja.« Janaziks Stimme war mitleidlos. »Sollen die Freien von Khazak die reglementierten Horden eines Tyrannen werden? Da mag zuerst die ganze Welt in Stücke gehen!«

»Wollen wir zulassen, daß die unschuldigen Völker anderer Sterne die Leidtragenden sind?« drängte Alonzo. »Soll Khazak eine Bedrohung für die Galaxis werden, die man vernichten muß – oder die sich selbst vernichten muß? Soll es zu einem Krieg mit der Erde kommen?«

»Zu Shantuzik damit«, knurrte Anse. »Das sind unsere Feinde, und wir müssen gegen sie kämpfen und sie schlagen. Da draußen ist die große galaktische Zivilisation, und sie würden uns noch Generationen lang von ihr fernhalten und sie letzten Endes zu unserem Feind machen. Und Volakech ist ein Mörder, der kein Recht auf den Thron von Krakenau hat. Steigen wir ihm aufs Dach, sage ich!«

»Also schön ...« Ellen wandte den Blick ab. Als sie sich wieder umdrehte, waren ihre Augen schmerzerfüllt, aber ihre Stimme war leise und fest: »Was immer ihr vorhabt, ich bin dabei. Aber unter einer Bedingung. Carse darf kein Haar gekrümmt werden.«

»Kein Haar gekrümmt!« explodierte Janazik. »Dieser schmutzige Verräter verdient –«

»Er ist immer noch mein Bruder«, sagte Ellen. »Wenn Volakech geschlagen ist, kann er keinen Schaden mehr anrichten, und er wird einsehen, daß er falsch gehandelt hat.« Ihre Augen blitzten kalt. »Wer Carse etwas tut, wird mich zum Todfeind haben!«

»Wie du willst.« Anse zuckte die Achseln und versuchte, den Schmerz in seinem Herzen zu verbergen. »Aber jetzt ... Unser Plan ist, die Zitadelle anzugreifen. Wir können nicht hoffen, daß wir sie einnehmen können, aber wir werden die Garnison in Trab halten. Währenddessen brechen ein paar von uns ein, holen sich die Rakete und bringen sie hier heraus, wo du inzwischen einen Orbit ausgearbeitet hast –«

»So schnell geht das nicht. Und wer kann sie gut genug fliegen, um sie hier herunterzubringen, ohne eine Bruchlandung zu bauen?«

Sie sahen einander an, dann richteten sich ihre Blicke auf Gonzales Alonzo. Er lächelte freudlos. »Ich kann's versuchen«, sagte er. »Aber ich bin bloß Ingenieur; ich hätte mir nie träumen lassen, daß ich das Ding mal fliegen müßte. Chiang Ching-Wei war als Pilot vorgesehen, aber der ist jetzt gefangen.«

»Wenn wir die Rakete zerstören – nun, dann zerstören wir sie eben«, sagte Anse schwer. »Das würde einen langen und harten Krieg gegen Volakech von hier draußen aus bedeuten, und er hätte alle Vorteile durch die neuen Waffen. Wir werden ihn möglicherweise nicht stürzen können, bevor er ein neues Boot gebaut hat. Trotzdem – wir müssen es einfach versuchen.«

»Ich kann es fliegen«, sagte Ellen ruhig.

»Du!«

»Natürlich. Am zweiten Boot habe ich von Anfang an mitgearbeitet. Ich kenne es besser als jeder andere – jede Schweißnaht, jede Niete, jede Schaltung. Ich war an Bord, als Chiang erst vor ein paar Tagen einen Übungsflug gemacht hat. Ich werde es für euch fliegen!«

»Das geht nicht – wir müssen uns den Weg in die Burg erkämpfen, mitten ins Herz von Volakechs Macht – du würdest getötet werden!«

»Es ist unsere beste Chance. Wenn du glaubst, daß wir überhaupt hineinkommen können, dann habe ich die gleiche Chance wie jeder andere, es zu überleben.«

»Sie hat recht«, sagte Janazik. »Während wir Zeit mit Diskussionen verschwenden, macht sich die Zitadelle bereit. Kommt!«

Anse setzte sich automatisch in Bewegung. Er trabte neben Janazik her, und die Armee formierte sich und folgte ihnen.

Er hatte Zeit für ein paar rasche Worte mit Ellen, als sie den Hügel hinaufzogen, und flüsterte: »Bleib dicht bei mir. Wir werden mit einer kleinen Gruppe ausgesuchter Kämpfer eindringen und einen Ring um dich bilden.«

»Natürlich«, nickte sie. Ihre grauen Augen leuchteten, und sie atmete schnell. »Ich fange an zu verstehen, warum du all diese Jahre herumgezogen bist, Anse. Es ist verrückt und tollkühn und schrecklich – aber beim Kosmos, wir leben!«

»Die meisten Rekruten sind vor ihrem ersten Kampf grün vor Angst«, sagte er. »Du hast das Herz eines Kriegers, Ellen –« Er brach ab, als er hörte, wie banal seine Worte klangen.

»Hör mir zu, Liebste«, sagte er dann rasch. »Vielleicht kommen wir nicht lebend aus all dem heraus. Aber denk daran, was ich dir an jenem Tag unten am Fluß gesagt habe. Ich liebe dich.«

Sie schwieg. Er suchte mühsam nach Worten und fuhr fort: »Du wolltest mir damals nicht antworten –«

»Ich dachte, es wäre nur dein übliches Geschwätz bei Frauen.«

»Das war es vielleicht auch – damals«, gab er zu. »Aber seitdem nicht mehr, und jetzt auch nicht.« Seine vom Schwert schwielige Hand fand ihre. »Vergiß es nicht, Ellen. Ich liebe dich. Ich werde dich immer lieben.«

»Anse . . .« Sie drehte sich zu ihm, und er sah das Licht in ihren Augen. »Anse –«

Ein Signalhorn schrillte hoch und rauh ein Stück voraus durch den Regen. Undeutlich konnten sie die monströse, dunkle Masse der Burg erkennen, die sich in dem nebligen grauen Licht vor ihnen abzeichnete. Ihre Türme verloren sich in dem dunstigen Himmel. Janazik zog blitzartig das Schwert aus der Scheide.

»Die Schlacht beginnt«, sagte eine Stimme aus dem Regenschleier.

Anse zog Ellen an eine Wand hinüber und küßte sie. Ihre Lippen waren kühl und fest unter seinen, feucht vom Regen; er würde diesen Kuß nie mehr vergessen, solange noch Leben in ihm war.

Sie sahen sich einen Moment lang voller Verwunderung an, dann lösten sie sich voneinander und folgten Janazik.

Die Loyalisten griffen in einer lebenden Welle an, die mit einem Aufbrüllen gegen die Mauern der Stadt anbrandete und eine Gischt aus Blut und Stahl verspritzte. Von drei Seiten kamen sie, liefen in den Pfeilhagel hinein und heraus, hoben die Schilde über ihre Köpfe und ließen die Toten hinter sich.

Die Blasterkanone, die auf die Mauern montiert war, spuckte Feuer und Donner. Krieger wurden vor dieser wirbelnden weißen Furie niedergemäht, Rüstungen schmolzen, wenn die blitzähnlichen Entladungen über sie spielten, aber dennoch ging der Angriff mit dem ganzen grimmigen Mut der Khazakis weiter.

Alte Belagerungsmaschinen tauchten auf. Sie wurden aus Lagerhäusern und Verstecken herausgezogen, wo sie für einen solchen Tag aufbewahrt worden waren. Jetzt wurden die großen Katapulte und Ballisten in Stellung gebracht; Steine, Feuerbälle und Pfeile mit Eisenspitzen, bestrichen die Mauern. Eine Testudo bewegte sich schwerfällig den steilen Hügel hinauf und auf die Tore zu. Sie wurde zu einer brennenden, geschmolzenen Ruine zerstrahlt, aber eine andere gelangte bis an den Fuß der Mauer, und unter ihrem Dach war das Krachen eines Rammbocks zu hören.

In dem alles verbergenden Regen huschten die Krieger wie Schatten zu den Mauern hin. Keine noch so winzige Stelle, die Deckung gab, war zu klein für eine dieser gespenstischen Gestalten; sie schienen sich nach Belieben unsichtbar machen zu können. Unter die Mauern – Sturmleitern erschienen wie aus dem Nichts –, die Mauern hinauf und hinein in die Burg!

Die Leitern wurden umgestoßen. Die Krieger, die auf die Mauern gelangten, wurden von der Kanone zerstrahlt oder von zahlenmäßig überlegenen Feinden niedergemacht. Sie gingen in einem Gewühl aus Kampf und Tod unter. Kochendes Wasser, Speere und Pfeile und die brüllenden Blasterblitze regneten von den Mauern auf diejenigen herab, die unten gegen sie anrannten. Aber trotzdem kamen sie. Die heulenden, kreischenden Dämonen von Krakenau kamen trotzdem, starben und kamen von neuem.

Anse fluchte leise und finster. Schmerz schlich sich in seine Stimme: »Wir können nicht bei ihnen sein. Sie werden abgeschlachtet, und wir können nicht bei ihnen sein.«

»Wir werden hier dringender gebraucht«, sagte Janazik kurz. »Wenn Pragakech den Angriff nur für eine Stunde aufrechterhalten kann . . .«

Er und Anse liefen vorneweg. Hinter ihnen kamen Gonzales, Ellen und ein Dutzend ausgewählter junger Khazakis. Sie schlängelten sich durch ein Labyrinth von Gassen, Straßen und verlassenen Marktplätzen und arbeiteten sich zur Rückseite der Burg vor. Der Schlachtenlärm drang aus dem grauen, nebligen Regen zu ihnen; sonst war nur das Tappen und Platschen ihrer eigenen Füße, das rauhe Kratzen des Atems in ihren Lungen und das leise Klappern und Klirren ihrer Rüstung zu hören. Ganz Krakenau hatte sich in seine geheimnisvollen Schneckenhäuser zurückgezogen, soweit es nicht an dem Angriff auf die Zitadelle beteiligt war, lag im Dunkeln abwartend auf der Lauer und wetzte die Messer.

Die Pfade führten steil nach unten, bis sie um die Zitadelle herum waren und eine senkrecht aufragende Felswand vor sich sahen, als sie aus einer tunnelartigen Gasse hinausspähten. Auf dieser Seite war die Burg unbezwingbar. Der einzige Zugang war ein Pfad, so schmal wie die Schneide eines Messers, der sich an der Felswand hinaufschlängelte. Er war kaum breit genug für einen Mann. Dort, wo er oben endete, begann die Mauer, die bündig mit dem Rand des Abgrunds abschloß. Vor dieser Mauer war in der alten Zeit ein Bogenschütze postiert gewesen, der den Pfad beherrschte, aber vor kurzem war hier eine Kanone aufgestellt worden.

Aber gerade diese Sicherheitsmaßnahme, dachte Anse, konnte ein Schwachpunkt sein. Abgesehen von diesem Geschütz würde der Zugang nicht bewacht sein, besonders, da der Kampf woanders stattfand. Deshalb –

»Gib mir deine Waffe, Alonzo«, sagte Janazik.

»Hier.« Gonzales reichte ihm die Blasterpistole. »Aber es sind nur noch zwei Schüsse drin.«

»Das dürfte reichen.« Janazik steckte sie unter seinen Umhang. Dann wickelte er sich eine goldene Binde um den Arm und machte sich daran, den Pfad hinaufzusteigen. Ein paar seiner Khazakis kamen hinter ihm, dann folgten Anse, Ellen und Alonzo und schließlich der Rest der Krieger.

Der Pfad war steil und schlüpfrig. Wasser strömte strudelnd herab, Steine wackelten unsicher unter ihren Füßen, und es war eine schwindelerregende Falltiefe von dem jähen Rand zum Boden unten. Keuchend und fluchend arbeiteten sie sich langsam nach oben und fragten sich, was für eine Chance ihr verwegener Plan wirklich hatte.

Ellen rutschte ein wenig ab. Anse langte zurück und ergriff ihre Hand. Er lächelte schief. »Jetzt möchte ich gar nicht wieder loslassen«, sagte er.

»Ich frage mich ...« Ellen wandte den Blick ab und sah ihn dann wieder an, und ihre Augen waren groß und erstaunt. »Ich frage mich, ob ich will, daß du losläßt, Anse.«

Sein Herz schien ihm bis zum Hals zu schlagen, aber er ließ sie los und sagte sarkastisch: »Ich fürchte, ich muß. Aber warte bis später.«

Höher und höher ... *Später! Wird es je ein später geben? Und wenn ja, was dann? Ich bin immer noch mehr als ein halber Khazaki. Können wir in der gewaltigen Zivilisation zusammenleben, die ich mir nicht einmal richtig vorstellen kann?*

Es war einfacher, als Janazik und ich überall auf dem Planeten gefochten haben ... Janazik! Ich möchte wissen, ob zwei Wesen derselben Rasse je so eng miteinander verbunden sein können wie wir zwei. Wir haben zusammen gekämpft und gelacht und gesungen, haben uns gegenseitig das Leben gerettet, haben gemeinsam geschwitzt, gelitten und Angst gehabt. Wir kennen uns so gut, wie wir niemals irgendein anderes Wesen kennen werden. Nun, das geht vorbei. Wir werden immer gute Freunde bleiben, nehme ich an. Aber die alte Kameradschaft – die werde ich aufgeben müssen. Aber Ellen –

Höher und höher ...

Janazik stieß einen langen und lauten Pfiff aus und rief: »Heil Volakech! Freunde!«

Undeutlich konnte er die dunkle Masse der Blasterkanone sehen, die hinter ihrem eisernen Schild kauerte. Über ihr waren die Mauern der Burg hoch und dunkel und – leer.

Die Stimme kam von vorn. Sie war voller nervöser Spannung. »Wer dort?«

»Ein Freund. Ich habe eine Botschaft für Seine Hoheit.« Janazik trat fast beiläufig ein paar Schritte nach vorn. Seine Augen glänzten fröhlich. Dieses kitzlige Würfelspiel mit dem Tod gefiel ihm. Eines Tages würde er über das Ziel hinausschießen, und das würde das Ende sein, aber bis dahin hatte er seinen Spaß.

»Komm näher . . . Nein, sonst niemand. Nur du allein.«

Janazik schlenderte vorwärts, bis er nur einen Meter vor der stumpfen, häßlichen Mündung stand. Er hatte den linken Arm aus dem Umhang gezogen, so daß die goldene Armbinde deutlich zu sehen war. Die Rechte unter dem Umhang entsicherte Alonzos Pistole.

»Wer bist du?« rief ihn die Stimme hinter dem Schild an.

»Ein Bote für Seine Hoheit, von seinen Verbündeten in Volgazan«, sagte Janazik. »Als ich sah, daß vorn noch gekämpft wurde, beschlossen meine Männer und ich, hintenherum zu kommen.«

»Nun – ich gaube, ich kann dich hereinlassen, unter Bewachung. Aber deine Männer werden da draußen bleiben müssen.«

»Sehr wohl.« Janazik ging gelassen hinüber und trat hinter das Schild.

Drei Krieger kauerten dort vor einer kleinen Tür in der Mauer. Einer von ihnen war im Begriff, ein Trompetensignal für ein Wachkommando zu geben. Die anderen beiden hielten ihre Speere an Janaziks Hals. Keiner von ihnen kam auf die Idee, daß jemand außerhalb der Zitadelle eine Erdwaffe besitzen könnte.

Janazik schoß direkt durch seinen Umhang. In diesem engen Raum blendete und verbrannte ihn die gierige Entladung, und herumfliegende Partikel geschmolzenen Eisens bissen in sein Gesicht. Der Hammerschlag des Rückstoßes ließ ihn gegen die Mauer taumeln. Sein Umhang fing Feuer; er riß ihn herunter und warf ihn auf die drei geschwärzten Leichen vor ihm.

Seine geblendeten Augen gewannen allmählich ihre Sehkraft zurück. Diese Erdwaffen waren gräßliche Dinger, dachte er. Für sie brauchte man weder Mut noch Kraft oder gar Schlauheit. Er fragte sich, welche Veränderungen die galaktische Zivilisation für das alte Khazak bringen würde, und glaubte, daß ihm die meisten davon nicht sonderlich gefallen würden. Vielleicht hatte Volakech recht.

Aber Anse war sein Kamerad, und Aligan war sein König gewesen. Er pfiff, und die anderen kamen herbeigelaufen.

»Schnell«, krächzte Janazik. »Der Lärm könnte jemanden anlocken – hinein, schnell!«

»Können wir diesen Blitzwerfer nicht herumdrehen und sie zerstrahlen?« wollte ein Khazaki wissen.

»Nein, er ist fest installiert.« Anse warf seine muskulösen Schultern gegen die kompakte Masse der Tür. Sie schwang schwerfällig zurück, und sie stürzten durch den Tunnel in der dikken Mauer – hinaus in den offenen Hof der Burg!

Die Kampfgeräusche wurden hier sehr laut, aber es waren nur ein paar Krieger in Sicht, die mit ihren Aufträgern hierhin und dorthin hasteten und keine Notiz von den Neuankömmlingen nahmen, eine Tatsache, die Anse und Janazik nicht überraschte. Sie wußten, was für ein gewaltiges Durcheinander eine Schlacht war. Der Mensch rief sich jetzt den Grundriß der Anlage ins Gedächtnis. Die Rakete würde bei den Maschinenhallen sein, in der Nähe des Burgverlieses im Hauptturm. »Hier entlang!«

Sie trabten über den Hof, um die grauen Steinmassen der Gebäude und Türme der Zitadelle herum zu dem langen Holzschuppen, der die neue Maschinenhalle beherbergte. Der Regen begann jetzt nachzulassen, und die Sonne stand hinter seinem grauen Schleier am Himmel, so daß Licht durch schräg herabrieselndes Silber fiel. Von den dunklen Mauern schimmerte das Raketenboot wie eine polierte Speerspitze.

»Vorwärts jetzt!« Janazik begann zu dem Boot zu laufen, und sie folgten ihm in einem dichten Ring um Ellen.

Ein Trupp von Kämpfern kam um die Ecke der Maschinenhalle vor der Rakete. Das nasse Licht glänzte auf ihren Armbinden. Janazik fluchte bitterlich, und seine Hand sank an sein Schwert.

Einer der feindlichen Krieger stieß einen lauten Schrei aus. »Erdenmenschen – zwei – drei von ihnen! Nicht unsere –«

Der Blaster krachte in Janaziks Hand, und fünf verkohlte Körper stürzten zu Boden. Mit markerschütterndem Gebrüll sprang Janazik nach vorn, und hinter ihm kamen Anse, Alonzo und ein rundes Dutzend der wildesten Kämpfer von Krakenau. Der Blaster war jetzt erschöpft, aber sie hatten noch ihre Schwerter.

Der Anführer des feindlichen Trupps war groß für einen Khazaki. Er hatte einen dunklen Pelz und grüne Augen. Seine Männer liefen in Panik auseinander, aber er brüllte wie ein Stier einen Befehl, und sie sammelten sich um ihn und stellten sich vor die Rakete.

Volakech. Bei allen dreizehn Höllen, Volakech!

Er mußte Verstärkung zu einer bedrohten Stelle an der Mauer geführt haben, dachte Anse in einem flüchtigen Moment, und sein scharfer Verstand hatte auf der Stelle den Schluß gezogen, daß die Eindringlinge es auf die Rakete abgesehen hatten – und daß sie keine Blasterladungen mehr haben konnten, weil sie sonst schon abgefeuert worden wären. Und Volakechs Trupp war immer noch größer als ihrer, und er hatte die ganze Streitmacht der Zitadelle hinter sich, wenn er sie herbeirufen konnte!

Die zwei Trupps stießen aufeinander, und Stahl begann zu fliegen. Anse stand vor Ellen und hieb auf einen fauchenden Khazaki ein, der mit einem Schwert nach seinem Bauch stieß. Der Feind schlüpfte an seiner Abwehr vorbei und stach von ganz nahem auf ihn ein. Ellen stieß einen Schrei aus und trat dem Eingeborenen gegen die Knöchel. Er stolperte und ließ sein Schild sinken, und Anse spaltete ihm den Schädel.

Volakech brüllte. Er schwang eine riesige Streitaxt, und ihr krachender Aufprall übertönte den hin und her wogenden Kampf. Zwei von Janaziks Männern sprangen ihn an. Er schwenkte die Axt in einem schrecklichen Bogen, und die Spitze zerschmetterte einen Schädel, während die Schneide dem anderen ins Gesicht fuhr. Alonzo sprang mit wildem Mut auf ihn los, das Schwert hoch erhoben. Volakech schlug es ihm aus der Hand, daß es davontrudelte, aber bevor er den Ingenieur töten konnte, hatte sich Anse auf ihn gestürzt.

Stahl klirrte, als sie aufeinander einhieben. Axt und Schwert krachten gegeneinander, kratzten über Kettenpanzer und dröhnten auf Helmen. Hiebe und Stöße und Paraden verschwammen ineinander, während Volakech ihn hinter einem Netz aus wirbelndem Stahl angrinste.

Anse sammelte alle Kräfte und drang mit tollkühner Wildheit vor. Sein Schwert summte und pfiff und krachte gegen das Schild, das Volakech verbissen festhielt. Er entblößte Arme, Beine und Wangen; er hieb und stach auf den Körper des Rebellenkönigs ein. Volakech fauchte, aber er wurde Schritt für Schritt zurückgetrieben.

Krieger fielen, aber sie sanken auf die Körper ihrer Gegner, und selbst im Sterben stachen sie noch nach oben auf die Feinde ein. Bitter, blutig und absolut erbarmungslos wogte der Kampf um das Raketenboot herum. Es war das alte Khazak, das hier kämpfte, der Planet der Krieger, und selbst während er dreinhieb, herumtänzelte und tötete, dachte Janazik düster, daß er hier versuchte, der blutrünstigen Größe dieser Zeit ein Ende zu machen; er brachte die Zivilisation und mit ihr den Untergang seinesgleichen. Das Khazak der Zukunft würde nicht mehr dieselbe Welt sein.

Wenn sie siegten – wenn sie siegten!

»Zu mir!« brüllte er. »Zu mir, Männer Aligans! Heil Aligan! Krakenau! Dougald!«

Sie hörten ihn und scharten sich um ihn, die letzten schweratmenden Überlebenden seines Trupps. Aber es waren nur noch wenige von Volakechs Männern übrig, sehr wenige.

»Volakech! Eilt dem König zu Hilfe! Zu mir, Männer Volakechs!« brüllte der Rebell mit aller Kraft seiner Lungen. Und Anse machte einen Satz auf ihn zu und schlug auf die flinke, schützend hochgehaltene Axt ein.

»Anse!« Janaziks drängender Ruf schnitt durch den Kampfeslärm. »Hierher, Anse! Wir sind durch!«

Der Mensch hörte ihn kaum. Er schob sich näher an Volakech heran. Sein Schwert pfiff um den behelmten Kopf des Usurpators.

»Anse!« schrie Janazik. »Anse – Ellen braucht dich –«

Mit dem Fauchen eines Tigers löste sich Anse von seinem Gegner und wirbelte herum. Vor ihm stand ein Rebell. Eine Entladung von Gewalt, so schnell, daß man ihr nicht folgen konnte, und Anse sprang über den zerfetzten Leib zu Janazik.

Der Khazaki stand an der Luftschleuse. Vor ihm lag ein Ring von Leichen. Blut troff von seinem Schwert.

»Ellen?« keuchte Anse. »Ellen?«

»Drin«, krächzte Janazik. »Sie ist drin. Wir müssen hier raus – einzige Möglichkeit, deine Aufmerksamkeit zu gewinnen – *komm!*«

Anse sah den bewaffneten Trupp, der von einem der äußeren Türme her auf sie zu schwärmte; Verteidiger, die den Kampf bei der Rakete endlich bemerkt hatten und ihrem König zu Hilfe kamen. Keine Chance gegen sie – außer das Boot!

Der Mensch und der Khazaki traten in die Luftschleuse zurück. Ein Hagelschauer von Pfeilen und Wurfspießen brach los. Anse sah zwei seiner Männer fallen – dann hatte Janazik die schwere äußere Schleusentür zugeschlagen und verriegelt.

»Ellen!« keuchte er. »Ellen – hoch mit dem Boot, bevor sie es in die Luft sprengen!«

Das Mädchen nickte. Sie schnallte sich im Pilotensitz vor der schimmernden Kontrolltafel fest. Nur Alonzo war bei ihr. Er blutete, aber er war noch auf den Beinen. Vier von ihnen hatten überlebt, nur vier, aber sie hatten das Boot!

Durch die Aussichtsluke sah Anse, wie die Angreifer um das Schiff strömten. Sie würden Ballisten benutzen, um es zu zerstören, Dynamit, um es zu sprengen, und die Blasterkanone, um sie in der Metallhülle bei lebendigem Leibe zu rösten – wenn sie es nicht vorher in die Luft bekamen.

»Übernimm die Maschinen, Alonzo«, sagte Ellen.

Gonzales Alonzo nickte. »Du hilfst mir, Janazik«, sagte er. »Ich bin sicher, daß ich – bei Bewußtsein bleibe ...«

Der Pilotenraum war im Bug.

Durch ein Schott getrennt, lagen die Luftversorgung und die anderen Lebenserhaltungssysteme an Bord dahinter. Sie waren nicht sehr umfassend, weil das Schiff nicht lange im Raum sein würde. Mittschiffs waren die Steuergyroskope, und hinter einem weiteren Schott befanden sich die Maschinenkontrollen. Anstatt ein automatisches System für die Treibstoffzufuhr zu installieren, hatten sich die Erbauer lieber auf manuelle Steuervorrichtungen verlassen, die auf Lichtsignale vom Piloten hin eingesetzt wurden. Das war weniger effizient, aber es hatte die Konstruktionsarbeit an dem Schiff abgekürzt und war gut genug für den Katzensprung, den es zu bewältigen hatte.

»Ich habe keine Ahnung davon«, sagte Janazik zweifelnd.

»Ich sag' dir, was du tun sollst. – Hilf mir ...« Auf den Arm des Khazaki gestützt, stolperte Alonzo zum Heck.

Anse schnallte seinen großen Körper in den Sessel neben dem von Ellen. »Ich kann dir nicht viel helfen, fürchte ich«, sagte er.

»Nein – außer dadurch, daß du hier bist«, lächelte sie.

Als er hinausschaute, sah er, daß der Angriff auf die Burg fast vorüber war. Er war abgewehrt worden, hatte ihnen jedoch die Ablenkung verschafft, die sie gebraucht hatten. Aber zu welchem Preis, zu welchem Preis?

»Wir könnten auch gleich zum Sternenschiff fliegen«, sagte er.

»Natürlich. Das wird dem Krieg ein Ende machen. Volakech kann sich entweder ergeben oder in seiner Burg sitzenbleiben, bis er schwarz wird.«

»Oder wir können das Schiff nehmen und die Zitadelle zerstrahlen.«

»Oh – oh, Kosmos, nein!« In ihren Augen stand jähes Entsetzen.

»Warum nicht?« fragte er ärgerlich. »Nur so können wir unsere Leute retten, wenn er sie nicht freiwillig gehen läßt.«

»Wir könnten Carse töten«, flüsterte sie.

Es lag ihm auf der Zunge, Gott sei dank zu fauchen, aber er schluckte den Impuls hinunter. »Warum machst du dir soviel aus ihm?«

»Er ist mein Bruder«, sagte sie einfach, und er erkannte, daß Ellen trotz ihrer zivilisierten Proteste genug von einer Khazaki hatte, um die primitive, blinde Klan-Loyalität des Planeten in sich zu spüren. Sie fügte langsam hinzu: »Und als Vater vor vielen Jahren starb, hat Carse seine Stelle eingenommen. Er war sowohl ein Vater als auch ein großer Bruder für mich. Er hat vielleicht einige falsche Ansichten, aber er war immer so – gut ...«

Die Verehrung eines Kindes für den talentierten, gutaussehenden, genialen älteren Bruder, die sie niemals wirklich abgelegt hatte. Nun – es war egal. Sobald sie das Sternenschiff hatten, war Carse unwichtig. »Er wird so sicher sein wie jeder in diesen Tagen«, sagte Anse. »Ich – ich werde ihn selbst beschützen, wenn es nötig sein sollte.«

Ihre Hand schlüpfte in seine und sie küßte ihn dort in dem kleinen Boot, während es unter den heftigen Attacken von draußen schaukelte und dröhnte. »Jeder, der Carse etwas antut, ist mein Todfeind«, hauchte sie. »Aber wer ihm hilft, hilft auch mir, und – und ...«

Anse lächelte träumerisch. Die Maschinen begannen zu stottern und sich aufzuwärmen, und Volakechs Männer liefen erschreckt auseinander. Sie hatten die Flammen gesehen, die aus dem Antriebsrohren schossen.

Und im Maschinenraum hielt Masefield Carson seinen Blaster auf Alonzo und Janazik gerichtet. »Nur zu«, lächelte er. »Nur zu – bringt das Boot in die Luft.«

Der Khazaki fluchte gottserbärmlich. Sein Schwert schien fast von selbst halb aus der Scheide zu springen. Carse schwenkte warnend den Blaster, und er schob die Waffe zurück. Zwecklos, zwecklos, wenn eine weiße Flamme ihn vernichten konnte, bevor er auch nur eine Bewegung machte.

»Wie bist du hier hereingekommen?« fauchte er.
Der hochgewachsene, dunkelblonde Mann lächelte wieder. »Ich war bei dem Kampf nicht dabei«, sagte er. »Volakech wollte meine Kenntnisse in Sicherheit wissen und hat mir befohlen, mich vom Kampf fernzuhalten. Ich wurde eigentlich nicht gebraucht. Aber dann kam mir der Gedanke, daß euer Angriff offensichtlich eine vergebliche Geste war, außer ihr hofftet, euch in den Besitz des Bootes bringen zu können. Deshalb hab' ich mich hier drin versteckt, um es zu bewachen – nur als Vorsichtsmaßnahme. Und jetzt – werden wir es in die Luft bringen. Es bleibt sich im Grunde gleich. Sobald ich das Sternenschiff habe . . .« Er machte eine Geste zu Alonzo. »Wirf die Maschinen an. Und keine Tricks. Ich kenne mich damit genausogut aus wie du.«
Gonzales schnallte sich fest und taumelte vor Schwäche, während er die Kontrollen betätigte. »Ich komme . . . nicht an das Rad . . .« keuchte er.
»Dreh du's, Janazik«, sagte Carse. »Ungefähr eine Vierteldrehung – das reicht.«
Vor Alonzos Augen drehte sich alles. Die ausdruckslosen Gesichter der Anzeigen schwankten und verschwammen. Er war ziemlich schwer verletzt. Aber die Maschinen liefen warm.
»Schnall dich fest, Janazik«, sagte Carse.
Der Khazaki gehorchte wütend. Er brauchte das Anti-Beschleunigungs-Netz eigentlich nicht – Carse selbst begnügte sich damit, sich mit einer Hand an einem Pfosten festzuhalten –, aber es würde seine Bewegungen behindern; auf keinen Fall würde er einen plötzlichen Sprung machen können. Alonzo und er konnten die Maschinen gemeinsam ohne weiteres bedienen, während Carson ihnen die Anweisungen gab. Sobald sie dann beim Sternenschiff waren, konnte er sie mit dem Blaster niederschießen und hinausgehen, um Anse und Ellen in seine Gewalt zu bringen. Und in den alten Büchern stand, daß ein Mann allein das Schiff bedienen konnte, wenn es nötig war . . .
Wie sollte er die beiden im Pilotenraum warnen? Woher konnte er Hilfe bekommen? Die Gedanken des Kriegers begannen jetzt kühl und stetig zu kreisen, so rasch wie eiskalte Blitze.
Flammen schossen aus dem Boot. Es stellte sich aufs Heck und stieg in den Himmel. Die Beschleunigung zerrte an Carse, aber sie war nicht so stark, daß ein kräftiger Mann ihr nicht widerstehen konnte. Carse klammerte sich fester an den Pfosten. Sein Blaster war unverändert auf sie gerichtet.

Ellens Signallichter blinkten auf den Kontrolltafeln. Mehr auf Düse Nr. 3, leicht nach Backbord, volle Kraft voraus, Nr. 2 abschalten ... Alonzo erledigte das meiste davon. Gelegentlich gab er Janazik mit keuchender Stimme einen Befehl. Der Lärm der Triebwerke erfüllte den Maschinenraum.

Und im Bug sah Dougald Anson die Welt taumeln und zurückfallen, sah, wie der verregnete Himmel sich öffnete und die Sonne auf einmal in voller Pracht erstrahlte, sah, wie der Himmel langsam dunkler wurde und die Sterne ehrfurchteinflößend herauskamen. Ihr Götter, ihr Götter, war dies der Weltraum? Der offene Weltraum? Kein Wunder, daß die Alten sich danach gesehnt hatten, von Khazak fortzukommen!

Wie konnte er Hilfe bekommen, wie sollte er Anse warnen – Janaziks Verstand rotierte wie eine voll aufgedrehte Maschine im Leerlauf und spuckte einen unbrauchbaren Plan nach dem anderen aus. Rasch jetzt, bei allen Höllen Shantuziks!

Kein Ausweg – und die Minuten flogen dahin, die Rakete stieg in den Himmel. Er wußte, daß sie sich dem Sternenschiff näherten, und immer noch lag er wie ein Schaf in seinem Gurtwerk und befolgte Carsons Befehle, denen seine Waffe Nachdruck verlieh.

Diese Schande! Er fauchte vor Wut und drehte auf den von Alonzo hervorgestoßenen Befehl hin mit unnötiger Heftigkeit an dem Rad. Das Schiff schlingerte, als es in einem Raketenrohr eine Fehlzündung gab. Carson hätte beinahe den Halt verloren, und im Nu waren Janaziks Hände an dem Beschleunigungsnetz. Er war drauf und dran, es abzuwerfen und sich auf ihn zu stürzen.

Der Mann fing sich wieder, und sein Blaster fuhr erneut schußbereit hoch. Er mußte schreien, um sich über die donnernden Düsen hinweg verständlich zu machen: »Versucht das nicht – keiner von euch! Ich kann euch beide erschießen und die Maschinen selbst bedienen, wenn es sein muß!«

Dann lachte er, eine hochgewachsene und glanzvolle Gestalt, die der brutalen Beschleunigung, die an ihm zerrte, mit aller Kraft standhielt. Ellens Bruder – jawohl! Und man konnte sehen, warum sie ihn retten wollte. Janazik bleckte mit einem haßerfüllten Fauchen die Zähne.

Die Rakete mußte jetzt fast die Fluchtgeschwindigkeit erreicht haben. Gleich würde Ellen das Zeichen zum Abschalten der Düsen geben, und das Boot würde schwerelos durch den Raum jagen, während sie ihre Meßwerte ablas und den Orbit berechnete, der sie zum Sternenschiff bringen würde. Und wenn Carse dann mit seinem Blaster auftauchte ...

Anse hatte nur ein Schwert.

Aber – *Anse ist Anse,* dachte Janazik. *Wenn es nur die leiseste Spur einer Chance gibt, wird er sie finden. Und wenn nicht, dann sind wir eigentlich auch nicht schlimmer dran als jetzt. Ich muß ihn warnen und alles übrige ihm überlassen.*

Der Khazaki nickte düster vor sich hin. Es würde wohl bedeuten, daß er in der Flamme aus Carsons Blaster sterben würde – und verdammt, verdammt, er liebte das Leben. Auch wenn die alte Welt, die er kannte, dem Untergang geweiht sein sollte, so gab es doch im galaktischen Sternenhaufen viele neue Welten. Er und Anse hatten oft davon geträumt, über sie hinzufliegen ...

Trotzdem –

Ein rotes Licht blinkte auf der Tafel. Ellens Signal, die Triebwerke abzuschalten. Sie hatten die Fluchtgeschwindigkeit erreicht.

Müde und mit zitternden Fingern legte Alonzo den Hauptschalter um. Die jähe Stille war wie ein Donnerschlag.

Und Janazik schrie aus vollem Halse den alten Warnruf der Krakenauer.

In der übelkeiterregenden Schwerelosigkeit des freien Falls drehte sich Carse mit einem Fluch unbeholfen um. »Das wird euch nichts nützen«, rief er heiser. »Ich werde ihn auch töten –«

Alonzo legte den Hauptschalter erneut um! Mit einem hustenden Brüllen erwachten die Triebwerke wieder zum Leben. Carse, der sich nicht mehr an dem Pfosten festhielt, wurde zu Boden geschleudert.

Janazik zerrte an seinem Netz, um freizukommen. Carse richtete den Blaster auf Alonzo. Der Ingenieur warf wahllos einen anderen Schalter um. Die Beschleunigungsrichtung änderte sich mit jäher Heftigkeit, und Carse krachte an die Wand gegenüber.

Sein Blaster fauchte, und Alonzo hatte keine Zeit mehr, zu schreien, bevor die Flamme über ihn leckte.

Und im Kontrollraum hörte Anse Janaziks hohen, heulenden Ruf. Die Reflexe seiner Wanderjahre kehrten zurück und brachten ihn in Schwung. Sein Schwert schien ihm in die Hand zu springen, er schlüpfte mit einem Schrei aus dem Gurt an seinem Sessel ...

»Anse!« Ellens Stimme drang gedämpft an seine Ohren. Er hörte sie kaum. »Anse – was ist –«

Gewichtslos schwebte er mitten in der Luft. Er fluchte und versuchte zu schwimmen. Und dann erwachten die Triebwerke wieder und warfen ihn zu Boden. Er drehte sich mit der Behendigkeit eines Khazaki, landete auf allen vieren und sprang zum Heck.

Ellen schnappte nach Luft und sah ihm nach. Einen Moment lang nahm sie die Katastrophe gar nicht wahr und dachte, wie wenig sie diesen Wilden mit der gelben Mähne letzten Endes kannte, und wie gern sie mehr von ihm erfahren würde, und –

Die Rakete änderte abrupt den Kurs. Anse fing sich ab, als er stürzte, paßte sich an die neue Richtung der Schwerkraft an und stürmte weiter. Vor ihm ertönte das Krachen eines Blasters.

Er platzte in den Maschinenraum und nahm in einem einzigen Moment alles gleichzeitig in sich auf. Alonzos verkohlter Körper, der in sein Gurtwerk sackte; Janazik, der halb aus seinem heraus war; Carse, der stolpernd auf die Beine kam. Der Blaster richtete sich auf Janazik, Janazik, der Finger spannte sich um den Abzug –

Anse sprang wie ein Tiger. Carse erblickte ihn aus dem Augenwinkel, drehte sich um, der Blaster beschrieb einen Halbkreis ... und die mörderische Kampfmaschine namens Dougald Anson hatte ihn erreicht. Carse sah das Schwert kreischend auf sein Gesicht zufahren; es war das letzte, was er jemals sah ...

Anse taumelte gegen die Kontrolltafel zurück. »Schalt es ab!« brüllte Janazik. »Der große Schalter da!«

Mechanisch gehorchte der Mensch, und dann herrschte wieder Stille, eine tiefe, klingende Stille, in der sie frei dahintrieben. Es war wie ein endloses Fallen.

Fallen, fallen – Anse blickte wie betäubt auf sein blutiges Schwert hinab. Fallen, fallen, fallen – aber das konnte nicht stimmen, dachte er dumpf. Er war bereits gefallen. Er hatte Ellens Bruder getötet.

»Und ich liebe sie«, flüsterte er.

Janazik trieb in dem stillen Raum langsam zu ihm hinüber. Seine Augen waren jetzt tiefgolden und forschend. *Wenn Ellen ihn nicht haben will, fliegen wir beide zusammen fort, hinaus zu den Sternen, zu den fernen neuen Grenzen dort draußen. Aber wenn doch, dann muß ich allein fliegen, dann werde ich für immer allein sein ...*

Außer wenn sie auch mitkommt. Sie ist in Ordnung ... Ich hätte sie gern dabei. Vielleicht nehme ich auch eine eigene Gefährtin mit ... Aber das kann nicht sein. Jetzt nicht mehr. Sie wird mit dem Mörder ihres Bruders nichts zu tun haben wollen.

»Du hättest ihn nicht unbedingt töten müssen«, sagte Janazik. »Vielleicht hättest du ihn entwaffnen können.«

»Nicht, bevor er einen von uns umgebracht hätte – wahrscheinlich dich«, sagte Anse tonlos. »Jedenfalls hat er den Tod verdient. Er hat Alonzo erschossen.«

Nach einem Moment fügte er hinzu: »Ein Mann muß seinen Kameraden beistehen.«

Janazik nickte sehr langsam. »Gib mir dein Schwert«, sagte er.

»Was?« Anse blickte ihn an. Die blauen Augen sahen nichts. Sie waren blind vor Schmerz, aber er reichte ihm die rote Waffe. Janazik schob dem Menschen sein eigenes Breitschwert in die Finger.

Dann legte er Anse eine Hand auf die Schulter, lächelte ihn an und wandte den Blick dann ab.

Wir Khazakis kennen keine Liebe. Für uns gibt es eine Kameradschaft, die viel tiefer geht als bei den Erdenmenschen. Wenn es zwischen Mann und Frau geschieht, sind sie Gefährten. Wenn es zwischen zwei Männern geschieht, sind sie Blutsbrüder. Und ein Mann muß seinen Kameraden beistehen.

Ellen kam herein. Sie zog sich an den Handgriffen an der Wand entlang, und Anse sah sie an, ohne ein Wort zu sagen. Er sah sie nur an.

»Was ist passiert?« fragte sie. »Was ist der – *oh!«*

Carses Körper schwebte mitten in der Luft und drehte sich in den Luftströmungen wie ein Ertrunkener im Meer.

»Carse – Carse –«

Ellen stieß sich von der Wand ab, zu dem Toten hinüber. Sie blickte in sein regloses Gesicht, strich ihm über das blonde, verfilzte Haar und lächelte durch einen Schleier von Tränen.

»Du warst immer gut zu mir, Carse«, flüsterte sie. »Du warst . . . Gute Nacht, Bruder. Gute Nacht.«

Dann wandte sie sich zu Anse und Janazik um. In ihrer Stimme lag etwas Kaltes und Schreckliches. »Wer hat ihn getötet?«

Anse sah sie wie betäubt an.

»Ich«, sagte Janazik.

Er streckte ihr das triefende Schwert entgegen. »Er ist als blinder Passagier mitgeflogen und wollte das Schiff übernehmen. Alonzo hat ihn aus dem Gleichgewicht gebracht, indem er die Triebwerke wieder einschaltete. Er hat Alonzo getötet. Dann habe ich ihn getötet. Er hat es verdient. Er war ein Verräter und Mörder, Ellen.«

»Er war mein Bruder«, flüsterte sie. Und plötzlich lag sie weinend in Anses Armen, und ihr heftiges, schmerzerfülltes Schluchzen schien ihren schlanken Körper zu zerreißen.

Aber sie würde darüber hinwegkommen.

Anse sah Janazik über ihre Schulter hinweg an, und während er ihr blondes, glänzendes Haar zerzauste, verschränkte sich sein Blick mit dem des Khazaki. *Dies ist das Ende. Sobald wir landen, können wir uns nicht wiedersehen. Nie mehr. Und in den alten Tagen waren wir Kameraden ...*

Leb wohl, mein Bruder.

Als das Sternenschiff außerhalb von Krakenaus Zitadelle landete, die kapituliert hatte, regnete es immer noch ein bißchen. Janazik sah in die nasse, graue Welt hinaus und erschauerte. Dann trat er wortlos aus der Luftschleuse und ging langsam den Hügel hinab zum Meer. Er blickte nicht zurück, und Anse sah ihm nicht nach.

Obwohl man jahrhundertelang gründlich mit der Psychodynamik gearbeitet hatte, schritt die Geschichte weiterhin hartnäckig eher durch Zufall als durch Planung fort. Khazak war kaum ein Einzelfall. Die Erfahrungen anderer lange abgeschnittener Kolonien illustrieren dieses Prinzip immer wieder.

Zu den dramatischsten – und gefährlichsten – Zufällen, die Sternenreisende ereilen können, gehört mit Sicherheit, in einen Vibrationsstrudel zu geraten. Tatsächlich überraschte dieses Unglück einer Raumverzerrung die ursprüngliche Traveler *auf ihrem Jungfernflug und schleuderte sie in nicht kartographierte Regionen.*

Wie ein solcher Strudel sich auf das Kontinuum auswirkt, so kann sich Isolation auf eine Gesellschaft auswirken.

DIE WELT DER FRAUEN

Korporal Barbara Whitley aus Freeton, Jägerin, Schwadronführerin der Armbrustkavallerie und als Novizin in die Ersten Mysterien eingeweiht, hielt ihren Orsper an und spähte durch die Büsche. Dann holte sie tief Luft.

Vom Waldrand aus erstreckte sich ein üppig grüner Grasteppich über die Flußniederungen am Holy River. Große weiße Wolken zogen über den Himmel. Um diese Zeit kurz vor der Sommersonnenwende standen beide Sonnen am Himmel: Ay war ein gleißend heller Lichtpunkt, der der goldenen Kugel von Bee nach Westen über den Himmel folgte. Minos stand mit seinen deutlich erkennbaren Ringen in unveränderlich gleicher Position etwas südlich des Zenits. Der Mond Ariadne war eine blasse Halbkugel. Die anderen Monde waren noch nicht aufgegangen oder wurden von den beiden Sonnen überstrahlt, aber die kommende sechsstündige Nacht würde hell sein.

Barbara starrte das Ding an, das sich etwa fünf Kilometer vor ihr am Fluß erhob.

Es stand senkrecht und erinnerte sie an einen Kriegspfeil. Sie schätzte seine Höhe auf hundert Meter. Das war viel kleiner als Vaters Schiff. Aber es hatte etwa die gleiche Form, wenn die Andeutungen der Eingeweihten zutrafen ... und es war an diesem Morgen gesehen worden, als es vom Himmel herabsank.

Sie fuhr zusammen. Sie war nicht sonderlich fromm; die Whitleys waren keine fromme Familie. Aber dies war ein Teil des Mysteriums, den sie schon als Kind kennengelernt hatte:

Eines Tages werden die Männer kommen, um uns zu holen.

Falls das ein Mann war.

Barbara griff nach dem Horn an ihrem Gürtel. Damit konnte sie die anderen herbeirufen. Claudia, die Alte Udall, hatte die ganze Armee ausgeschickt, um nach dem glänzenden Ding suchen zu lassen. Andere mußten in der Nähe sein.

Die Unbeweglichkeit dieser großen Silbernadel war irritierend. Sie konnte ebensogut ein Gefährt der Ungeheuer sein. Die Ungeheuer waren halb sagenhafte Wesen, die wie die Männer auf Sternen lebten – oft friedlich, oft feindlich.

Eine tizianrote Haarsträhne kroch unter Barbaras Helm hervor und kitzelte sie an der Nase. Sie mußte niesen. Danach stand ihre Meinung fest.

Dieses Ding mußte Ungeheuer enthalten! Die Männer würden nicht heimlich landen, sondern zuerst bei Vaters Schiff niedergehen und danach die einzelnen Städte besuchen. Und sie würden Heiligenscheine tragen und sich mit Dienern aus blitzendem Stahl umgeben.

Barbaras Herz klopfte aufgeregt unter ihrem Lederpanzer, wenn sie an Ungeheuer dachte – aber sie waren weniger ehrfurchtgebietend als Männer. Falls sie einfach in die Stadt zurückritt, um Bericht zu erstatten, konnte sie sich lebhaft vorstellen, wie Claudia Udall reagieren würde. Die ganze Armee würde das Ding umzingeln. Und ein kleiner Korporal hatte dann nichts mehr zu sagen.

Sie überzeugte sich rasch davon, daß ihre Ausrüstung vollständig und in Ordnung war: Eisenhelm, Lederpanzer, Lederkilt, Stiefel, Streitaxt, Messer, Lasso. Sie spannte ihre Armbrust, legte sie in die linke Armbeuge, griff mit der rechten Hand nach den Zügeln und trieb ihren Orsper an.

Der Orsper trottete mit raumgreifenden Vogelschritten hügelabwärts. Das silberne Ding kam näher, ohne daß ein Geräusch zu hören oder eine Bewegung zu sehen gewesen wäre. Barbara war allmählich davon überzeugt, daß Ungeheuer an Bord sein mußten. Männer wären doch längst herausgekommen! Dieser Gedanke hatte etwas Beruhigendes. Ungeheuer besaßen geheimnisvolle Kräfte, aber sie waren sterbliche Wesen, während Männer ...

Barbara hatte nie viel über Männer nachgedacht. Aber jetzt fiel ihr ein, was sie gelernt hatte: »Die Männer sind wie wir Angehörige der menschlichen Rasse. Wir waren unterwegs, um zu ihnen zu kommen, aber das Schiff hat sich wegen unserer Sünden verflogen. Die Männer sind größer und stärker als wir; sie sind unendlich weiser und tugendsamer; sie haben Haare am Kinn und keinen Busen ...«

Sie erreichte den langen Schatten des ... Boots? »He, da!« rief sie laut. Keine Antwort. Sie ritt mehrmals um das silberglänzende Ding. Außerhalb ihrer Reichweite sah sie eine geschlossene runde Tür. Hinter keinem der vielen Fenster war ein Gesicht zu erkennen. Lächerlich! Barbaras Angst fiel von ihr ab.

Der laute Schrei ihres Orspers brachte sie in die Wirklichkeit zurück. Von Westen her lief jemand auf das Boot zu. Die Person schien ... nein, das war keine Person!

Das Wesen trug einen kurzen Kittel, Beinkleider aus Stoff und einen Rucksack. Aber seine ganze Gestalt war unmenschlich. Breite Schultern – an ihnen war nichts auszusetzen –, aber häßlich schmale Hüften, kurzes blondes Haar und ein hageres Gesicht mit zuviel Nase und Kinn.

Barbara wußte, wie alle 500 Familien aussahen. Dieses Wesen gehörte zu keiner von ihnen. Sie erinnerte sich daran, daß die Ungeheuer in vielerlei Gestalt auftraten – manchmal auch als deformierte Menschen.

»Halt!« rief sie. »Was tust du hier?«

Das Ungeheuer zog ein kleines Rohr aus dem Gürtel und zielte damit auf sie. Barbara kam näher heran und sah, daß sein roter Kittel über der Brust offenstand. Seine Brust war flach und behaart, und er hatte Haare auf den Armen ...

Aber sie konnte nicht lange darüber nachdenken. Selbstverständlich wollte sie das Ungeheuer nicht einfach niedermachen – aber sie durfte auch nichts riskieren. Sie trieb ihren Reitvogel an und schwang das Lasso.

Das Ungeheuer starrte sie an. »He, was geht hier vor?« Es hatte eine unglaublich tiefe Stimme.

Dann flog das Lasso durch die Luft, fiel und spannte sich.

Korporal Barbara Whitley galoppierte triumphierend in Richtung Freeton und schleppt das Ungeheuer hinter sich her

Der Vollminos stand bernsteingelb am Himmel, und die Abendluft war kühl, als Barbara Whitley durch die dunklen Straßen von Freeton zur Kavalleriekaserne zurückging. Die Unterkunft bildete eine Seite des viereckigen Exerzierplatzes; die Ställe und das Zeughaus bildeten die anderen. Ihre Stiefel polterten auf den Pflastersteinen, als sie ihren Orsper in den Stall führte.

Im Licht der Öllampe über der Tür sah sie die schnarchenden Pferdeknechte – alles Nicholsons, die nur für grobe Arbeit taugten. Sie stieß eine der untersetzten Frauen mit dem Stiefel an, um sie zu wecken. »Essen«, verlangte sie. »Und Bier. Und kümmere dich um den Vogel.«

Später zog sie sich aus und wusch sich am Brunnen vor dem Stallgebäude. Sie betrachtete ihr Gesicht im Wasser. Das Minoslicht veränderte alle Farben, so daß ihr rotes Haar und die grünen Augen dunkler wirkten, aber die sommersprossige Stupsnase und das runde Kinn waren hübscher als . . . als diese Dyckman-Figur. Die Dyckmans hatten alle Übergewicht.

In der Unterkunft lagen schemenhaft erkennbare Gestalten auf Strohsäcken ausgestreckt. Barbara zündete einen Kienspan an und bemühte sich, ihre Ausrüstung leise zu verstauen. Aber die Whitleys hatten einen leichten Schlaf, und ihre Kusine Valeria wachte auf.

»Oh, du bist's. Wieder mal zwei linke Füße – und einer größer als der andere!« zischte Valeria. »Wo hast du heute den ganzen Tag auf deinem fetten Hintern gesessen?«

Barbara betrachtete das Gesicht, das ein Spiegelbild ihres eigenen war. Sie waren die einzigen Whitleys in Freeton, weil ihre Mütter und vier Tanten vor fünfzehn Jahren bei Greendale in einen Hinterhalt geraten und gefallen waren. Die beiden Kusinen hätten sich gut vertragen müssen, aber sie stammten aus einer temperamentvollen Familie, und Valeria konnte es Barbara nicht vergessen, daß das Losglück sie begünstigt hatte, als die Schwadron einen neuen Korporal brauchte.

»Ich bin mit meinen beiden linken Füßen und meinem fetten Hintern – wenn du dich unbedingt so beschreiben willst – am Fluß gewesen und habe ein Ungeheuer gefangengenommen, das mit einem Sternenschiff gelandet ist«, antwortete Barbara ruhig. »Gute Nacht!« Sie streckte sich auf ihrem Strohsack aus und schloß die Augen.

Bee war noch nicht aufgegangen, als Ginny Latvala an der Tür erschien und laut rief: »Heraus mit dir, Korporal Barbara Whitley! Du sollst ins Große Haus kommen.«

»Mußt du deshalb alle anderen aufwecken?« fragte Valeria halblaut.

Barbara spürte ihr Herz klopfen, als sie aufstand. Die Ereignisse des Vortags erschienen ihr jetzt wie ein schlechter Traum. Ginny lehnte wartend auf ihrem Speer. »Die Alte Udall ist ziemlich wütend auf dich, meine Liebe«, vertraute sie Barbara an. »Wahrscheinlich gibt es noch eine Menge Schwierigkeiten, weil du das Ungeheuer eingefangen hast.« Die Latvalas waren schlanke blonde Mädchen, die in den meisten Städten als Leibwächterinnen fungierten, weil sie gut mit dem Speer umgehen konnten.

»Mir hat niemand gesagt, daß ich kein Ungeheuer gefangennehmen darf«, stellte Barbara fest.

Sie zog sich für die Audienz bei der Alten Udall feierlicher als sonst an: ein kurzer weißer Rock, ein bestickter grüner Umhang, Sandalen und Dolch waren Vorschrift. Die Morgenluft war noch kalt, und auf den Feldern unterhalb der Stadt lag leichter Nebel, als Barbara die Kaserne verließ. Über den Bergen im Osten verkündete ein rosiger Schimmer die Ankunft des neuen Tages. Minos verblaßte allmählich. Der Mond Theseus hing als rote Sichel am Himmel.

Auf den Straßen waren noch nicht viele Leute unterwegs. Ein Trupp der Stadtwache marschierte vorbei – alles muskulöse Macklins –, und die Landarbeiterinnen kamen schläfrig aus ihren Unterkünften. Die Straße stieg steil an. Barbara und ihre Begleiterin kamen an der Weberei vorbei, ohne einen Blick auf die klappernden Webstühle zu werfen; dort arbeiteten nur Angehörige niedriger Kasten. Die Schmiede, deren Besitzerinnen höchst angesehen waren, stand noch leer; die Holloways schliefen um diese Zeit noch in ihrem Haus.

Als Barbara am Schwangerenheim vorbeikam, hörte sie ein Kind weinen. Das mußte Sarah Cohens Kleine sein, die vor wenigen Tagen geboren worden war. Das Weinen lenkte Barbara für kurze Zeit von ihren anderen Sorgen ab. Im nächsten Jahr würde sie zu den Eingeweihten gehören und die Reise zum Schiff unternehmen. Und wenn sie dann zurückkehrte, würde sie eine weitere rothaarige Whitley unter dem Herzen tragen. Aber Kinder waren lästig; sie würde in der Stadt bleiben müssen, bis ihr Baby nicht mehr gestillt werden mußte, und ... Es fiel ihr schwer, sich mit diesem Gedanken abzufinden.

Die Palisadenwand ragte vor ihr auf. Sechs Latvalas hielten am Tor Wache. Dahinter lag der weiträumige gepflasterte Hof mit verschiedenen Gebäuden: Unterkünften, Ställen, Lagerhäusern und einer Vaterkapelle. Auch hier herrschte der in Freeton übliche Baustil vor, und die Gebäude waren lange niedrige Blockhäuser mit Schilfdächern. Das Große Haus in der Mitte des Hofs überragte sie alle.

Henrietta Udall stand auf der Schwelle. Sie war die älteste der drei Töchter Claudias: groß und kräftig, mit strähnigem schwarzem Haar, buschigen Augenbrauen und scharfen Gesichtszügen. Barbara fand es überflüssig, daß sie einen bestickten Rock und einen Federumhang trug. Die Udalls waren alle häßlich. Aber sie besaßen Führerqualitäten!

»Halt! Deine Haare sind unmöglich«, sagte Henrietta. »So kannst du nicht hinein.«

Barbara biß sich auf die Unterlippe und begann, ihr Haar zu zwei Zöpfen zu flechten. *Launisches Weibsbild!* dachte sie wütend. *Dir kann man nichts recht machen! Aber wenn es eines Tages zur Entscheidung kommt, findest du mich nicht auf deiner Seite, liebe Henrietta.*

Der Tod einer Udall gab jeweils das Signal zu erbitterten Machtkämpfen. Theoretisch wurde die älteste Tochter ihre Nachfolgerin, aber meistens waren die jüngeren Schwestern nicht damit einverstanden. Die geschlagenen Rivalinnen flohen mit ihren Anhängerinnen in die Wildnis und versuchten, dort eine Siedlung zu gründen. Barbara dachte jetzt an einen neuen Anfang irgendwo anders. Falls es ihr gelang, sich bei Gertrude oder Anne einzuschmeicheln ...

»Komm!« sagte Henrietta, als Bee aufging, und betrat das Große Haus vor Barbara.

Der Saal mit der hohen Decke war lang und düster. Fackeln brannten in Wandhaltern hinter dem Sessel der Alten Udall. Dienerinnen waren damit beschäftigt, ihr und ihren Beraterinnen das Frühstück zu servieren.

»Na, du hast aber lange gebraucht!« sagte Claudia.

Barbara hatte längst gelernt, daß es zwecklos war, einer Udall widersprechen zu wollen. »Ich bitte um Entschuldigung, Madam«, sagte sie deshalb nur.

Die Alte Udall lehnte sich zurück und ließ sich ihr graues Haar von ihrer Zofe bürsten. Elinor Dyckman hatte diesen Job bekommen; eine Udall nahm sich meistens eine Dyckman als Geliebte.

Elinor war Mitte Zwanzig. Ihr Baby war tot, und sie hatte kein zweites verlangt. Die Dyckmans besaßen nicht viel Mutterinstinkt. Elinor war mittelgroß, schwarzhaarig und hübsch. Sie lächelte, während sie der Alten Udall das Haar bürstete.

»Dafür mußt du natürlich bestraft werden«, stellte Claudia fest. »Was schlägst du vor, Elinor?« Sie lachte.

Elinor runzelte die Stirn. »Keine zu strenge Strafe, Madam. Ich bin davon überzeugt, daß Babs sich nicht absichtlich verspätet hat. Ein bißchen Küchendienst . . .«

Barbara griff nach ihrem Dolch. »Ich bin in der Armee, du unverschämtes Frauenzimmer!« zischte sie. »Ich . . .«

»Vorsichtig mit solchen Ausdrücken«, warf Marian Burke vom Tisch her ein.

Elinor bürstete lächelnd weiter. »Das war nur ein Scherz, Madam«, murmelte sie. »Wollen wir nicht lieber zur Sache kommen?«

Die Alte Udall nickte. »Ja, du hast wie immer recht, Elinor.« Sie beugte sich vor. »Ich habe mir von der Führerin des Spähtrupps Bericht erstatten lassen.«

Barbara schwieg, weil sie nicht wußte, was sie dazu sagen sollte. Captain Janet Lundgard war an der Spitze eines Spähtrupps aus dem Wald aufgetaucht und hatte alles Weitere veranlaßt. Sie hatte eine Wache am Schiff zurückgelassen und das bewußtlose Ungeheuer auf einem Orsper in die Stadt mitgenommen; sie hatte dort im Großen Haus Bericht erstattet – aber was hatte sie gemeldet?

»Du hast das Ungeheuer offenbar überfallen, ohne selbst angegriffen worden zu sein«, stellte Claudia fest. »Vater weiß, wie es sich dafür rächen wird.«

»Es hat mich mit einer Waffe bedroht, Madam«, antwortete Barbara. »Hätte ich es nicht eingefangen, hätte es vielleicht ganz Freeton zerstört. Aber jetzt ist es doch unser Gefangener, nicht wahr?«

»Vielleicht hat es Freunde«, flüsterte Elinor mit aufgerissenen Augen.

»Dann haben wir eine Geisel«, erwiderte Barbara irritiert.

Die Alte Udall nickte. »Ja, das stimmt. Die Wachen melden, daß es im Schiff bisher still geblieben ist. Anscheinend ist das Ungeheuer allein gelandet.«

»Wie viele Schiffe mögen anderswo auf Atlantis niedergegangen sein?« meinte Henrietta nachdenklich.

»Ich schicke eine Gesandtschaft zum Schiff des Vaters, um die Doktoren danach fragen zu lassen«, antwortete Claudia. »Außerdem müssen wir Späher in die nächsten Städte schicken, um zu erfahren, ob sie auch heimgesucht worden sind.«

Beide Aufträge waren gefährlich. Als Novizin konnte Barbara nicht zum Schiff mitreiten – aber vielleicht wurde sie nach Greendale, Highbridge oder Blockhouse geschickt, um zu spionieren ...

Die Udall lächelte grimmig. »Und inzwischen müssen wir wochenlang mit dem Ungeheuer fertig werden ... und mit unseren eigenen Leuten, die schon die unsinnigsten Gerüchte verbreiten. Sie sollen selbst sehen können, was es mit dem Ungeheuer auf sich hat. Die Zimmerleute errichten auf der Plaza einen Holzkäfig, und während alle Wachfreien zusehen, betritt jemand den Käfig des Ungeheuers.«

»Aber wer würde sich schon freiwillig für diesen Job melden?« warf Marian Burke ein.

Elinor lächelte. »Natürlich unsere tapfere Barbara Whitley«, erwiderte sie.

Davis Bertram wachte auf, als die Tür geöffnet wurde, blieb noch einige Sekunden liegen und versuchte, sich daran zu erinnern, warum er sich wie zerschlagen fühlte. Dann öffnete er langsam die Augen.

Vor seiner Nase stand ein Stiefel. Davis drehte sich ächzend auf den Rücken und sah nach oben. Über dem Stiefel erkannte er ein wohlgeformtes Knie; darüber folgte ein Kilt aus mit Eisen beschlagenen Lederstreifen, ein Gürtel, an dem ein Dolch hing, ein Lederharnisch, ein schlanker Hals, eine blonde Mähne unter einem Eisenhelm und ein attraktives sonnengebräuntes Gesicht.

»Was ist los?« krächzte Davis, dem jetzt einfiel, daß ihn eine Frau auf einem Reitvogel gefangengenommen hatte. »Wer seid ihr?«

»Großer Vater!« rief eines der anderen Mädchen aus. »Es kann reden!«

Die junge Frau sprach Basic – eine veraltete Form dieser auf allen von Menschen besiedelten Planeten gebräuchlichen Universalsprache, aber trotzdem unverkennbar Basic. Davis überlegte sich benommen, daß sie ein Mensch sein mußte; kein fremdes Lebewesen war so anthropoid. Und sie war recht hübsch – allerdings ein bißchen zu muskulös. Davis lächelte den zehn Blondinen zu, aber dann erstarrte sein Lächeln zu einer Grimasse.

Die zehn waren identisch wie eineiige Zwillinge.

Nein, nicht ganz . . . einige lehnten sich auf Speere, andere trugen leichte Streitäxte, wieder andere hatten Wurfpfeile am Gürtel.

Davis fuhr zusammen und merkte erst jetzt, daß er völlig nackt war. Sein ganzer Körper war mit Schnitten, Abschürfungen und Prellungen übersät. Davis konnte seine Hände nicht benützen, weil sie hinter seinem Rücken gefesselt waren; er setzte sich auf und zog die Knie an.

»Ich kann mir vorstellen, daß die Ungeheuer die Sprache der Menschen gelernt haben, Ginny«, sagte eine seiner Besucherinnen.

»Es sieht eigentlich ganz harmlos aus«, stellte eine andere fest.

»Steh auf, Ungeheuer!« befahl die erste Blondine Davis und hob drohend ihre Streitaxt.

Davis gehorchte, wurde aus dem Blockhaus geführt und stand auf einem gepflasterten Hof, der auf allen Seiten von Gebäuden umgeben war. Dahinter ragte ein Palisadenwall auf. Unterhalb der Spitzen führte ein Wehrgang um den Hof; dort waren Bewaffnete mit Armbrüsten postiert.

Hinter dem Tor erkannte Davis weitere Bewaffnete, die nur auf einen Fluchtversuch zu warten schienen. Einige von ihnen saßen auf großen Reitvögeln, die Davis an Strauße erinnerten, obwohl sie größer und kurzhalsiger waren. Er entschloß sich, keinen Fluchtversuch zu machen.

Eine ungepflasterte Straße führte zwischen großen plumpen Häusern bergab. Außerhalb der Stadt schlängelte sie sich durch Kornfelder, die erst in der Ferne an dem Wald endeten, hinter dem das Flußtal begann. Jenseits der Siedlung stiegen die Berge steil und bewaldet an.

Davis hätte glauben können, sich im Mittelalter auf der Erde zu befinden, wenn er nicht zwei leuchende Halbmonde am Himmel gesehen hätte. Einer von ihnen war zweimal so groß wie der Mond der Erde; der zweite war noch um die Hälfte größer. Und dazu kam der riesige Planet, dessen Satellit diese Welt war: wenn er ganz am Himmel stand, war er vierzehnmal größer als Luna, aber jetzt war er eine blasse bernsteinfarbene Sichel. Delta Capitis Lupi B, die dazugehörige Sonne des Typs Sol, näherte sich ihm. Die bläulich-weiße A war noch nicht aufgegangen; sie würde allerdings nur als sehr heller Stern am Himmel stehen.

Davis konzentrierte sich wieder auf seine Umgebung. Nein, sie hatte doch nicht viel Ähnlichkeit mit der Erde, obwohl hier Frauen und Kinder herumstanden. Das Verblüffende war nicht ihre Kleidung – die Zivilistinnen trugen einen kurzen Rock, die Kinder waren nackt –, sondern die Ähnlichkeit. Alle Frauen und Kinder – übrigens nur Mädchen –, schienen aus einigen hundert Formen hervorgegangen zu sein. Sie glichen einander aufs Haar, wenn sie gleichaltrig waren.

Am hintersten Ende eines großen Platzes hatten sich einige tausend Zivilistinnen versammelt. Vor ihnen bildeten Bewaffnete eine Absperrung. Mitten auf dem Platz stand ein großer hölzerner Käfig.

»Hinein mit dir!« befahl die Blonde Davis. Sie schnitt seine Fesseln durch.

Davis gehorchte widerstrebend. »Ist das hier ein Zoo?« erkundigte er sich. »Und wo sind die Männer?«

»Weißt du das nicht?« fragte sie eisig.

»Na, ich bin ja gespannt, wie du das schaffst, Babs!« rief eine spöttische Stimme. Davis erkannte die Rothaarige, die ihn gestern gefangengenommen hatte! Oder war sie es vielleicht doch nicht? Ihre ebenfalls bewaffnete Zwillingsschwester kam über den Platz auf den Käfig zu. Davis wich an die Rückwand zurück, als die Rothaarige hereinkam. Die Blonde verriegelte die Tür hinter ihr.

Die junge Frau behielt eine Hand an ihrem Dolch. Sie beobachtete Davis wachsam und atmete dabei schwer. Hätte sie keinen Harnisch getragen, wäre das ein interessanter Anblick gewesen.

»Ich wehre mich notfalls!« flüsterte sie.

Vier Frauen näherten sich dem Käfig. Sie waren alle gleich häßlich. Die älteste trug einen Federkopfschmuck. »Fang schon an, ihn zu verhören, Korporal!« forderte sie die Rothaarige auf.

»Ja, Madam«, antwortete sie unsicher. »Ich . . . ich bin Korporal Barbara Whitley, Ungeheuer.«

»Sie hat dich gefangengenommen«, warf eine der vier Alten ein.

»Schweig, Henrietta«, verlangte die älteste Hexe. »Ich bin Claudia, die Udall von Freeton«, erklärte sie Davis stolz.

»Freut mich«, sagte der Mann. »Ich heiße Davis Bertram.«

»Oh . . . das könnte ja fast ein menschlicher Name sein«, meinte Barbara unsicher lächelnd.

»Was sollte er sonst sein?«

»Nun, wir wissen natürlich, daß ihr Ungeheuer viel von den Männern abgeschaut habt«, antwortete sie.

»Aber ich . . . Wer behauptet, daß ich ein Ungeheuer bin?« Davis war nicht eitel; er wußte aber, daß er gut aussah.

»Du bist doch eines! Das sieht man dir an!«

»Verdammt noch mal, ich bin so menschlich wie ihr!«

»Mit soviel Haar?« warf Henrietta Udall ein.

Davis starrte sie wütend an.

»Hör zu«, fuhr Barbara fort, »wir sind natürlich nicht blind. Ich gebe zu, daß du zwei Beine, fünf Finger und keine Federn hast. Aber du bist größer als wir und hast nicht mehr Busen als eine Zehnjährige.«

»Hoffentlich nicht!« sagte Davis.

»Und außerdem . . .« Barbara zog die Augenbrauen hoch und streckte eine Hand aus. »Was ist das da? Kämpfst du damit?«

Davis erinnerte sich selbst daran, daß er nicht übergeschnappt war, sondern sich tatsächlich auf dem erdähnlichen dritten Planeten von Delta Capitis Lupi B befand. Aber das war nur ein schwacher Trost. Er bedeckte das Gesicht mit den Händen.

»Armes Ungeheuer.« Barbara trat impulsiv auf ihn zu.

Davis hob den Kopf. Sie wurde unter ihrer Sonnenbräune blaß und wich einen halben Schritt zurück. Aber dann blieb sie trotzig stehen.

»Wir wußten nicht, was von dir zu erwarten war«, erklärte sie ihm. »Manche Ungeheuer sind mit den Menschen befreundet, andere sind ihre Feinde. Wir durften nichts riskieren.«

»Aber ich bin ein Mann!« rief Davis aus.

Die Zuschauerinnen stöhnten. Irgendwo erklang ein schriller Schrei. Barbara ballte die Fäuste.

»Warum hast du das gesagt?« fragte sie mit zitternder Stimme.

»Bist du denn blind?« erkundigte Davis sich. Er griff nach ihrer Hand und führte sie über seine Backe. »Ich habe noch nicht viel Bart, aber . . .«

Barbara drehte sich halb nach der Udall um. »Es stimmt, Madam«, berichtete sie. »Aus seinem Gesicht beginnt Haar zu wachsen.«

»Aber du hast ihn doch gefangengenommen!« protestierte die Blondine, die Davis in den Käfig geführt hatte.

»Hör zu, Kleine«, sagte er mühsam beherrscht. »Seien wir doch einmal vernünftig. Was ist ein Mann deiner Auffassung nach?«

»Ein Mann ist . . . ist . . . ein männlicher Mensch«, antwortete Barbara leise.

»Gut. Und du hast noch keinen gesehen?«

»Natürlich nicht! Auf ganz Atlantis gibt es keine Männer.«

»Aber wie kommt es dann, daß ihr . . . Seit wann ist dieser Planet besiedelt?«

»Die Menschen sind vor etwa dreihundert Jahren hierher gekommen. Unter Jahr verstehen wir die Zeit, in der Minos einmal um die Sonne Bee kreist.«

Minos – das mußte der große Planet sein. Davis hatte vor der Landung festgestellt, daß ein Minosjahr fast genau einem Erdjahr entsprach. Drei Jahrhunderte . . . Damals hatte die Kolonialisierung eben erst begonnen! Der Hyperantrieb war kurz zuvor erfunden worden und . . .

»Aber ihr habt Kinder«, wandte Davis ein.

»Ja, natürlich. Durch Vaters Gnade können die Doktoren in seinem Schiff . . . mehr weiß ich nicht. Ich war selbst noch nie dort.«

Davis schluckte trocken. Dann fiel ihm etwas ein! In den wenigen Stunden, die er auf Atlantis zugebracht hatte, war ihm etwas aufgefallen: er hatte hier Reptilien, Fische, Insekten und Vögel gesehen – aber kein einziges Säugetier!

»Augenblick!« sagte er heiser. »Gibt es auf Atlantis kein warmblütiges behaartes Tier, das lebende Junge wirft und sie säugt?«

»Nein«, antwortete Barbara. »Wir Menschen sind die einzigen, die das tun.«

»Aha! Und Säugetiere sind als einzige . . . nun, ihre Männchen sind als solche erkenntlich. Kein Wunder, daß du . . . ich meine . .«

»Was meinst du?« fragte Barbara ungeduldig

»Das ist ja lächerlich!« knurrte die Alte Udall. »Wir wissen genau, daß die Männer in aller Kraft und Herrlichkeit erscheinen werden. Dieser Kerl ist ein Ungeheuer, und wir müssen uns überlegen, was wir mit ihm anfangen sollen.«

Eine andere junge Frau trat vor. Davis starrte sie bewundernd an. Sie war eine schwarzhaarige Schönheit, die goldene Armbänder trug und rote Blumen im Haar hatte. »Bitte, Madam«, zwitscherte sie. »Ich habe eine Idee.«

Claudia lächelte ihr zu. »Ja, Elinor?«

»Es behauptet, ein Mann zu sein.« Elinor zeigte auf Davis. »Dann soll es den Beweis dafür liefern.«

»Wie?« fragte Davis.

»Indem es den Korporal befruchtet«, antwortete Elinor mit wissenschaftlicher Sachlichkeit.

Barbara wurde blaß und wich zurück. »Nein!« protestierte sie.

»Korporal Whitley«, sagte Claudia streng, »unter Umständen hängt die Zukunft von Freeton von dir ab. Ich erwarte, daß du deine Pflicht tust.«

»Oder fürchtest du dich etwa, Kleines?« murmelte Elinor lächelnd.

Davis sah, daß Barbara rot wurde. Sie ballte die Fäuste. Nach einer kurzen Pause sah sie ihm tapfer ins Gesicht.

»Ja«, antwortete sie trotzig. »Du darfst mich befruchten, Davis – wenn du kannst!«

Er drehte sich nach den drei- bis viertausend Zuschauerinnen um. Aber wie sollte er diesen Leuten erklären, daß sie zuviel von ihm erwarteten?

»Nicht jetzt«, bat er heiser. »Laßt mir ein bißchen Zeit . . . dazu muß man ungestört sein, versteht ihr . . . hier ist es unmöglich . . .«

Die Alte Udall zog skeptisch die Augenbrauen hoch.

»Schon gut!« wehrte Davis ab. »Meinetwegen sollt ihr recht haben. Ich bin ein Ungeheuer.«

Barbara war nicht glücklich.

Der peinliche Auftritt auf der Plaza hatte ihr zwar allgemeinen Respekt eingebracht, aber sie hatte keinen Spaß daran, Gefangene in die Enge zu treiben – auch wenn sie nur Ungeheuer waren. In den vier Tagen, die seitdem vergangen waren, hatte ihre Laune sich immer weiter verschlechtert, bis Barbara endlich gebeten hatte, allein außerhalb der Stadtgrenzen jagen zu dürfen. Das war nicht ungefährlich, aber sie hatte das Bedürfnis, ganz allein zu sein und mit niemand reden zu müssen.

Sie ritt nach Norden in die Bergwälder, spürte am zweiten Tag eine Stampferherde auf, holte sie am dritten Tag ein und erlegte einen der großen Vögel. Sie brauchte bis Einbruch der Dunkelheit, um ihre Beute auszuweiden und auf ihren zweiten Orsper zu packen. Sie stieg bei Beeaufgang in den Sattel, trieb ihre beiden Tiere an und ritt nach Freeton zurück.

Schon nach kurzer Zeit stieß Barbara auf die Ironhill Road. Diese Straße war breiter als die meisten, denn alle Städte – auch die erbittert miteinander verfeindeten – trafen sich in der Bergwerkssiedlung, um ihre Waren zu tauschen. Barbara hing ihren eigenen Gedanken nach und vergaß deshalb alle Vorsicht. Sie geriet in die Schußweite der Greendalerinnen, ohne es zu merken.

Ein Dutzend Bewaffnete, die in Richtung Freeton unterwegs waren . . . Barbara zog die Zügel an, als sie sich hinter einer Biegung plötzlich dieser Gruppe gegenübersah.

Die Anführerin, eine ältere Macklin mit gebrochener Nase, grinste jedoch freundlich. »Heute passiert dir nichts, wenn du dich anständig benimmst, Kleine«, erklärte sie Barbara. »Wir sind eine Gesandtschaft.«

Barbara nickte reserviert und schloß sich der Gruppe an. Sie empfand keinen Haß, denn der Krieg gehörte zum Leben wie das Herbstfest. Sie hatte schon einige Überfälle mitgemacht, seitdem sie volljährig geworden war, und ihre nächsten Angehörigen waren bei Greendale gefallen.

Zu der Gesandtschaft gehörte auch eine etwa fünfzigjährige Whitley, die Sergeant war. »Ich bin Gail«, stellte sie sich vor.

»Was wollt ihr bei uns?« erkundigte Barbara sich unfreundlich.

»Was glaubst du?« antwortete Gail. »Eure Leute sollten allmählich wissen, daß es zwecklos ist, bei uns spionieren zu wollen, wenn ich eine Patrouille führe.«

»Oh . . . ihr habt sie also erwischt?« Barbara lief ein kalter Schauer über den Rücken.

»Alle«, bestätigte Whitley. »Wir haben drei von ihnen lebend gefangen genommen. Avis Damon ist dabei ziemlich verwundet worden und hat uns erzählt, was sie wußte, als wir drohten, sie verbluten zu lassen.«

Das waren schlechte Nachrichten, aber Barbaras erste Reaktion war ein verächtliches Lächeln. »Da sieht man wieder, daß die Damons keine Soldaten sind!« Dann fragte sie langsam: »Was wollt ihr also erfahren haben?«

»In eurem Gebiet ist ein Sternenschiff gelandet«, erwiderte Gail vorsichtig. »An Bord war ein Mann.«

»Ein Ungeheuer«, korrigierte Barbara sie. »Das hat es zugegeben.«

»Hmm . . . ja, das habe ich mir schon gedacht. Einen Mann hättest du nicht gegen seinen Willen gefangennehmen können.«

Eine schlanke dunkelhaarige Burke warf besorgt ein: »Woher wißt ihr denn, daß das gegen seinen Willen geschehen ist? Er kann sich vorgenommen haben, euch auf die Probe zu stellen, um . . .«

Die Burkes dachten über alles zuviel nach. Barbara spürte, wie ihre Hände feucht wurden. »Wir haben natürlich eine Gesandtschaft zu den Doktoren geschickt, um fragen zu lassen, was wir tun sollen«, verteidigte sie sich.

»Und bis dahin habt ihr das Ungeheuer und sein Schiff«, stellte die Macklin fest. »Bildet ihr euch etwa ein, daß wir untätig zusehen, wie ihr euch mit einem Ungeheuer verbündet?«

»Was wollt ihr also?« erkundigte sich Barbara.

»Wir bringen ein Ultimatum«, antwortete Gail Whitley. »Eure Udall muß das Ungeheuer einer gemeinsamen Wache überstellen, bis wir Nachricht von den Doktoren bekommen. Falls sie das ablehnt, gibt es Krieg.«

Barbara überlegte, was sie tun sollte. Vielleicht war es richtig, einen Fluchtversuch zu machen, um Freeton vor dieser Gesandtschaft zu erreichen . . . Nein, das würde ihr nur einen Bolzen in den Rücken einbringen. Ein Krieg war unvermeidlich, denn keine Udall würde auf einen so wertvollen Gefangenen freiwillig verzichten wollen. Der Kampf würde wahrscheinlich morgen beginnen. Zwischen Greendale und Freeton lagen etwa dreißig Wegstunden, aber die feindliche Armee mußte bereits unterwegs sein und irgendwo auf halber Strecke biwakieren.

Die Aussicht auf einen Kampf gegen Greendale besserte Barbaras Laune, und sie unterhielt sich angeregt mit den Gesandtinnen, bis sie Freeton erreichten.

Bee und Ay waren unter dem Horizont verschwunden, als die Gruppe an den Wachen vorbei nach Freeton hinaufritt, aber Minos, Ariadne, Theseus und der winzige Aegeus gaben reichlich Licht. Die Gesandtinnen verschwanden in dem Großen Haus, ohne sich weiter um Barbara zu kümmern. Sie übergab ihre Jagdbeute den Dienerinnen und brachte die beiden Orsper im Stall unter. Dann hätte sie in die Kaserne zurückkehren müssen, aber . . .

»Wo wird das Ungeheuer gefangengehalten?« fragte sie impulsiv.

»In dem Schuppen unter der Nordmauer«, antwortete die Nicholson, die ihre beiden Orsper versorgte. »Es scheint ganz harmlos zu sein, Madam, aber man kann natürlich nie wissen, ob er . . .«

»Er!« unterbrach Barbara sie aufgebracht. »Warum sagst du ›er‹?«

»Nun, er behauptet doch, ein Mann zu sein, Madam, und er . . . äh . . .«

Barbara ließ sie stehen und ging davon. Sie merkte nicht gleich, daß sie die Richtung einschlug, in der das Gefängnis des Ungeheuers lag. Aber dann blieb sie plötzlich stehen.

Davis stand an der hölzernen Gittertür und war im Minoslicht deutlich zu erkennen. Er trug jetzt einen Kilt und Sandalen; seine Haare waren gekämmt, und sein Bart begann zu wachsen. Sein hageres Gesicht, die flache behaarte Brust und seine Muskeln erschienen Barbara jetzt nicht mehr so häßlich wie zu Anfang.

Davis hielt die Hände einer Frau, die in einem langen Federumhang vor der Gittertür stand. Barbara hörte die beiden miteinander sprechen. Ausgerechnet Elinor Dyckman!

»Oh, ich muß jetzt wirklich gehen, Bertie. Diese gräßlichen Greendalerinnen . . . hast du sie nicht ankommen sehen? Claudia wird wütend sein.«

»Bleib noch ein bißchen hier, Süße.« Barbara blieb wie gelähmt stehen, als das Ungeheuer leise lachte. »Wenn ich mir überlege, wie weit ich gereist bin, um dich zu finden . . . bekomme ich denn keinen Kuß?«

»Bert! Ich . . . ich . . . mmmmm . . .«

Der Hof schien vor Barbaras Augen zu verschwimmen. Sie holte tief Luft, merkte, daß sie Tränen in den Augen hatte, und hätte sich am liebsten selbst geohrfeigt.

»Das darf ich nicht, Bertie. Du bist ein . . .«

»Ein Mann«, unterbrach er Elinor. »Und du bist eine Frau.«

»Aber du hast doch gesagt . . .«

»Mir blieb keine andere Wahl«, stellte Davis fest. »Aber wenn du zu mir kommst, beweise ich es dir.«

»Ich kann nicht, Bertie! Du bist eingesperrt und . . .«

»Warum klaust du nicht einfach den Schlüssel? Komm, gib mir noch einen Kuß!«

Das war einfach zuviel! Und eine Whitley spionierte nicht heimlich wie eine Dyckman. Barbara stapfte mit klirrenden Sporen über den Hof. »He, was geht hier vor?« erkundigte sie sich laut.

»Oh!« rief Elinor aus. »Das ist doch Babs, nicht wahr? Hör zu, Liebste, ich wollte nur . . .«

»Ich weiß genau, was du wolltest! Verschwinde, bevor ich dir die Zähne einschlage!«

Elinor floh entsetzt.

Barbara wandte sich wütend an Davis. »Was hast du vor?«

Das Ungeheuer seufzte, zuckte mit den Schultern und grinste bedauernd. »Eigentlich nichts Böses«, behauptete es. »Wir kennen uns doch, wie?«

Barbara wurde es abwechselnd heiß und kalt.

»Davon habe ich früher geträumt«, fuhr Davis fort. »Eine brandneue Welt, auf der ich der einzige Mann unter einer Million Frauen bin. Jetzt habe ich sie gefunden – und möchte so schnell wie möglich wieder fort!«

Barbara ballte die Fäuste. »Ja, damit du nach Hause fliegen und deine Freunde holen kannst, die uns dann überfallen!«

»Hör zu«, sagte Davis ernsthaft, »wir wollen euch helfen – wir sind etwas zivilisierter als ihr. Und ich bin ein Mann; ich bin so menschlich wie du. Wärst du nicht dazwischengekommen, hätte Elinor Dyckman sich davon überzeugen können – zumindest neun Monate später!« Er grinste unverschämt. »Möchtest du mir vielleicht noch eine Chance geben? Ehrlich, du bist eine der hübschesten Frauen, die ich je gesehen habe!«

»Die Hölle soll mich verschlingen, wenn ich das tue!« Barbara wandte sich ab.

»Bleib hier«, bat Davis. »Ich bin so einsam. Bisher habe ich mich immer nur mit eurem Butterfaß von einer Königin herumgestritten.«

Barbara mußte lachen. Das war der richtige Ausdruck für die Alte Udall!

»Schon besser«, stimmte Davis zu. »Wollen wir Freunde werden?«

»Warum gibst du dich als Mann aus?« fragte sie rasch. »Du hast doch schon zugegeben, daß du keiner bist.«

»Ich hatte keine andere Wahl, verdammt noch mal! Du und . . . diese andere Frau . . . ihr seid die einzigen, die mir vielleicht Gelegenheit geben, euch zu beweisen, was ich wirklich bin. Ich habe Claudia erklärt, daß ich ein friedliches Ungeheuer bin, und wenn ich – meinetwegen unter Bewachung – zu meinem Schiff zurückkehren darf, fliege ich nach Hause und hole die Männer. Das ist mein Ernst!«

»Aber sie wagt nicht, deinen Vorschlag anzunehmen«, sagte Barbara langsam.

»Bisher jedenfalls nicht. Das ist allerdings verständlich. Hör zu, hast du meinen Strahler mitgenommen?«

»Deinen was?«

»Meine Waffe. Ich hatte sie am Gürtel. Sie ist zu Boden gefallen, als du . . . Nein? Dann liegt sie wahrscheinlich noch immer im Gras. In meinen Taschen war nicht viel zu finden: Medikit, Feuerzeug, Kamera und dergleichen Geräte. Ich habe mich erboten, sie vorzuführen, aber die Alte traut mir nicht über den Weg.«

»Was hast du getan, als ich dich . . . gefunden habe?« wollte Barbara wissen.

»Ich wollte mich nur ein bißchen umsehen. Nachdem ich die Verhältnisse an der Oberfläche von der Kreisbahn aus analysiert hatte, bin ich gelandet, um meine Roboter weitere Untersuchungen anstellen zu lassen. Als sie befriedigend ausfielen, hatte ich plötzlich das Bedürfnis nach einem kleinen Spaziergang. Ich war eben . . . Aber das begreifst du alles nicht.« Davis lächelte mitleidig. »Arme kleine Amazone!«

»Ich brauche dein Mitleid nicht!« erklärte Barbara ihm aufgebracht.

»Wahrscheinlich nicht. Aber komm doch ein bißchen näher! Keine Angst, ich tue dir nichts.«

Barbara trat an die Tür. Er hielt ihre Hände in seinen. Er lächelte und wurde dann wieder ernst. »Ich möchte dir etwas zeigen. Vielleicht bist du dann . . . nur einen Kuß, Barbara.«

Sie kam willenlos näher, noch näher.

Dann flog das Portal des Großen Hauses krachend auf. Fackelschein fiel ins Freie, so daß Minos davor verblaßte. Die Macklin aus Greendale stürmte wütend aus dem Großen Haus; ihre Frauen folgten ihr.

Barbara wich zurück und griff nach der Armbrust, die auf ihrem Rücken hing.

»Das bedeutet Krieg!«

Die Zivilbevölkerung und ihre bewegliche Habe wurde in dieser Nacht in das Fort gebracht, und Bewaffnete rückten in vorbereitete Stellungen ab. Aber der Kampf begann erst nach Sonnenaufgang.

Davis hörte die Hornsignale, das Kriegsgeschrei und den Schlachtenlärm. Er vermutete, daß der Kampf am Waldrand entbrannt war. Er starrte auf den Hof hinaus, wo sich hilflose Frauen und Kinder drängten, und fragte sich, womit er es verdient hatte, in diese Patsche zu geraten.

Claudia Udall kam in voller Rüstung und mit einer Streitaxt in der Faust an sein Gefängnis. Elinor Dyckman erschien spärlich bekleidet und sichtlich ängstlich in ihrem Kielwasser. Davis hätte sich lieber auf sie konzentriert, aber er hielt es für angebracht, der Königin in die Augen zu sehen.

»Jetzt ist deinetwegen ein Krieg ausgebrochen, Ungeheuer«, stellte Claudia grimmig fest.

Davis lächelte schwach. »Das war nicht meine Idee, Madam. Was wollen die anderen überhaupt von mir?«

»Natürlich deine Macht! Die Stadt, die dich und dein silbernes Schiff hat, kann die anderen innerhalb weniger Tage erobern. Die Frauenzimmer aus Greendale werden sich jetzt zurückziehen, weil die Eklipse bevorsteht. Hilfst du uns dann?«

Davis zögerte. Für alle Bürger der Union galten strenge Vorschriften, die den Umgang mit Primitiven regelten. Notwehr war gestattet, aber der Einsatz nuklearer Waffen in einem hiesigen Bürgerkrieg würde Davis eine empfindliche Strafe einbringen.

»Laß mich an Bord meines Schiffes gehen, dann . . .«, begann er.

»Natürlich«, unterbrach Claudia ihn. »Aber unter Bewachung, versteht sich.«

»Ja, das fürchte ich eben auch.« Davis hatte nur nach Nerthus fliegen und nie zurückkommen wollen. Jetzt schüttelte er den Kopf. »Tut mir leid, aber ich kann nicht mit dem Schiff in euren Kampf eingreifen. Es ist nämlich . . . äh . . .«

»Bertie!« Elinor schwankte auf ihn zu. Sie hatte Schweißperlen auf der Stirn. »Bertie, Liebling, du mußt uns helfen. Ich komme nicht lebend davon, wenn die Greendalerinnen unser Fort erobern.«

»Hmm?«

»Verstehst du das nicht? Die Udall von Greendale hat bereits zwei Dyckmans als Geliebte. Die beiden wollen keine Rivalin . . . sie sorgen dafür, daß ich . . . Bertie!«

Davis begriff, was sie meinte. Die Favoritinnen der Königin brauchten nur eine Andeutung zu machen, um . . .

»Unsinn, Kind.« Claudia schüttelte eifersüchtig den Kopf. »Ungeheuer, im Augenblick halten Truppen aus Greendale den Landeplatz deines Schiffes besetzt. Können sie in das Schiff eindringen?«

Davis lachte nervös. »Äxte und Brechstangen gegen Titanstahl? Das möchte ich sehen!«

Wenn man die Luftschleuse nicht aufsprengte, ließ sie sich nur auf eine Weise öffnen: indem man die ersten Takte eines Liedes pfiff, die Davis dem Schiffscomputer vorgepfiffen hatte. Und *The Jolly Tinker* war kein Lied, das eine Dame kennen durfte, wenn sie eine Dame sein wollte.

»Du hilfst uns also nicht?« Claudia kniff die Augen zusammen.

Davis setzte zu einer langen Rede an, in der er behauptete, seine Freunde würden ihn blutig rächen, falls ihm hier etwas zustieße. Als er gerade von Schlachtschiffen sprach, unterbrach Claudia ihn.

»Wenn wir dich nicht behalten dürfen, Ungeheuer, beschließen wir vielleicht, dich niemand zu überlassen.« Sie machte auf dem Absatz kehrt und ging davon. Elinor folgte ihr, nachdem sie Davis einen letzten bittenden Blick zugeworfen hatte.

Davis ließ sich seufzend im Stroh nieder. Als ob er nicht schon Sorgen genug hätte! Jetzt mußte diese Elinor auch noch aufreizend gekleidet vor seinem Gefängnis herumlaufen ...

Dann dachte er an Barbara Whitley. Er hoffte sehr, daß sie unverletzt bleiben würde.

Die Eklipse kam. Sie ereignete sich täglich mittags, wenn Minos sich zwischen Bee und Atlantis schob. Eine Stunde später war der Kampf zu Ende, und die Mädchen von Freeton kamen in die Stadt zurück.

Davis stellte fest, daß die weiblichen Soldaten sich in etwa dreißig verschiedene Typen einteilen ließen. Da alle Angehörigen der gleichen Familie genetisch identisch waren, hatte sich natürlich ein Kastensystem entwickelt. Und Davis verstand auch, warum hier die Familiennamen an zweiter Stelle nach dem Vornamen genannt wurden – wie früher auf der Erde. Familien im üblichen Sinn konnten hier keine große Rolle spielen.

Die Bewaffneten kamen zu Fuß oder auf Orspern zurück, versammelten sich im Hof und verlangten ihr Essen. Sie brachten Gefangene und Verwundete mit. Es hatte nicht viele Tote oder Schwerverwundete gegeben, aber einige waren doch gefallen – durch Streitäxte, Dolche, Pfeile, Bolzen ...

»Barbara!« rief Davis erleichtert aus.

Die großgewachsene Rothaarige sah zu ihm hinüber und kam heran. Ihre linke Hand war verbunden; der Verband war durchgeblutet.

»Barbara!« wiederholte Davis. »Ich bin froh, daß dir nichts Ernsthaftes passiert ist!«

Sie schüttelte unfreundlich den Kopf. »Du irrst dich, Ungeheuer. Ich bin ihre Kusine Valeria.«

»Oh. Und wie geht's ihr?«

»Sie ist unverletzt. Sie hilft, dein Schiff zu bewachen.«

»Ihr habt also gesiegt?«

»Zumindest vorläufig. Wir haben sie in den Wald zurückgedrängt, aber sie geben nicht so schnell auf.« Valeria schüttelte verächtlich den Kopf. »Jetzt weiß ich, daß du kein Mann bist. Ein Mann würde kämpfen!«

»Warum können die Stämme keinen Kompromiß schließen?«

»Wer hat schon einmal von einer Udall gehört, die einen Kompromiß geschlossen hätte?« fragte Valeria lachend.

»Warum gehorcht ihr ihr dann?«

»Warum? Sie ... sie ist doch eine Udall!« Valeria schien entsetzt zu sein. »Als ich in ihren Dienst getreten bin, habe ich geschworen ...«

»Warum hast du überhaupt etwas geschworen? Mein Volk hat alle absoluten Herrscher längst vertrieben. Ihr habt hier einen ganzen Planeten für euch. Warum müßt ihr euch die Köpfe einschlagen?«

»Das sieht dir ähnlich, du feiges Ungeheuer!« Valeria warf ihm einen verächtlichen Blick zu und ging davon.

Der Tag wollte nicht zu Ende gehen. Davis bekam sein Essen, wurde jedoch ansonsten ignoriert. Nachts versuchte er zu schlafen, aber die Flüchtlinge machten zuviel Lärm.

Gegen Morgen döste er endlich ein und hüllte sich in seine Federdecken. Aber er schrak bald wieder auf, als Hornsignale ertönten und Schritte an seiner Tür vorbeipolterten.

Der Kampf ging weiter! Davis starrte nach draußen. Kam der Lärm nicht näher? Die Wachen schossen und ...

Elinor lief kreischend auf ihn zu. »Bertie, du mußt uns helfen! Wir werden zurückgetrieben!«

Er streckte die Hand aus, um sie zu tätscheln. Als das nichts half, brüllte er sie an. Danach erfuhr er endlich, was geschehen war.

Die Greendalerinnen waren mit Verbündeten zurückgekommen. Die Verteidigerinnen von Freeton waren hoffnungslos unterlegen und mußten sich in das Fort zurückziehen. Über den Palisaden tauchten jetzt die Banner von Newburgh, Blockhouse und Highbridge auf.

Davis war sofort klar, was passiert sein mußte. Die Udall von Greendale hatte eingesehen, daß sie das Raumschiff nicht allein erobern konnte, und hatte schon vor Tagen Hilfe angefordert. Und der Siegespreis war so vielversprechend, daß die Bewohnerinnen dieser vier Städte sich zu einer vorläufigen Allianz gegen Freeton zusammengeschlossen hatten.

»Jetzt muß Claudia also mit den anderen verhandeln«, stellte er fest.

»Dazu ist es schon zu spät!« schluchzte Elinor und lief zu dem Großen Haus. Im Hof waren jetzt nur noch Bewaffnete zu sehen; die Handwerkerinnen und Dienerinnen hatten sich in ihre Unterkünfte verkrochen. Davis bemühte sich, nicht allzu sehr zu zittern.

Diesmal wurde der Kampf nicht einmal während der Eklipse unterbrochen. Am frühen Nachmittag öffneten sich die Tore, und die Freetoner Armee strömte ins Fort zurück.

Die Nachhut folgte Schritt für Schritt. Davis erkannte Barbara in der letzten Verteidigungslinie. Sie hatte einen runden Holzschild am linken Arm und verteidigte sich mit ihrer Streitaxt gegen die nachdrängenden Frauen aus Greendale.

Vom Wehrgang aus ging ein Hagel von Pfeilen und Bolzen auf die Angreiferinnen nieder, die lange genug zurückwichen, daß die Tore geschlossen werden konnten.

Wenig später kam Barbara zu Davis. Sie war sichtlich erschöpft und hatte dunkle Ringe unter den Augen. Ihr Harnisch und ihre Arme waren blutbespritzt.

»Wie geht es dir?« fragte sie heiser.

»Ganz gut«, antwortete Davis. »Und dir? Du bist doch nicht etwa verletzt?«

»Nein. Aber ich fürchte, daß es mit uns zu Ende geht.«

»Was passiert dann? Mit dir, meine ich.«

»Ich kann nur versuchen, ganz zuletzt zu fliehen«, murmelte Barbara.

Davis erinnerte sich daran, daß er keine Schuld an dieser Entwicklung trug. Er hatte von der Kreisbahn aus gesehen, daß es hier kleine Städte gab, und war gelandet, um die Eingeborenen mit der Zivilisation der Union zu beglücken. Er hatte nie die Absicht gehabt, sie . . .

»Der Teufel soll euch alle holen!« rief er aus. »Was kann ich für eure Dummheit?«

Barbara warf ihm einen verwirrten Blick zu und ließ Davis stehen.

Der Kampf ging bei Beeuntergang weiter. Hornsignale erklangen, und Davis sah Claudia im Minoslicht zu einem der Tore eilen.

Die massiven Balken ächzten. Die Frauen aus Greendale benützten offenbar einen Rammbock. Draußen vor dem Palisadenzaun loderten Flammen empor; dort brannte ein Haus. Im Feuerschein zeichneten sich die Verteidigerinnen als dunkle Schatten ab. Davis fragte sich, welche von ihnen Barbara sein mochte – falls sie noch lebte.

Das Haupttor erzitterte unter heftigen Stößen. Eine Angel gab bereits nach.

Jemand galoppierte auf einem Orsper auf Davis' Gefängnis zu und führte zwei weitere Reitvögel hinter sich her. Eine Frau sprang aus dem Sattel. »Barbara!« flüsterte Davis.

»Schon wieder Valeria.« Sie lachte humorlos. »Tritt zurück, ich befreie dich jetzt!«

Ihre Axt traf das Schloß der Gittertür.

»Aber was . . . warum . . .«

»Wir haben ausgespielt«, antwortete Valeria. »Zumindest vorläufig. Für immer, wenn du uns nicht helfen kannst. Ich befreie dich, Ungeheuer. Wir versuchen zu fliehen – und du kannst uns dann helfen.«

»Aber ich bin doch neutral!« protestierte Davis.

Valeria grinste unfreundlich. »Ich habe eine Axt und einen Dolch, mein Lieber, und nichts zu verlieren. Bist du noch immer neutral?«

»Nein«, antwortete Davis, »wenn du mich so danach fragst, natürlich nicht.«

Von den Ställen her kam ein weiterer Orsper heran. Seine Reiterin führte einen zweiten Reitvogel. Valeria drehte sich mit erhobener Axt um. »Oh, du bist's . . .«

»Wir haben die gleiche Idee gehabt, wie ich sehe«, sagte Barbara. Davis sah, daß sie nur mühsam die Tränen zurückhielt. Es mußte schlimm sein, hilflos zusehen zu müssen, wie ein übermächtiger Feind immer weiter vordrang.

»Lege dir deinen Umhang um, Ungeheuer«, befahl Valeria ihm zwischen einzelnen Schlägen. »Zieh die Kapuze tief ins Gesicht. Um drei Leute, die zu fliehen versuchen, kümmert sich niemand – solange die anderen dich nicht erkennen!«

Das Schloß gab krachend nach. Valeria riß die Tür auf. Davis stolperte ins Freie und schwang sich in den Sattel des nächsten Orspers. Valeria stieg ebenfalls auf. Barbara ritt voraus. Sie trabten auf das aufgebrochene Tor zu, wo Claudia und einige ihrer Leibwächterinnen noch gegen den übermächtigen Feind kämpften.

Jemand stürzte aus dem Großen Haus. »Hilfe! Ohh . . .« Davis erkannte Elinor, die mit schreckensbleichem Gesicht zu ihm aufsah. Er beugte sich aus dem Sattel, faßte ihr Handgelenk und riß sie hoch, um sie in den Sattel von Valerias zweitem Orsper zu setzen.

»Laß sie hier, sie behindert uns nur!« rief Valeria ihm zu, aber Davis schüttelte energisch den Kopf. Barbara trieb ihren Reitvogel an und galoppierte voraus. Davis und Elinor folgten ihr; Valeria bildete die Nachhut.

Eine Gruppe von Bewaffneten vertrat ihnen den Weg. Ein Bolzen zischte nahe an Davis vorbei. Barbaras Orsper trat mit krallenbewehrten Beinen nach den Angreiferinnen. Valeria beugte sich aus dem Sattel und schlug mit ihrer Streitaxt zu.

Dann blieb das Kampfgetümmel hinter ihnen zurück. Sie ritten die Straße entlang und hatten die Felder und den Wald vor sich.

Davis wachte erst nach der Eklipse auf. Zunächst spürte er nur, daß er einen gewaltigen Muskelkater hatte. Dann erinnerte er sich an seinen nächtlichen Ritt und setzte sich erstaunt auf.

Barbara kauerte vor einem kleinen rauchlosen Feuer, bereitete das Frühstück zu und erwiderte lächelnd seinen Blick. »Wie fühlst du dich?« fragte sie.

»Das weiß ich noch nicht recht. Aua!« Davis kroch aus seinem Schlafsack, stand auf und bewahrte nur mühsam das Gleichgewicht. Seine Knie waren von dem langen Ritt so weich, daß sie ständig nachgeben wollten.

Nachdem er den Kopf in einen in der Nähe vorbeifließenden Bach gesteckt hatte, sah er sich um. Sie waren hier ziemlich weit von Freeton entfernt in einem bewaldeten Hügelland, das im Norden weiter anstieg und zu schneebedeckten Gipfeln hinaufführte. Der Tag war klar und windig. Sonnenschein lag auf den Hügeln, Minos leuchtete hoch über ihnen, und Ay war ein heller Lichtpunkt im Osten.

»Bertie!«

Davis drehte sich nach Elinor um. Sie kam auf ihn zugelaufen, fiel ihm in die Arme und küßte ihn.

»Bertie, du hast mir das Leben gerettet, oh, ich bin dir so dankbar ... weißt du, Bertie, ich glaube dir, daß du ein Mann bist!«

»Vielleicht schneidest du deinem Mann freundlicherweise etwas Brot ab«, schlug Barbara sarkastisch vor. »Warum hast du sie mitgenommen, Davis? Von allen wertlosen ... Und in Freeton sind andere Frauen gefallen, die es eher verdient hätten, gerettet zu werden!«

Valeria tauchte mit einem erlegten Vogel aus den Büschen auf. »Weißt du, Babs, wir können diese Dyckman doch einfach hier zurücklassen«, schlug sie vor. »Dann kann sie selbst sehen, wie sie sich rettet.«

»Das wäre mein Tod!« kreischte Elinor. »In diesen Wäldern gibt es Jacklins! Ihr könnt mich nicht einfach ... Bertie!«

»Du hältst dich aus dieser Sache heraus, Davis!« befahl Valeria ihm.

Er explodierte. »Kommt nicht in Frage!« brüllte er. »Ich habe diese Bevormundung allmählich satt!«

In seiner augenblicklichen Stimmung hätte er Valeria am liebsten einen Kinnhaken gegeben, aber Barbara mischte sich ein, als ihre Kusine den Dolch ziehen wollte. »Das genügt!« sagte sie scharf. »Wir müssen zusammenhalten. Wenn du unbedingt willst, lassen wir Elinor bis zur nächsten Stadt mitreiten, Davis. Setz dich jetzt und iß!«

»Ja, Madam«, antwortete er eingeschüchtert.

Das Essen war nahrhaft, aber nicht sonderlich wohlschmekkend. Davis hätte viel für eine Tasse Kaffee und eine Zigarette gegeben, aber da beides nicht erhältlich war, eröffnete er die Beratung. »Was habt ihr vor?« erkundigte er sich.

»Das weiß ich selbst noch nicht«, gab Valeria zu. Die beiden Whitleys hatten sich so rasch beruhigt, wie sie explodiert waren; Elinor blieb allerdings klugerweise im Hintergrund. »Gestern nacht habe ich nur an die Flucht gedacht.«

Davis rieb sich den Bart. »Was passiert eigentlich in der Stadt?« fragte er. »Werden die Gefangenen etwa ermordet?«

»Nein, nein«, beruhigte Barbara ihn. »Freeton ist nicht die erste Stadt, die erobert worden ist. Für die unteren Kasten ändert sich fast nichts – sie müssen nur für andere Herrinnen arbeiten. Und manche Familien schwören der neuen Udall die Treue – die Damons, Burkes und Hausers. Aber andere Familien, die keinen neuen Eid schwören würden, müssen ausgerottet werden. Ich nehme jedoch an, daß vielen wie uns die Flucht geglückt ist. Jetzt müssen sie als Vogelfreie in den Wäldern hausen ...« Sie zuckte trübselig mit den Schultern und sprach nicht weiter.

»Gut«, sagte Davis, »aber was wollt ihr tun? Claudia und ihre Töchter sind bestimmt tot. Ihr habt niemand mehr, dem ihr die Treue halten könnt.«

Die Kusinen starrten zuerst Davis und dann einander an; sie waren sichtlich verwirrt.

»Nun, dein Schiff darf jedenfalls nicht Bess Udall von Greendale in die Hände fallen!« betonte Valeria aufgebracht. »Sie ist am Tod meiner Kameradinnen schuld – und das zahle ich ihr heim!«

Davis nickte geistesabwesend. Wenn Bess ihn in die Finger bekam, war die ursprüngliche Situation wiederhergestellt: er konnte nur unter Bewachung starten und sollte irgendeine Siedlung zerstören, die er nach den Gesetzen der Union in diesem Fall mit seinem Leben zu verteidigen hatte. Vielleicht wurde er sogar gefoltert, damit er bereitwilliger zustimmte.

Deshalb mußte er irgendwie sein Schiff zurückerobern, obwohl die siegreichen Verbündeten es Tag und Nacht bewachen würden ... bestimmt keine leichte Aufgabe!

Barbara deutete auf die Bergkette im Norden. »Wir müssen über den Smoky Paß. Diesseits der Berge dürfen wir nicht auf Hilfe zählen, aber sie sind schon seit Generationen nicht mehr überstiegen worden. Angeblich sollen auf der anderen Seite seltsame Stämme wohnen. Wenn sie uns helfen ... wir könnten ihnen einen Teil der Beute versprechen ...«

»Augenblick!« warf Davis ein. »Hör zu, Barbara, sind nicht schon Gesandtinnen zu eurem ... äh ... heiligen Schiff unterwegs?«

»Zu den Doktoren?« warf Valeria ein. »Ja, natürlich! Sie sollen entscheiden, ob ...«

»Aha!« sagte Davis triumphierend. Er wußte nicht, wer diese geheimnisvollen Doktoren waren – aber sie waren jedenfalls gebildet genug, um eine Parthenogenese-Maschine zu bedienen. Ihnen würde er die Wahrheit am ehesten erklären können. Und sie würden dafür sorgen, daß er sein Schiff zurückbekam!

»Ich bin dafür, daß wir zu den Doktoren reiten«, fuhr er rasch fort. »Da sie ohnehin über den Fall zu entscheiden haben, sind wir bei ihnen am besten aufgehoben.«

»Nein, das geht nicht!« protestierte Valeria erschrocken. »Barbara und ich sind erst Novizinnen. Und du ... das Schiff ist Vater geweiht!«

»Aber ich bin ein Mann«, stellte Davis fest. »Oder ein Ungeheuer, wenn du unbedingt willst. Die Regeln gelten nicht für mich.« Er sah zu Elinor hinüber. »Du gehörst doch zu den Eingeweihten?« Als sie eifrig nickte, fuhr er fort: »Gut, du kannst mich also durch das Gebiet führen, das die beiden anderen nicht betreten dürfen.«

Die Whitleys brachten noch weitere Einwände vor, aber Davis setzte sich schließlich durch, weil er am lautesten brüllen konnte. Die beiden Rothaarigen stimmten unter dem Vorbehalt zu, daß sie sich andere Verbündete suchen würden, wenn die Doktoren, die sich selten mit Politik befaßten, sich weigerten, Freeton befreien zu lassen. Was darunter zu verstehen war, wurde Davis nicht ganz klar, aber er sprach nicht weiter darüber.

»Wir müssen nach Norden weiter«, stellte Valeria fest. Sie machte eine Handbewegung. »Über den Smoky Paß, auf der anderen Seite durch die Täler zur Küste ... weil hier überall nach dir gefahndet wird, Davis. An der Küste können wir vielleicht mit einem Schiff weiterfahren.«

Klingt ziemlich anstrengend, dachte der Mann.

Zum Glück herrschte jetzt Sommer, aber im Hochgebirge mußten sie trotzdem mit starken Temperaturschwankungen und Wetterstürzen rechnen – das wußte Davis aus seiner Beobachtung des Planeten.

Elinor, die etwas Selbstvertrauen gewonnen hatte, warf ein: »Dieser Ritt dauert wochenlang, nicht wahr? Aber die Kuriere aus Freeton müssen das Schiff bald erreichen. Die Doktoren werden ihre Entscheidung durch Gesandtinnen bekanntgeben. Wer weiß, vielleicht begegnen wir ihnen sogar!«

»Meinetwegen«, antwortete Valeria schulterzuckend. »Solange wir nicht den Greendalerinnen in die Hände fallen, ist mir alles recht.« Sie machte eine Bewegung, als wolle sie sich die Kehle durchschneiden.

»Muß das sein?« fragte Elinor mit schwacher Stimme.

Davis sah zu Minos auf. Der große Planet mit dem 5000fachen der Erdmasse stand fast drohend über ihm; seine bernsteingelbe Oberfläche, auf der eine dicke Wasserstoffatmosphäre lastete, war von dunkelgrünen, blauen und braunen Bändern durchzogen. Bei diesem Anblick lief Davis ein kalter Schauer über den Rücken. Es konnte Jahrzehnte dauern, bevor ein anderes Raumschiff sich hierher verirrte – und er bezweifelte, daß er bis dahin überleben konnte.

Dir bleibt nichts anderes übrig, mein Junge, überlegte er sich. Du mußt mit den Whitleys siegen oder sterben.

Er sah zu den Kusinen und dann zu Elinor hinüber; sie erwiderte sein Lächeln. Eigentlich hätte alles noch viel schlimmer sein können! Ein Mann mit drei schönen Frauen allein – wenn er daraus nichts machte, war er selbst schuld ...

Einige Tage später zitterte Davis Bertram auf der Paßhöhe gemeinsam mit Elinor.

Sie hatten einen anstrengenden Marsch hinter sich: durch die Wälder und über riesige Gletscherfelder bis hierher. Davis hatte den Whitleys bei der Jagd helfen wollen, weil er inzwischen recht gut mit der Armbrust schießen konnte, aber Valeria hatte ihm erklärt, er bewege sich viel zu laut. Davis hatte darunter gelitten, überflüssig zu sein.

Als sie jetzt am Smoky Paß rasteten, wo ein stürmischer Wind ihnen Schneeflocken ins Gesicht trieb, kuschelte Elinor sich unter seinem Umhang an ihn.

Auf der Nordseite fielen die Berge noch steiler als im Süden ab. Davis sah eine grüne Landschaft unter sich, in der Flüsse und Seen glitzerten. Er wünschte sich, er hätte seinen Malblock und seine Farben bei sich.

»Gibt es dort unten überhaupt Leute?« fragte er. »Hast du keine Ahnung, wer dort lebt? Ihr müßt euch doch am Schiff begegnet sein!«

»O nein«, antwortete Elinor. »Jede Stadt schickt eigene Gruppen dorthin, damit sie befruchtet werden. Es passiert selten, daß zwei am Schiff zusammentreffen – und selbst dann reden sie nicht miteinander, weil ... Oh, ich darf nicht mehr sagen. Aber es ist so spannend!« Sie faltete die Hände. »Und völlig ungefährlich. Niemand würde es wagen, eine Gruppe zu überfallen, die zum Schiff will oder vom Schiff kommt. Wenn eine Stadt das täte, würden die Doktoren sie einfach nicht mehr befruchten.«

Davis beobachtete Elinor von der Seite her. Sie hatte Gewicht verloren und ihre Gesichtshaut schälte sich, aber sie war noch immer eine Schönheit. Er brauchte noch viele Informationen von ihr. Und er ahnte, daß es amüsant sein würde, sie Elinor zu entlokken.

Aber bevor er damit anfangen konnte, mußten sie weiter hinunter, wo es warm war.

Später erinnerte er sich nur noch undeutlich an den zwei Tage langen Alptraum, in dem sie sich Schritt für Schritt nach unten kämpften und ihre Reitvögel hinter sich herführten. Dann erreichten sie einen Koniferenwald, dessen dicker Nadelteppich ihre Schritte dämpfte. Selbst Davis sah, wie erschöpft die Orspers waren. Ihnen blieb keine andere Wahl: sie mußten rasten.

Gegen Abend kamen sie an einen großen See, an dem sie einen idealen Lagerplatz fanden.

Am nächsten Morgen gingen die beiden Whitleys wieder auf die Jagd. Davis und Elinor sollten das Lager bewachen und versuchen, ein paar Fische zu angeln. Die Sonne schien warm. Davis hörte die Vögel singen und grinste zufrieden.

»Warum bist du so fröhlich?« wollte Elinor wissen, die das Kochgeschirr ausscheuerte.

»Weil ich dich ganz für mich allein habe«, gab Davis offen zu. Er kannte Frauen dieses Typs. »Komm, wir machen einen Spaziergang.«

»Bertie! Nein!« Elinor verzog das Gesicht. »Ich bin so müde.«

»Wie du willst.« Er schlenderte davon. Sekunden später kam sie hinter ihm her. Er griff nach ihrer Hand und drückte sie mehr als unbedingt notwendig.

»Bertie! Bertie, sei vorsichtig – du bist so stark . . .«

Davis wanderte mit ihr das Ufer entlang und hielt nach einem ruhigen Plätzchen Ausschau. Er hatte es nicht eilig; der ganze Tag lag vor ihm, und er wollte auch noch gemütlich angeln.

»Du bist ein braves kleines Mädchen, Elinor«, behauptete er. »Wie tapfer du dich gehalten hast!« Er holte tief Luft, bevor er weiterlog: »Und dabei hast du dich kein einziges Mal beschwert!«

»Ich könnte mich stundenlang beschweren, wenn ich wollte«, antwortete sie erbittert. »Diese gräßlichen Whitleys. Nur Haut und Knochen und rotes Haar und messerscharfe Zungen. Die beiden sind bloß eifersüchtig!«

Es wäre vielleicht angebracht gewesen, Elinor zuzustimmen, aber Davis brachte es aus irgendeinem Grund nicht über sich, etwas gegen Barbara zu sagen. »Das Schlimmste ist hoffentlich vorbei«, meinte er. »Du könntest mir jetzt erzählen, was wir am Schiff zu erwarten haben.«

»Nein, das kann ich nicht, Bertie. Ich darf nicht. Niemand, der einmal dortgewesen ist, darf mit Uneingeweihten darüber sprechen.«

»Aber ich bin doch ein Mann«, wandte er ein. »Das glaubst du, nicht wahr?«

»Ja . . . du mußt einer sein . . . obwohl dein Bart kitzelt.«

Davis strich sich seinen kurzen blonden Bart. »Nun gut«, begann er, »da die Doktoren nur die Männer ersetzen . . . ich meine . . .« Er fing noch einmal von vorne an. »Wie sehen die Doktoren überhaupt aus?«

»Ich darf nichts . . .« Elinor sank bereitwillig in seine Arme, als Davis sie an sich zog, um sie auf seine Weise umzustimmen. »Ich darf nicht . . . Mmm! Bertie!« Nach einiger Zeit: »Ich kann es dir wirklich nicht sagen. Sie haben eine wunderschöne Stadt, in deren Mitte das Schiff steht. Aber ich habe noch nie das Gesicht eines Doktors gesehen. Sie gehen immer verschleiert. Bertie, bitte! Ich darf dir nichts erzählen!«

»Ich kann es mir selbst denken. Die . . . äh . . . Befruchtung geschieht doch durch eine Maschine, nicht wahr? Und diese Maschine besteht aus Stahl und Glas, Rohren, Leitungen und Drähten und vielen anderen Teilen, nicht wahr?«

»Woher weißt du das alles?« fragte Elinor erstaunt. »Ja, du hast recht.«

Davis nickte geistesabwesend. Er konnte sich allmählich ein Bild von den hiesigen Verhältnissen machen.

Vor dreihundert Jahren war der Hyperantrieb eben erst entwikkelt worden, und die Kolonialisierung anderer Planeten hatte kaum begonnen. Damals war es noch üblich gewesen, erdähnliche Planeten langsam und vorsichtig zu besiedeln. Zuerst wurde er genau vermessen; dann landeten mehrere aus Männern bestehende Erkundungsteams, lebten mehrere Jahre dort, bauten, forschten und analysierten. Erst dann kamen die Frauen.

Irgendwann vor dreihundert Jahren war ein Raumschiff mit ausschließlich weiblicher Besatzung verlorengegangen; auf solchen Flügen waren entweder nur Männer oder nur Frauen an Bord, es hatte sich als unproblematischer erwiesen. Den Namen nach mußten die Frauen aus Nordamerika stammen. Ihr Schiff sollte eine neue Kolonie anfliegen, verschwand jedoch spurlos im Hyperraum.

Das Schiff war nicht zerstört worden, sondern hatte mit unvorstellbar hoher Geschwindigkeit Hunderte von Lichtjahren zurückgelegt. Sein Hyperantrieb schien versagt zu haben, denn es war nicht mehr zurückgekehrt. Offenbar war es in der Nähe von Delta Capitis Lupi aus dem Hyperraum ausgetreten, sonst wäre es unendlich lange mit Unterlichtgeschwindigkeit weitergeflogen, bis an Bord kein Leben mehr herrschte.

Durch einen glücklichen Zufall hatte Atlantis sich als bewohnbar erwiesen. Aber das Schiff mußte bei der Landung beschädigt worden sein. Die Frauen waren also auf diesem Planeten gestrandet, konnten keine Hilfe herbeirufen und hatten keine Möglichkeit, selbst zurückzufliegen.

Sie hatten nur wenige Maschinen, keine Waffen und nur geringes technisches Wissen. Aber sie taten ihr Bestes: sie stellten fest, welche Pflanzen eßbar waren, sie zähmten einige Tierarten, beuteten Eisenvorkommen aus und gaben den Planeten und Monden klassische Namen. Trotzdem verminderte ihr Wissen sich von Generation zu Generation.

Zu der ursprünglichen Besatzung mußte jedoch eine Biochemikerin gehört haben, der die Aufgabe zugefallen war, das allmähliche Aussterben der Überlebenden zu verhindern. Die Methoden der menschlichen Parthenogenese waren bekannt, obwohl sie selten angewandt wurden. Die Biochemikerin mußte eine Maschine dieser Art aus den an Bord vorhandenen Geräten konstruiert haben.

Unter geeigneten Umständen veranlaßten bestimmte Chemikalien die Teilung eines menschlichen Eis. Sobald dieser Prozeß in Gang gekommen war, lief er normal ab, bis neun Monate später ein Kind auf die Welt kam, das mit seiner Mutter genetisch identisch war.

»Dreihundert Jahre Selbstzeugung!« murmelte Davis vor sich hin. »Ein erschreckender Gedanke. Das muß geändert werden!«

»Wie meinst du das?« fragte Elinor.

»Das wirst du gleich merken«, versicherte er ihr grinsend.

Sie hatten eine kleine Bucht erreicht, wo das Gras am Ufer unter schattigen Bäumen bis ans Wasser wuchs. Dieser grüne Teppich war mit kleinen roten Blumen durchsetzt. Das Wasser schlug leise plätschernd ans Ufer.

Kurz gesagt – der ideale Platz für eine Verführung.

Davis legte die Angelrute in einen gegabelten Ast, ließ seine Waffen fallen, setzte sich ins Gras und streckte die Arme nach Elinor aus. Sie schmiegte sich seufzend an ihn.

»Wenn ich mir das vorstelle . . .«, flüsterte sie. »Der erste Mann seit dreihundert Jahren!«

»Wird allmählich Zeit, was?« fragte Davis heiser. Er zog sie an sich. Sie küßten sich leidenschaftlich. Seine Hand glitt ihr Bein entlang nach oben.

Hinter ihnen brüllte etwas.

Davis sprang vor Schreck einen Meter hoch in die Luft. Elinor kreischte entsetzt.

Das Tier erinnerte an einen gefiederten Seehund mit einem Tigergebiß – aber es war viel, viel größer. Es hatte den Angelhaken verschluckt und war jetzt ziemlich aufgebracht. Es kletterte mit Hilfe seiner Flossen ans Ufer und kam erstaunlich schnell auf die beiden zu.

Elinor versuchte aufzuspringen. Ein Flossenschlag warf sie nieder. Sie blieb bewegungslos liegen. Davis griff nach seiner Axt. Er holte aus, schlug zu und sah Blut fließen; aber der weiche Stahl drang nicht tief genug in die Schädelknochen des Ungetüms ein.

Das Tier warf ihn zu Boden und schnappte nach seinem Gesicht. Ein Biß genügte, um den Axtstiel abzutrennen. Davis packte die Reißzähne des Angreifers, schob ein Bein über seinen Rücken und zog den Unterkiefer nach hinten. Das Tier wand sich brüllend. Davis spürte, daß seine Kräfte ihn rasch verließen. Die beiden Zahnreihen kamen sich wieder näher.

Ein Armbrustbolzen zischte durch die Luft und bohrte sich in die nasse Seite des Ungetüms. Weitere folgten in kurzen Abständen. Barbara kam durchs Gras gerannt, blieb kurz stehen und schoß wieder. Das Tier drehte den Kopf zur Seite, und Davis brachte seine Hände in Sicherheit.

»Weg!« rief Barbara.

Ihre Armbrust war jetzt leergeschossen. Sie duckte sich, zog ihr Messer und warf sich auf das Tier. Es bäumte sich auf. Barbara stieß ihm ihr Messer in die Kehle und riß es mit aller Kraft zur Seite.

Das Ungetüm fiel auf sie. Davis sah nur noch ihr Bein unter dem schwarzen Leib des Angreifers. Er griff nach seiner Armbrust und jagte dem Tier aus kürzester Entfernung sämtliche Bolzen in die Brust. Es blutete jetzt heftig.

Dann brach es zusammen.

»Barbara . . .« Davis zog und zerrte hilflos an dem gewaltigen Kadaver. Sein Atem kam stoßweise.

Das Bein bewegte sich. Barbara kroch unter dem schwarzen Ungetüm hervor.

Sie stand auf, holte keuchend tief Luft und starrte Davis an. Ihre Knie gaben nach.

»Ist dir nichts passiert?« fragte sie leise. »Bert, ist dir bestimmt nichts passiert?«

»Nein, nein«, beruhigte er sie. »Aber du bist ganz blutig. Bist du etwa . . .«

»Oh, das ist nicht mein Blut!« Barbara lachte, sank vor Davis auf die Knie, weil sie nicht mehr stehen konnte – und brach in Tränen aus.

»Schon gut, schon gut!« Davis tätschelte unbeholfen ihren Kopf. »Jetzt ist doch alles längst vorbei, Barbara. Wir haben Fleisch für den Kochtopf und brauchen . . .«

Sie schüttelte den Kopf, wischte sich die Tränen aus den Augen und starrte ihn wütend an. »Du Idiot!« zischte sie. »Wäre ich nicht zufällig in der Nähe gewesen und hätte das Brüllen gehört . . . oh, du blinder Trottel!«

»Leider hast du recht«, gab Davis zu. »Das war ich diesmal wirklich.«

Elinor bewegte sich, sah sich um und begann zu weinen. Da sie unverletzt geblieben war, achtete niemand auf sie. Elinor war enttäuscht.

Barbara beherrschte sich. »So ein Tier habe ich noch nie gesehen«, gab sie zu. »Folglich kannst du es erst recht nicht kennen, Bert. Du hast dich tapfer gewehrt, daß muß man dir lassen.« Sie betrachtete das Ungetüm kritisch. »Wahrscheinlich ist es sogar genießbar.«

»Vielen Dank«, murmelte Davis ironisch.

Nachdem Valeria sich genügend abreagiert hatte, indem sie Davis' nichtvorhandene Intelligenz wortreich schilderte, fügte sie hinzu: »Wir brechen morgen früh wieder auf.«

»Ja, das tun wir!« stimmte Elinor eifrig zu. »Diese Ungeheuer im See . . .«

»Was ist mit den Orspers?« erkundigte Barbara sich.

»Wir reiten sie, bis sie zusammenbrechen, Kind, und marschieren dann weiter«, antwortete Valeria. »So kommen wir am schnellsten voran.«

»Nenne mich nicht Kind!« protestierte Barbara. »Ich bin nur drei Tage jünger als du – und mein Gehirn ist zwanzig Jahre älter!«

»Hört doch auf, euch zu . . .«, begann Davis. Aber als Valeria nach ihrem Dolch griff, hielt er den Mund und ließ die beiden weiterstreiten.

Barbara gab schließlich nach, obwohl sie Valerias Entscheidung für falsch hielt. Falls sie jedoch länger hier am See blieben, war es unvermeidlich, daß Davis und Elinor . . . Aber was kümmerte sie das? Was bedeutete ihr ein Ungeheuer?

Sie betrachtete Davis von der Seite her. Er hatte zuerst so feige gewirkt – und dann hatte er heldenhaft gekämpft, um Elinors Leben zu retten. Der Teufel sollte diese Elinor holen! Wenn Davis ihretwegen gestorben wäre . . .

»Verdammt noch mal!« sagte Barbara laut.

»Was ist los?« erkundigte Davis sich.

»Oh, nichts.« Sie wich seinem forschenden Blick aus. »Laß mich in Ruhe. Nein, so habe ich es nicht gemeint!«

Als sie am nächsten Tag talauswärts ritten, beschäftigte Barbara sich mit einem neuen Gedanken. War Davis etwa doch ein Mann? Sie sprach diese Frage heimlich laut aus und wartete auf Vaters Blitzstrahl, der nun kommen mußte – und als er ausblieb, begann ihr Universum zu schwanken.

Er war zumindest ein sehr liebenswertes Ungeheuer, das lachen und singen konnte, und er kam von den Sternen. Von den Sternen! Ob Mann oder nicht – er konnte die Männer nach Atlantis holen, und ihre Welt würde sich dadurch entscheidend verändern.

Selbst wenn keine Männer hierher kamen, war Barbaras eigenes Atlantis bereits gestorben. Sie stellte sich vor, wie sie triumphierend ins befreite Freeton zurückkehren würde – aber sie wußte genau, daß ihr das keine Freude mehr machen würde, seitdem sie Davis kennengelernt hatte. Sie konnte hier nicht mehr richtig heimkehren.

Barbara hatte das Gefühl, sich aussprechen zu müssen. Da sie sonst niemand hatte, vertraute sie sich Valeria an, als sie abends am Lagerfeuer saßen. Die anderen schliefen um diese Zeit bereits.

»Es wäre besser, wenn die Männer kämen«, stimmte ihre Kusine zu. »Wir haben nie so gelebt, wie Vater es wollte. Wir haben dreihundert Jahre lang von einer unbestimmten Hoffnung gezehrt.«

Barbara lächelte. »Ich glaube, daß es schön wäre, ein Kind von einem Mann zu bekommen«, meinte sie. »Ein Kind wie sein Vater – ein Kind, das von uns beiden etwas hat.« Sie machte eine Pause, bevor sie plötzlich sagte: »Val, ich habe mir etwas überlegt . . . ich glaube fast, daß Bert ein Mann ist!«

»Aber jedenfalls kein Prachtexemplar«, behauptete Valeria.

Barbara starrte sie verwirrt an. Ihre Kusine war so dickköpfig wie sie, aber es war eigentlich noch nie vorgekommen, daß sie in gefühlsbedingten Fragen so verschiedener Meinung gewesen waren.

Am nächsten Tag war der Abstieg so steil, daß sie ihre Reitvögel führen mußten. Gegen Abend befanden sie sich auf dem felsigen Boden einer großen Schlucht, durch die ein reißender Fluß strömte. Der Fluß war breit wie ein See und stürzte weit hinter ihnen einen Kilometer hoch von den Felsen herab. Die Luft war subtropisch warm.

»Unsere Vögel sind bald ganz fertig, wenn sie nicht rasten dürfen«, stellte Elinor fest. Sie seufzte. »Und mir geht es nicht viel besser.«

»Vielleicht finden wir jemand, der sie uns abtauscht«, schlug Davis vor. »Ihr glaubt vielleicht nicht, daß ich ein Mann bin – aber ich kann wenigstens einen spielen, um Leute einzuschüchtern, denen wir begegnen.«

»Das ist Gotteslästerung!« wandte Valeria ein.

Barbara sah an sich selbst herab, stellte fest, daß sie noch nicht bei lebendigem Leibe vertrocknet war – das stand allen bevor, die Vater lästerten –, und lächelte ironisch. »Fürchtest du dich etwa vor einem Versuch, Val?« wollte sie wissen.

»Gut, meinetwegen!« zischte die andere Whitley. »Wenn dieser Trottel einen Mann spielen kann, soll er es von mir aus versuchen.«

Am nächsten Morgen brachen sie vor Beeaufgang auf und marschierten das kahle Flußufer entlang. Bei Tagesanbruch sahen sie, was sie suchten.

Eine bewaldete Felsinsel erhob sich zwanzig Meter vom Ufer entfernt aus den schmutziggrauen Fluten. Eine Hängebrücke bildete den einzigen Zugang. Barbara hielt ihre Armbrust schußbereit. »Jetzt haben wir also jemand gefunden«, stellte sie fest.

»Die Frage ist nur«, warf Valeria ein, »wen haben wir gefunden – und was können wir ihm abschwatzen?« Sie stieß Davis an. »Los, zeig uns, was du kannst!«

Er trat an die Brücke, legte die Hände trichterförmig an den Mund und rief zur Insel hinüber: »Hallo, dort drüben! Wir kommen als Freunde!« Ein Echo antwortete ihm.

Dann erschien eine schlanke junge Frau, deren einzige Bekleidung rote Blumen in ihrem langen braunen Haar waren, am Ende der Brücke. »Wer bist du?« fragte sie schüchtern, ohne ihren Bogen zu heben.

Davis richtete sich auf. »Ich bin ein Mann und komme von der Erde, um das alte Versprechen einzulösen.«

»Sie ist eine Craig«, flüsterte Barbara ihm zu. »Bei uns sind sie alle Dichterinnen und Weberinnen. Warum hat hier eine Craig Wache?«

»Oh!« Die Craig ließ zitternd ihren Bogen fallen. »Ein Mann . . . Ohhh!«

»Ich erkunde den Weg für alle Männer, damit sie zu ihren treuen Frauen heimkehren und das Böse von Atlantis vertreiben können«, fuhr Davis fort. »Laß mich eure Brücke überqueren, damit ich euch erzählen kann, wie ihr meinen, äh, Kreuzzug fördern könnt.«

Die Craig fiel vor ihm auf die Knie. Davis führte seine Begleiterinnen über die Brücke. Dahinter fiel der Weg leicht ab. Die Insel war schlüsselförmig und glich einem einzigen großen Park.

Unter den Bäumen kamen einige andere Frauen hervor. Sie waren so schlank, sonnengebräunt und leichtbekleidet wie die erste. Und sie reagierten ebenso befriedigend auf Davis' Ankündigung.

»Noch eine Craig, ein paar Salmons, eine Holloway und eine O'Brien«, murmelte Valeria. »Zu Hause sind sie Künstlerinnen und Handwerkerinnen. Wo bleiben die Kriegerinnen?«

Eine Holloway räusperte sich verlegen und wurde rot. »Wir hätten uns nie träumen lassen, daß wir dieser Ehre teilhaftig werden könnten«, sagte sie. »Wir dachten, wenn die Männer kämen, würden sie . . . nun, sie . . .«

Davis starrte sie durchdringend an. »Zweifelst du etwa daran, daß ich ein Mann bin?«

»Nein, nein, natürlich nicht!« Die Holloway wich erschrocken zurück.

»Wo ist eure Udall?« warf Valeria ungeduldig ein.

»Udall?« wiederholte die Craig, die sie zuerst begrüßt hatte. »Hier gibt es keine Udalls. Nur uns.«

»Keine Udall!« Barbara wollte ihren Ohren nicht trauen. »Aber das ist doch unmöglich!«

»Wir können euch zu Prezden Yvonne Craig führen«, bot die Holloway ihnen an.

»Tut das!« stimmte Davis zu. »Und habt keine Angst mehr . . .«

Die Inselbewohnerinnen brauchten nicht mehr als diese Aufforderung, um in lauten Jubel auszubrechen. Wie Kinder! Als sie zwei Kilometer weit durch den Park gegangen waren, kam ihnen die gesamte Bevölkerung entgegen – lachend, singend und tanzend. Auf dieser Insel lebten etwa tausend Frauen und Kinder, die alle gesund und wohlgenährt wirkten.

Ihr Dorf wirkte erstaunlich groß. Barbara sah zu ihrer Überraschung, daß es hier keine Kasernen gab. Jede dieser einfachen Grashütten gehörte einer Frau und ihren Kindern. Der Gedanke, ganz ungestört leben zu können, war Barbara so neu, daß sie nicht wußte, was sie davon halten sollte.

Sie wurde in eine Hütte geführt. Hübsche Mädchen brachten ihr Eier, Früchte und süßen Kuchen und sangen ihr etwas vor, während sie aß. Barbara achtete jedoch kaum darauf. Sie dachte an Davis. Was mochte er wohl vorhaben?

Davis schlief. Die Anstrengungen der letzten Wochen machten sich plötzlich bemerkbar, und er hatte sich in seine Hütte zurückgezogen. Er wachte gegen Sonnenuntergang auf, legte den gestickten Kilt, den Federkopfschmuck und die goldenen Armreifen an, die für ihn bereitlagen, trat aus seiner Hütte und sah, daß ein Bankett vorbereitet wurde.

Valeria erwartete ihn im sanften Beeschein. Sie trug ihr rotes Haar bis zu den Schultern herabhängend, hatte die Waffen abgelegt und war aus ihrem Harnisch geschlüpft, um einen bestickten Umhang anzulegen. Aber ihre narbenbedeckte linke Hand lag am Griff ihres Dolches. Sie gingen gemeinsam über den Rasen auf einen Thron zu, auf dem eine Craig saß, die einen reichverzierten geschnitzten Stab in der Hand hielt und mit Barbara sprach.

»Wir scheinen hier den idealen Rastplatz entdeckt zu haben«, meinte Davis.

Valeria schnaubte. »Ja, die Leute sind sehr freundlich – aber sie haben keinen Mumm in den Knochen. Ihre Insel ist zu leicht zu verteidigen. Sie fischen, züchten Haustiere, haben immer Obst und finden hier sogar Eisen; sie verbringen ihre Zeit mit Musik, Gedichten, Malerei und dergleichen . . .« Valeria schloß ihre Aufzählung mit einem Fluch.

Davis hatte ihre eingleisige Denkweise allmählich satt. Warum konnte sie es nicht sehen, wenn andere Leute auf andere Weise glücklich waren? Ihre eigenen Tugenden, die Davis ohnehin abstoßend fand – Zähigkeit, Furchtlosigkeit und Durchhaltevermögen –, waren hier so überflüssig wie Reißzähne im Maul einer Schildkröte.

»Wie heißt die Insel übrigens?« erkundigte er sich.

»Lysum. Vor ungefähr hundert Jahren ist irgendwo in dieser Gegend eine Stadt erobert worden, und die meisten Bewohner sind damals geflüchtet. Weiter flußaufwärts gibt es eine Siedlung, in der nur Burkes leben ... Ah, da sind wir schon. Prezden Yvonne Craig – Davis Bert.«

Die Frau stand auf. Sie war Mitte Dreißig und wäre mit etwas mehr Kinn ziemlich hübsch gewesen, obwohl Barbara in Kilt und Lei ihr auf beinahe unfaire Weise Konkurrenz machte. »Sei willkommen, Mann«, begrüßte sie Davis würdig. »Atlantis hat noch nie einen glücklicheren Tag erlebt. Oh, wir freuen uns alle so!«

Davis sah sich um. »Wo ist Elinor?«

»Sie schläft noch«, antwortete Barbara. »Willst du auf sie warten?«

»Nein, natürlich nicht! Wann bekommen wir etwas ... ich meine, laßt das Bankett beginnen!«

Als die Frauen von Lysum sich im Gras niederließen, war zu erkennen, daß sie nur eine Rangordnung kannten: dem Alter nach. Es war angenehm, wieder in einer kastenlosen Gesellschaft zu sein. Das Essen war köstlich und die hölzernen Weinschalen wurden immer wieder gefüllt.

Davis unterdrückte ein Aufstoßen und beugte sich zu Yvonne hinüber. »Ich bin mit dem hier Gesehenen sehr zufrieden«, erklärte er ihr.

»Wie freundlich von dir!« zwitscherte sie beglückt.

»Aber anderswo ist der Teufel los. Ich bin nur als Erkunder hier. Bevor die anderen Männer kommen können, müssen die Sünder von Atlantis bestraft werden.«

Yvonne starrte ihn erschrocken an.

Valeria stieß Davis in die Rippen und zischte: »Von der ist nichts zu erwarten! Als ich ihr erzählt habe, daß wir einige Bewaffnete als Eskorte brauchen, ist sie beinahe ohnmächtig geworden.«

»Hmm ...« Davis begriff plötzlich, warum Valeria sich bei den Inselbewohnerinnen so unwohl fühlte. Eigentlich war sie gar nicht übel – nur ein bißchen kratzbürstig. Davis trank aus seiner Schale und legte einen Arm um Barbaras Taille. Sie sah zu ihm auf.

»Starkes Zeug«, murmelte sie und lehnte sich gegen ihn. »Stärker als Bier.«

Yvonne warf Davis einen fragenden Blick zu. »Gedenkst du dich heute nacht an uns zu erfreuen, Mann?«

»Prima!« rief er aus.

»Kommt nicht in Frage!« Barbara richtete sich auf. Ihre Augen blitzten.

Yvonne starrte sie verwirrt an. Barbara war sichtlich bereit, Krach zu schlagen. Das durfte nicht sein. Davis überwand sich und sagte: »Nein, danke. Ich muß über wichtige Dinge nachdenken. Ich möchte allein sein.«

Yvonne nickte. »Wie du wünschst, Mann. Mein Haus ist dein.« Sie lächelte. »Und ich natürlich auch, falls du dir die Sache anders überlegst.« Sie erhob sich und klatschte in die Hände. »Der Mann wünscht heute nacht allein zu sein!« rief sie aus. »Zieht euch also zurück!«

Davis' Unterkiefer hing herab. So hatte er es nicht gemeint. Aber daran war nichts mehr zu ändern. Ein Gott konnte nicht sagen: »He, einen Augenblick!«

Valeria stand auf, legte Barbara einen Arm um die Schultern und stützte ihre unsicher schwankende Kusine. »Ich bringe sie jetzt ins Bett«, erklärte sie Davis unfreundlich.

Davis sah ihnen nach, als sie in einer der Hütten verschwanden. »Verdammt noch mal!« murmelte er und schenkte sich aus einem Krug Wein nach. Er war beschwipst, aber er konnte trotzdem noch nicht schlafen. Er wanderte im Mondschein über taubedeckte Rasenflächen, erreichte das felsige Ufer und starrte ins Wasser.

Er wußte, daß Barbara in ihn verliebt war; die Symptome waren unverkennbar, auch wenn sie sie vorläufig noch nicht richtig deutete. Und? Nun, sobald sie Valeria und Elinor abgeschüttelt hatten, konnten sie sich prächtig amüsieren. Das Problem war nur, daß Barbara Whitley kein Mädchen war, mit dem man sich einfach ein bißchen amüsierte. Davis bekam es mit der Angst zu tun. Er wollte sich doch nicht schon so früh binden!

Da er nicht vor ihr fliehen konnte, mußte er sie auf irgendeine Weise von sich abbringen. Hier gab es jedoch keine Psychoregler, mit denen man menschliche Gefühle beliebig verändern konnte – deshalb mußte Davis sich etwas anderes einfallen lassen. Warum sollte er nicht versuchen, Barbara gegen sich aufzubringen, indem er Yvonne aufsuchte, die bestimmt sehr enttäuscht war? Davis grinste und machte sich auf den Weg ins Dorf.

Als er auf eine Lichtung zwischen den Bäumen hinaustrat, blieb er wie angenagelt stehen. Eine vertraute Gestalt kam auf ihn zu. »Barbara!« flüsterte er.

Sie kam zu ihm. Sie lächelte, aber ihr Lächeln und ihr Auftreten waren ungewohnt zaghaft. »Bert«, sagte sie, »ich muß mit dir reden.« Sie blieb stehen und behielt die Hände wie ein Kind hinter dem Rücken. Davis schluckte, weil sie in anderer Beziehung durchaus nicht kindlich war.

»Äh ... klar ... du bist also deine kratzbürstige Kusine losgeworden«, begann er.

»Sie schläft. Ich wollte mit dir allein sein.«

»Äh, ja, natürlich. Solange Valeria in der Nähe ist, kann man sich nicht vernünftig unterhalten.«

»Val ... oh.« Sie senkte den Kopf, hob ihn wieder und erkundigte sich: »Was hast du gegen Valeria?«

»Sie ist mir zu bissig!«

»Sie meint es trotzdem gut. Aber sie ... sie weiß oft nicht recht, wie sie sich ausdrücken soll. Ich kenne sie besser als du, und sie ...«

»Laß doch Valeria!« unterbrach Davis sie ungeduldig. »Komm lieber her!«

Sie glitt in seine ausgestreckten Arme, schlang ihm einen Arm um den Nacken und küßte ihn.

»Ich habe es einfach nicht mehr ausgehalten, Bertie«, erklärte sie ihm. »Du und diese anderen Frauen – was ist nur mit mir los?«

»Arme kleine Babs.« Er strich ihr übers Haar. »Komm, wir setzen uns.«

»Ich gehöre ganz dir«, flüsterte sie ihm ins Ohr. »Mach mit mir, was du willst.«

Aber Davis erstarrte. Er hätte sich kein Gewissen daraus gemacht, Elinor oder Yvonne zu verführen; Barbara war jedoch ein anderer Fall: sie würde zu sehr darunter leiden, wenn er sie später verließ. Er durfte sie jedoch nicht kränken, weil sie dann beleidigt davongestürmt wäre.

»Nun?« fragte sie herausfordernd.

»Nun, das ist eine ernste Sache, die gut überlegt sein will«, antwortete Davis zögernd. »Hör zu, ich ... aber ...«

»Keine Ausreden!« Sie hielt seine Handgelenke fest.

Davis redete. Und redete. Er redete geduldig auf sie ein. Dann fragte er, ob sie ihn verstanden habe.

»Nein«, seufzte sie. »Aber ich nehme an, daß du das besser weißt.«

»Natürlich!«

»Vielleicht ein andermal, Liebling. Du brauchst mir nur zu sagen, wann du . . .«

»Hör auf!« stöhnte Davis. »Gib mir noch einen Kuß und geh ins Bett.«

Sie gab ihm einen langen. »Noch etwas, Liebster«, sagte sie, als sie aufstand. »Die beiden anderen . . . das gibt nur böses Blut, weißt du . . . am besten verraten wir niemand etwas davon. Sprich nicht einmal mit mir darüber, wenn ich dir nicht vorher ein Zeichen gegeben habe. Einverstanden?«

»Natürlich. Das ist nur vernünftig. Geh jetzt, Liebling.«

»Gute Nacht, Bertie. Ich liebe dich!«

Davis sah ihr nach, als sie davonlief. Dann durchzuckte ihn ein eisiger Schreck. Sein Unterbewußtsein hatte ihn vor etwas gewarnt, aber er hatte bisher nicht darauf geachtet, weil er zu beschäftigt gewesen war. Aber eben hatte er etwas ganz deutlich gesehen:

Das Mädchen hatte mehrere Narben auf dem linken Handrükken.

Barbara wachte auf und wünschte sich, sie schliefe noch. Was hatte sie nur getrunken? Sie drehte sich um und stützte ihr Gesicht in die Hände. Gestern abend . . . ja, Val hatte sie zu Bett gebracht, und sie war sofort eingeschlafen . . . Davis hatte Yvonne, diesem Flittchen, schöne Augen gemacht . . .

Eine junge O'Brien kam mit dem Frühstück herein, das Barbaras Lebensgeister weckte. Sie stolperte ins Freie. Die Inselbewohnerinnen grüßten sie freundlich. Prezden Yvonne kam herbei, um Barbara zu begrüßen, und wich zurück, als sie einen wütenden Blick auffing.

Valeria kam in Sicht. Sie drückte ihr nasses Haar aus. »Hallo, Kleine!« rief sie lächelnd. »Ich empfehle dir ein Bad. Das Wasser ist herrlich.«

»Warum bist du so verdammt fröhlich?« erkundigte Barbara sich.

»Weil es mir hier gefällt!« antwortete Valeria.

»Nur schade, daß wir bald weitermüssen.«

»Warum denn?«

»Warum sollen wir noch länger hierbleiben?« Barbara versetzte einer Baumwurzel einen Fußtritt. »Damit Davis sich mit allen Frauen von Lysum amüsieren kann? Wahrscheinlich schläft er sich noch von seinen Anstrengungen aus, was?«

»Der arme Kerl ist erst ziemlich spät ins Bett gegangen«, gab Valeria zu. »Aber er hat allein vor seiner Hütte gehockt und nachgedacht. Ich konnte nicht schlafen«, erklärte sie Barbara auf deren erstaunten Blick hin, »deshalb bin ich ein bißchen spazierengegangen und habe ihn gesehen.« Sie machte eine Pause. »Hör zu, Babs, wir müssen wieder zu Kräften kommen. Unsere Orspers müssen sich auch erst erholen; hier gibt es keinen Ersatz für sie.«

»Weißt du nicht, daß dieser Fluß geradewegs ins Meer hinunterführt?« fragte Barbara. »Das habe ich schon gestern gehört. Hier gibt es Boote; wir lassen uns eines geben und kommen dann viel schneller voran. Das ist die . . .«

»Unsinn, Babs! Warum so eilig? Ich bin dafür, daß wir mindestens noch ein paar Tage hierbleiben.« Valeria ging davon.

Barbara sah ihr mißmutig nach. Dann zuckte sie mit den Schultern und lief ans Wasser. Das kalte Bad tat ihr gut. Danach saß sie auf einem Uferfelsen und dachte nach. Sie erfaßte jetzt das Hauptproblem: sie wollte Davis für sich allein haben.

Sie wußte selbst nicht recht, was das bedeutete. Sie bezweifelte nicht mehr, daß er ein Mann war – aber er war nicht mehr irgendein Mann, er war Davis Bertram! Der Teufel sollte sie holen, wenn sie ihn einer anderen überließ!

Davis kam eben aus seiner Hütte, als Barbara ins Dorf zurückkehrte. Er sah elend aus. Barbara empfand Mitleid mit ihm, lief auf ihn zu, rief seinen Namen und fragte sich, warum er zusammenzuckte.

»Bert, was ist los? Fühlst du dich nicht gut?«

»Nein«, antwortete Davis heiser.

Valeria gesellte sich zu ihnen.

»Laßt mich hier 'raus!« murmelte Davis.

Ein melodisches Hornsignal unterbrach sie.

»Jemand kommt über die Brücke«, stellte Barbara fest.

»Vielleicht harmlose Besucherinnen«, meinte Valeria, »aber ich halte es trotzdem für besser, wenn wir verschwinden. Hol lieber die Dyckman her.«

Barbara nickte und lief davon. Elinor, die sich angeregt mit einer stämmigen Holloway unterhielt, wurde ihrer neuen Freundin jäh entrissen und zum Rand der Insel getrieben. Davis und Valeria kamen ebenfalls dorthin. Sie beobachteten, wie die Dorfbewohnerinnen sich aufstellten, als gelte es, hohen Besuch zu empfangen.

»Eine Gesandtin!« flüsterte Valeria. »Eine Abgesandte der Doktoren!«

Barbaras Knie begannen unwillkürlich zu zittern. Sie hatte bisher nur wenige Gesandtinnen gesehen. Gelegentlich kam eine nach Freeton, um die jährlichen Tributzahlungen und ähnliche Fragen mit der Alten Udall zu besprechen.

Die Gesandtin war eine großgewachsene Frau. Sie trug einen blauen Umhang, Hosen und Stiefel unter einem weißen Gewand und einen dichten Schleier vor ihrer Kapuze. Als sie von ihrem Orsper stieg, warf Yvonne sich zu Boden.

Valeria schnalzte mit den Fingern. »Natürlich!« sagte sie aufgeregt. »Wir haben doch Botinnen von Freeton aus zum Schiff geschickt! Die Doktoren fragen offenbar in jeder Stadt nach, ob . . .«

»Wunderbar«, unterbrach Davis sie. »Dann ist ja alles in Ordnung!«

Die Verschleierte betrat eine Hütte. Ihr Gepäck wurde ihr nachgebracht. Eine Gruppe von Frauen lief den Hügel hinauf. Sie riefen: »Mann! Mann! Die Gesandtin will dich sehen!«

Davis lächelte selbstbewußt und ging voraus. Er setzte sich auf den Thronsessel, was die Inselbewohnerinnen sichtlich erschreckte – in Gegenwart eines Doktors durfte niemand sitzen –, und wartete gelassen. Um ihn herum herrschte Schweigen.

Als die Gesandtin schließlich zum Vorschein kam, wäre Barbara fast auf die Knie gesunken. Die Frau hatte ihr Zeremonialgewand angelegt: sie trug eine grüne Robe, hielt einen Metallstab in der Hand und hatte eine gefiederte Maske in Form eines Orsperkopfs auf.

Davis erhob sich. »Hallo!« sagte er lächelnd. Keine Antwort. Er zögerte. »Ich bin der Mann«, fuhr er fort. »Ihr habt bestimmt schon von mir gehört?«

»Ja«, erwiderte die Gesandte. Ihre Stimme klang unter der Maske dumpf. »Das Schiff und ganz Atlantis warten seit dreihundert Jahren auf die Männer. Wie viele seid ihr?«

»Ich bin allein«, gab Davis zu. »Ich brauche deine Hilfe – die der Doktoren. Sonst kommen die Männer noch lange nicht.«

Die Frau hörte sich geduldig und bewegungslos an, was er zu sagen hatte. Davis erzählte seine Geschichte, ereiferte sich immer mehr und ballte die Fäuste, um den Hauptpunkt zu unterstreichen: die Doktoren sollten die Rückgabe seines Schiffes befehlen, damit er die Männer holen konnte.

»Hast du irgendwelche Waffen?« erkundigte die Gesandtin sich schließlich.

»Nein, das habe ich dir doch gesagt. Nur diesen Dolch hier. Und . . .«

»Ich verstehe.«

Sie ließ ihn stehen und ging auf die Brückenwachen zu, die ihre Bogen schußbereit hielten. Sie trat zur Seite, streckte den Arm aus und rief laut:

»Das ist kein Mann, das ist ein Ungeheuer. Erschießt ihn! Ich befehle es euch!«

Einen Augenblick lang bewegte sich niemand.

Die Gesandte drehte sich nach Yvonne um. »Ich befehle es dir im Namen Vaters!« rief sie. »Dieses Ungeheuer darf nicht entkommen!«

Barbara reagierte entschlossen. Sie riß der nächsten Bogenschützin die Waffe aus der Hand und spannte sie. »Keine Bewegung, sonst bekommt eine von euch einen Pfeil zwischen die Rippen!« drohte sie.

Valeria stand jetzt mit gezücktem Dolch vor der Gesandtin. »Und dieser Hexe wird der Hals abgeschnitten«, fügte sie hinzu. Sie hielt die Maskierte fest. »Halte still, sonst . . .«

In Freeton hätten die Wachen sich nicht einschüchtern lassen. Aber die Inselbewohnerinnen waren leicht einzuschüchtern, weil sie schon seit Jahrzehnten keinen Krieg mehr geführt hatten. »Laßt die Waffen fallen«, befahl Barbara ihnen. Die Wachen gehorchten.

Davis schüttelte benommen den Kopf. »Was ist denn los?« krächzte er. »Ich bin ein Mann. Gebt mir eine Chance, es zu beweisen!«

»Du hast bereits bewiesen, daß du ein Ungeheuer bist – du hast nicht verhindert, daß eine Abgesandte des Schiffes überfallen wurde«, antwortete die Fremde. »Prezden, tu jetzt deine Pflicht!«

Yvonne Craig wich erschrocken zurück und hob hilflos die Hände. »Das darfst du nicht«, jammerte sie. »Du kannst nicht einfach . . .«

Barbara sah, wie Davis eine unsichtbare Last abzuschütteln schien. Er wandte sich an die Gesandte. »Wenn du nicht sterben willst, mußt du befehlen, uns zu gehorchen – sofort!«

Valeria unterstrich seine Aufforderung durch eine Bewegung ihres Dolches. Die Maskierte antwortete erbittert: »Gut, du sollst deinen Willen haben . . . vorläufig. Aber du brauchst nicht zu glauben, daß du der Rache Vaters entgehst!«

Davis sah zu den Whitleys hinüber. Er war blaß, aber seine Stimme klang fest und energisch. »Wir müssen weg von hier. Laßt euch nicht überrumpeln. Ich organisiere inzwischen alles andere.« Er drehte sich um und deutete nacheinander auf vier erschrockene Mädchen. »Ihr holt unsere Sachen. Und das Gepäck der Gesandtin. Und reichlich Proviant. Elinor, du nimmst ein paar Bogen mit.«

»Nein ... nein, du Ungeheuer!« stieß sie hervor.

»Wie du willst«, antwortete Davis lachend. »Bleib meinetwegen hier, wenn du nach unserer Abfahrt in Stücke zerrissen werden willst.«

Elinor machte sich zitternd daran, einen Armvoll Waffen aufzulesen.

Als der Proviant gebracht worden war, führte Davis seine Gruppe den Pfad hinauf. Die verängstigten Dorfbewohnerinnen folgten ihnen in einigem Abstand. Auf dem anderen Ufer kappte Davis die Taue der Hängebrücke mit einigen Axthieben. Die Brücke klatschte ins Wasser und brach auseinander.

»Wie kommen wir jetzt zurück?« rief eine junge Holloway verzweifelt.

»Ihr könnt hinüberschwimmen und euch an Seilen hochziehen lassen«, erklärte Davis ihr. »Führt uns jetzt zu den Booten, die hier irgendwo liegen müssen.«

Die schwerbeladenen Frauen stapften das Ufer entlang, während Yvonne auf den Klippen stand und Davis Flüche nachrief. Hinter einem Felsen war eine kleine Bucht entstanden, in der etwa ein Dutzend Kanus lagen. Davis befahl seinen Gefangenen, eines davon zu beladen. »Und du zündest die übrigen an«, befahl er Barbara.

Sie nickte wortlos, nahm ein primitives Feuerzeug und Zunder aus ihrer Gürteltasche und schlug Feuer. Die Boote gingen in Flammen auf. Barbara war noch immer wie benommen; sie wußte nicht, was sie getan hätte, wenn Davis ihr nicht alle Gedankenarbeit abgenommen hätte.

»Gut, das genügt«, sagte Davis, als ein Kanu beladen und die anderen verbrannt waren. »Verschwindet jetzt, ihr Mädchen. Buh!« Er schwenkte die Arme, und die jungen Inselbewohnerinnen flüchteten kreischend.

Barbara genoß es, die Gesandte an Händen und Füßen zu fesseln und ins Boot zu werfen. Elinor kauerte hinter der Gefangenen; von ihr war bestimmt nicht viel zu erwarten! Sie schoben das

Boot in den Fluß und kletterten an Bord. Davis zeigte ihnen, wie sie die Paddel gebrauchen mußten, setzte Valeria in den Bug und wies Barbara einen Platz im Heck an. Er und Elinor wollten sie ablösen.

Davis wischte sich grinsend den Schweiß vom Gesicht. »Das möchte ich nicht noch einmal mitmachen!« sagte er.

Valeria sah sich nach ihm um. »Aber wir sind ihnen entkommen«, stellte sie fest. »Das verdanken wir dir.«

»Mir? Unsinn! Wenn ihr zwei nicht . . . Schon gut, wir haben alle getan, was wir konnten.« Er betrachtete nachdenklich die Gesandte. »Ich bin gespannt, was sich unter dieser Maske verbirgt.«

Davis nahm der Gesandten den vergoldeten Orsperkopf ab. Barbara, die eine Art Heiligenschein erwartet hatte, war beinahe enttäuscht, als darunter nur das aschblonde Haar und die regelmäßigen Züge einer Trevor zum Vorschein kamen.

Elinor bedeckte ihre Augen und kauerte sich am ganzen Leib zitternd zusammen. »Ich w-w-wollte dich nicht sehen«, versicherte sie der Gesandtin.

»Du bist in schlechte Gesellschaft geraten, Kind«, antwortete die Trevor. Sie sah furchtlos zu Davis auf. »Zufrieden, Ungeheuer?«

»Nein.« Er fuhr sich mit der Hand durch seine ungekämmten Haare und fragte sich: »Was habt ihr eigentlich gegen mich? Wißt ihr nicht, daß ich ein Mann bin? Ihr müßt doch einige biologische Kenntnisse haben, um eure parthenogenetische Maschine zu bedienen.«

»Du bist kein Mann!« behauptete die Trevor nachdrücklich.

Davis machte eine nachdenkliche Pause. »Aha!« sagte er dann. »Nun, das ist eine in der Geschichte gar nicht seltene Erscheinung. Ihr Doktoren habt es lange Zeit bequem gehabt. Ihr habt euch vor dem Tag gefürchtet, an dem Männer nach Atlantis kommen und euch Konkurrenz machen würden. Als ich dir erzählt habe, daß ich allein hier bin und daß es lange dauern kann, bis andere kommen, wenn ich sie nicht hole . . . als du das gehört hast, hast du dich an die Befehle deiner Vorgesetzten im Schiff gehalten.«

»Du bist ein Ungeheuer!« stellte die Trevor unbeirrt fest.

»Selbst wenn du ehrlich davon überzeugt gewesen wärest, hättest du nicht den Befehl gegeben, die Brückenwachen sollten mich erschießen. Sogar ein Ungeheuer könnte zurückfliegen und die Männer holen. Nein, meine Liebe, ihr habt euch die Sache gründlich überlegt und wolltet auf diese Weise die Konkurrenz ausschalten.«

»Schweig, bevor Vater dich niederstreckt!« verlangte die Trevor.

»Ihr habt Gesandtinnen in alle Städte geschickt«, fuhr Davis fort. »Sie haben den Auftrag, Informationen zu sammeln – und sie sollen mit den Männern verhandeln, falls es wirklich mehrere sind oder falls sie Hilfe herbeirufen können. Andernfalls sollen sie dafür sorgen, daß die unerwünschte Konkurrenz verschwindet.«

»Am liebsten würde ich sie umbringen«, warf Barbara erbittert ein.

»Babs, weißt du, wer die Doktoren sind . . . wie viele es gibt, aus welchen Familien sie stammen?«

»Soviel ich gehört habe, muß es einige tausend geben«, erwiderte sie. »Und sie sollen aus den besten Familien stammen.«

»Das habe ich mir schon gedacht. Dieses System kann nur Bestand haben, wenn es von intelligenten und energischen Leuten kontrolliert wird. Trotz ihres gewaltigen Monopols hätte es größere Konflikte zwischen Kirche und Staat gegeben, wenn sie nicht . . . ja, natürlich! Trevors, Whitleys, Burkes und so weiter – die Angehörigen der oberen Kasten von Freeton, gegen deren Willen keine Udall etwas durchsetzen konnte, das den Doktoren geschadet hätte.«

»Aber was tun wir jetzt?« fragte Barbara hilflos.

»Ich glaube, daß wir . . . ja, ich glaube wirklich, daß uns das gelingt.« Davis holte tief Luft. »Von Lysum aus werden die neuesten Nachrichten bestimmt erst in einigen Tagen verbreitet. Babs, du und Valeria seid ungefähr so groß wie die Gesandtin. Ihr könnt ihre Rolle spielen und . . .«

Barbara schüttelte stumm den Kopf. »Nein, Bert, das ist unmöglich«, widersprach auch Valeria. »Die Doktoren haben geheime Erkennungszeichen, um solche Täuschungsversuche zu verhindern.«

»So habe ich das nicht gemeint«, erklärte Davis ihr. »Hört zu! Woher sollen die Leute an der Küste wissen, daß du keine echte Gesandtin bist, die in Begleitung eines echten Mannes eintrifft? Du handelst in seinem Auftrag, wenn du eine Eskorte und ein Dutzend schnelle Orspers verlangst. Wir reiten nach Freeton zurück, sorgen dafür, daß ich mein Schiff zurückbekomme, und befehlen den Greendalerinnen, die Stadt zu räumen. Dann steigen wir in mein Schiff, fliegen nach Nerthus – und kommen mit tausend Bewaffneten zurück!«

Achtzehn Tage später legte das Kanu im Hafen Shield Skerry an.

Der durch die großen Monde bewirkte gewaltige Tidenhub hatte die Küsten in Salzmarschen verwandelt. Aber selbst hier lebten einige Familien, die sich Reisenden als Lotsen zur Verfügung stellten. Valeria, die jetzt die Kleidung der Gesandtin trug, hatte keine Mühe, eine Frau zu finden, die bereit war, sie zu begleiten.

Davis hatte versucht, die Gesandtin zu verhören. Aber sie erklärte ihm nur, sie heiße Joyce, und er werde unweigerlich in der Hölle schmoren. Mehr war aus ihr nicht herauszubekommen.

Für Davis war es nur günstig, daß sie ständig auf engstem Raum zusammen waren und abwechselnd paddeln mußten. Dadurch wurde sein eigenes Problem vorläufig hinausgeschoben. Aber die Vorstellung, daß er es eines Tages würde lösen müssen – vielleicht sogar mit zwei eifersüchtigen Whitleys allein an Bord seines Schiffes, weil er sie nicht der Rache der Doktoren ausliefern konnte –, ließ ihn schon jetzt zittern.

Falls er sich auf Nerthus nicht einer Behandlung mit einem Psychoregler unterzog und sich von seinen unausgesprochenen Sehnsüchten kurieren ließ, wozu er aber keine Lust hatte, würde er sich für eine der beiden entscheiden müssen. Und seitdem er beide kannte, konnte er sich nicht mehr entscheiden!

Womit habe ich das nur verdient?

Elinor war unterwegs sehr schweigsam und zurückhaltend gewesen. Sie hatte sich um Joyce gekümmert, fürchtete sich aber offensichtlich so sehr vor beiden Seiten, daß sie es sich mit keiner verderben wollte. Davis hatte Verständnis für ihre Zwangslage und war deshalb freundlich zu ihr.

Dann hatten sie das Marschland endlich hinter sich.

Die Alte Nicholson hatte Davis in ihrem kaum verständlichen Dialekt erklärt, es gebe viele, viele Seefahrerinnen auf vielen, vielen Inseln, und Shield Skerry sei nur ein Umschlaghafen für den Handel ins Landesinnere. Davis sah gespannt nach vorn, wo der eigentliche Hafen zwischen zwei Wellenbrechern sichtbar wurde. Die Lagerhäuser und der primitive Leuchtturm waren aus großen schwarzen Steinquadern errichtet worden und schienen schon manchem Sturm widerstanden zu haben.

Davis sah ein großes Schiff – für Atlantis war es ziemlich groß – am Kai liegen. Ein durch Muskelkraft bewegter Kran lud Warenballen aus. Die Frauen der Schiffsbesatzung waren kräftig und braungebrannt; sie trugen Hosen mit ausgestellten Beinen, ärmellose Hemden und kurzes Haar. Das Schiff erinnerte Davis an eine altertümliche Galeone mit geschnitztem Bug und hohem Heck; es schien wenig Tiefgang zu haben, um in diesem mit Untiefen und Sandbänken durchsetzten Fahrwasser nicht so leicht auf Grund zu geraten. Ansonsten lagen nur noch einige kleinere Segelboote im Hafen.

»Das alles beweist die Existenz einer halbwegs fortschrittlichen Technologie«, stellte Davis mit einer Handbewegung fest, die den ganzen Hafen umfaßte.

»Was?« fragte Barbara. »Oh, du meinst ihre Schiffe und Bauten. Angeblich sind die Seefahrerinnen die besten Schmiede der Welt. Ihre Kapitäne sollen lesen können wie die Doktoren.«

Davis nahm an, daß diese Küstenstädte alt waren – vermutlich waren sie vor dem Zusammenbruch der gestrandeten Zivilisation errichtet worden. Das Meer lieferte reichlich Nahrung, wenn man wußte, wie man sie sich beschaffen konnte. »Was für Leute sind die Seefahrerinnen?« fragte er.

»Wir im Bergland wissen nicht allzu viel von ihnen«, antwortete Barbara.

»Na, das werden wir ja bald merken«, meinte Davis unbehaglich.

Auf dem Kai wurde nicht mehr gearbeitet. Frauen strömten aus allen Richtungen zusammen. »Eine Gesandtin, schon wieder eine, und wen bringt sie da mit?«

Valeria bedankte sich nicht bei ihrer Lotsin; damit wäre sie nur aus ihrer Rolle gefallen. Sie trat auf den Kai hinaus. Davis folgte ihr. Barbara schob die gefesselte Trevor vor sich her. Elinor kam als letzte.

Unterdessen hatte sich eine größere Menschenmenge angesammelt. Einige der Frauen schienen zur Polizei oder Stadtwache zu gehören, denn sie trugen Helme und Schuppenpanzer. Davis sah farbenprächtige Tätowierungen, Ohrringe, schwere Goldarmbänder – in dieser Beziehung waren hier alle gleich. Eine Nicholson stand Arm in Arm mit einer Latvala, eine Craig zwängte sich zwischen eine Whitley und eine Burke, und eine Holloway mit einem Schmiedehammer unterhielt sich freundschaftlich mit einer Trevor, die Helm, Speer und Panzer trug.

Valeria hob ihren Stab. »Ruhe!« forderte sie mit lauter Stimme.

Der Lärm legte sich allmählich. Eine untersetzte grauhaarige Frau trat vor und rief: »Seid still! Seht ihr nicht, daß die Gesandtin sprechen will?« Davis stellte nervös fest, daß sie eine Udall war.

»Bist du für diese Leute verantwortlich?« fragte Valeria sie.

»So könnte man's nennen, weil ich Captain dieses Kahns bin . . . Captain der *Fishbird.* Ihr Heimathafen ist Farewell Island. Und ich heiße Nelly Udall. Was steht zu Diensten?«

Joyce Trevor öffnete den Mund. Sie war blaß vor Wut. Aber als Barbara sie anstieß, schwieg sie.

Valeria blieb einige Sekunden lang schweigend stehen. In der nun folgenden Stille war deutlich zu hören, wie sich die Wogen am Wellenbrecher brachen. Dann hob sie den Kopf und rief: »Freut euch! Ich habe einen Mann mitgebracht!«

Das hatte die erwünschte Wirkung, die allerdings etwas zu handgreiflich ausfiel. Davis fürchtete schon, seine Bewunderinnen würden ihn tottrampeln. Nelly Udall drängte die Begeisterten zurück und brüllte: »Wegtreten! Macht Platz, sage ich! Zeigt gefälligst etwas mehr Achtung, ihr . . .« Was dann folgte, ließ Barbara erröten, obwohl sie als Kavalleristin einiges gewöhnt war.

Als die Aufregung langsam abklang, beschloß Davis, selbst die Initiative zu übernehmen. »Ich bin ein Mann«, sagte er mit seiner tiefsten Stimme. »Die Gesandtin hat mich in den Bergen gefunden und hierher gebracht. Sie weiß, daß ihr alle fromm seid.«

»Vater segne dich«, sagte die Udall mit Tränen in den Augen. »Klar, wir sind fromm wie der Teufel! Können wir dir irgendwie helfen? Du brauchst uns nur zu sagen, was wir tun sollen!«

»Aber es gibt noch Böses«, fuhr Davis laut fort. »Bevor alle Männer kommen können, müßt ihr mir helfen, das Böse auf Atlantis zu vernichten.«

Die Seefahrerinnen starrten ihn ehrfürchtig an. Davis war mit dieser Wirkung sehr zufrieden. Er wandte sich an Nelly Udall. »Ich möchte mit dir und deinen Ratgeberinnen privat sprechen.«

Sie runzelte die Stirn. »Ja . . . natürlich . . . du meinst meinen Ersten Maat?«

»Dann ist also niemand hier, der Entscheidungen treffen kann? Wo lebt die Udall der Seefahrerinnen?«

»Welche Udall? Ich bin die einzige.«

»Wer ist eure Königin, Präsidentin oder dergleichen – wer trifft bei euch die Entscheidungen?«

»Oh, Laura Macklin ist unser Premjeh«, antwortete Nelly. »Sie ist in New Terra, unserer Hauptstadt. Sollen dort alle zusammenkommen und über etwas abstimmen?«

Davis hatte nicht damit gerechnet, hier eine Republik vorzufinden. Aber je länger er darüber nachdachte, desto plausibler erschien ihm diese Entwicklung. Selbst unter hiesigen Bedingungen mußte es schwierig oder fast unmöglich sein, einem Volk von Seefahrern eine Diktatur aufzuzwingen. Schließlich segelte das kleinste Beiboot mit einigen unzufriedenen Sklavinnen an Bord so schnell wie das größte Kriegsschiff.

»Macht nichts«, wehrte er großzügig ab. »Du hast mich anscheinend falsch verstanden, Captain Udall. Führe uns an einen Ort, wo wir ungestört mit dir sprechen können.«

»Wird gemacht!« Nelly sah zu Joyce Trevor hinüber und zeigte mit dem Daumen auf sie. »Eine Feindin von euch? Am besten murkse ich sie gleich selbst ab.«

»Danke, das ist nicht nötig«, antwortete Davis hastig. »Bringt sie mit.«

Elinor wich ängstlich zurück, als die Udall ihr einen forschenden Blick zuwarf.

»Los, los, macht den Weg frei!« brüllte Nelly. »Fort mit euch! Schert euch gefälligst zur Seite.« Sie half mit Faustschlägen nach, aber niemand schien sich daran zu stoßen.

Davis und die anderen folgten ihr durch enge gepflasterte Gassen zu einer verräucherten Kneipe, über deren Tür ein Anker hing. »Hier können wir ungestört reden«, sagte Nelly. »He da, bringt ... Nein, ihr Schwachköpfe! Wir wollen allein sein, verstanden? Hinaus!« Sie knallte die Tür vor hundert Neugierigen zu.

Davis mußte husten. Als er sich die Tränen aus den Augen gewischt hatte, sah er einen Raum voller Bänke und Tische unter rauchgeschwärzten Deckenbalken. An einer Wand waren Branntweinfässer übereinandergestapelt. Im Kamin brannte ein gewaltiges Feuer, über dem ein großes Stück Fleisch gebraten wurde.

Nelly holte mächtige Humpen und ließ sie voll Branntwein laufen. »Gut, fangen wir also an!« Sie lehnte sich zurück und streckte die Beine von sich. »Tod und Verderben! Nach so vielen Jahren endlich ein Mann ...«

Davis kam sofort zur Sache und erzählte ihr die gleiche Version seiner Geschichte, mit der er schon bei Yvonne Craig Erfolg gehabt hatte.

»Ja, die Insel kenne ich vom Hörensagen«, warf Nelly ein. »Und was ist dann passiert?«

»Joyce Trevor ist angekommen«, erklärte Davis ihr. »Sie ist eine der Handlangerinnen des Bösen. Ihre Genossinnen haben Greendale und die anderen Städte gegen Freeton aufgehetzt; sie hat in Lysum gegen mich gepredigt. Ich habe sie gefangengenommen und hierher mitgebracht.«

»Warum hast du sie am Leben gelassen?« erkundigte Nelly sich verwundert.

»Wir Männer sind barmherzig«, antwortete Davis leicht erschrocken. »Können wir sie irgendwo unterbringen, wo sie sicher aufgehoben ist?«

»Ich habe an Bord eine kleine Kajüte für sie.«

»Wunderbar!« Davis trug seine weiteren Wünsche vor: Mitfahrt bis zur Mündung des Holy River und eine Eskorte nach Freeton, wo die Gesandtin die Freigabe des Schiffs befehlen würde.

Nelly nickte. »Wird gemacht. Ich habe zwanzig kräftige Frauen an Bord der *Fishbird,* und wir können vom Schiff der Doktoren aus über die Sümpfe ...«

»Wir brauchen nicht erst dorthin«, unterbrach Valeria sie hastig. »Ich habe sogar den ausdrücklichen Befehl, erst zurückzukommen, wenn die anderen Männer eingetroffen sind. Und du verstehst hoffentlich, daß das alles streng geheim bleiben muß, weil die Handlanger des Bösen uns sonst weitere Schwierigkeiten machen.«

»Gut, wie ihr wollt«, stimmte Nelly zu. »Wir lassen die *Fishbird* im Hafen von Bow Island, beschaffen uns Orspers und reiten geradewegs nach Freeton. Ich kenne einen Weg durch die Marschen.«

Davis runzelte die Stirn. Die nach Freeton gerittene Abgesandte der Doktoren konnte verbreitet haben, er sei ein Ungeheuer, das unschädlich gemacht werden müsse. Oder vielleicht doch nicht ... *diese* Gesandtin konnte nicht wissen, daß er der einzige Mann auf Atlantis war; sie würde zurückreiten und neue Anweisungen einholen müssen.

»Je schneller, desto besser«, sagte er.

»Wir legen morgen früh bei Beeaufgang ab«, versicherte Nelly Udall ihm. Sie schüttelte den Kopf und starrte in ihren Humpen. »Ein Mann! Ein richtiger Mann! Verdammt noch mal, ich bin schon zu alt, aber ... aber ich habe dich wenigstens mit eigenen Augen gesehen. Das genügt mir, schätze ich.«

Nachdem Joyce Trevor im Stadtgefängnis untergebracht worden war, dessen Wache den strengen Befehl erhielt, nicht mit der Gefangenen zu sprechen und alle Besucher abzuweisen, führte Nelly Davis und seine Begleiterinnen zum Kai hinunter, wo Davis vor den versammelten Frauen eine kurze, aber zündende Rede hielt. Die Erkundigungen, die eine andere Gesandtin hier eingezogen hatte, waren jetzt nützlich; alle glaubten Davis aufs Wort.

»Ich bin müde«, sagte er danach zu Nelly. »Ich möchte ins Bett.«

»Ja, natürlich! Kommt nur mit!«

Eine Menschenmenge folgte ihnen zu dem langen Haus, das für Schiffskapitäne reserviert war. Hinter der Trinkstube begann ein Korridor, an dem rechts und links Schlafkammern lagen. Elinor bekam die erste, dann kamen Barbara, Davis und Valeria. Davis blies die Öllampe aus, nachdem er die Fensterläden geschlossen hatte, und kroch in der Dunkelheit in sein Bett.

Aber er konnte nicht gleich einschlafen. Er mußte über zu viele Dinge nachdenken ... vielleicht war er schon bald wieder unter Männern ... was sollte er mit den Whitleys anfangen? Darüber konnte er sich später den Kopf zerbrechen. Er würde jedenfalls nach Atlantis zurückkommen, um diesen armen Frauen bei der Anpassung an zivilisierte Verhältnisse zu helfen. Aber bevor er das konnte, mußte er sich für eine der beiden Whitleys entscheiden ...

Davis war sofort hellwach, als die Tür leise geöffnet wurde. Er setzte sich im Bett auf. »Wer ist das?« Bloße Füße kamen kaum hörbar näher. Seine Haare sträubten sich.

»Pst!« Das Flüstern kam aus der Dunkelheit dicht vor ihm. Davis streckte die Hände aus und ertastete einen weiblichen Körper. »Bertie, ich mußte einfach zu dir kommen ...«

Davis sträubte sich zum Schein. Die junge Frau lachte leise und schlüpfte unter seine Bettdecke. Zwei starke Arme schlossen sich um ihn. Zwei Lippen legten sich auf seine.

Auch recht, dachte Davis. *Dann verliere ich eben im Kampf gegen mein schlimmeres Ich. Wenn Valeria freiwillig zu mir ins Bett kommt, kann ich sie nicht abweisen. Das wäre kränkend. Ich kann mir nur vornehmen, sie später zu heiraten.*

»Bert ... Bert, Liebling, ich weiß nicht, wie ... ich weiß nicht, wie es ist, bei einem Mann zu sein ... aber ich liebe dich so sehr ...«

»Val, ich ...«, begann Davis.

»Val!« Sie richtete sich auf und kreischte diesen Namen. »Val? Was geht hier vor?«

»Oh, nein!« stöhnte Davis. »Hör zu, Barbara, ich kann dir alles erklären . . .«

»Spare dir deine Erklärungen!« rief sie aus.

Davis wollte sich freimachen, aber die Bettdecke behinderte ihn. Barbaras Hände schlossen sich um seinen Hals.

Die Tür wurde aufgerissen. Die großgewachsene Rothaarige hielt eine Streitaxt in der Hand. Ihre Linke, in der sie die Laterne trug, war mit Narben bedeckt.

»Was ist hier los?« wollte Valeria wissen. Als sie Barbara erkannte, stellte sie fluchend die Laterne ab und kam mit erhobener Axt näher. Barbara sprang aus dem Bett, griff nach Davis Messer und stellte sich ihrer Kusine entgegen.

»Aha, du hast dich also hinter meinem Rücken an ihn herangemacht!« kreischte sie.

»An deiner Stelle würde ich den Mund halten«, antwortete Val. »Kaum bin ich einmal außer Sichtweite, versuchst du auch schon, ihn mir abspenstig zu machen und . . . und . . .«

»Hört doch auf!« mahnte Davis besorgt. »Vertragt euch wieder, dann . . .«

Die beiden drehten sich nach ihm um. Davis ahnte, daß er sich lieber nicht hätte einmischen sollen. Er entging der Axt nur mit knapper Not und flüchtete in eine Ecke. »Alles war nur ein Versehen!«

»Wir haben einen großen Fehler gemacht, als wir dich überhaupt mitgenommen haben«, knurrte Valeria.

Der Wind ließ die Fensterläden klappern. Dieses Geräusch wurde plötzlich von einem rasch anschwellenden Brüllen übertönt. Das Gebrüll kam näher – ein Mob wälzte sich durch die Gassen.

Die Whitleys reagierten schnell. Valeria stellte sich mit ihrer Axt an der Tür auf, während Barbara in ihr Zimmer lief und nach erstaunlich kurzer Zeit angezogen und bewaffnet zurückkam. Der flackernde Lichtschein der Öllampe warf ihre Schatten unheimlich vergrößert auf die kahlen Wände.

Im Flur kamen Schritte näher. Nelly Udall stürzte ins Zimmer. Sie blutete aus mehreren Wunden. Von der Streitaxt in ihrer Hand tropfte es rot. »Tod und Verdammnis!« rief sie. »Zu den Waffen! Mann, sie wollen dich ermorden!«

Eine Macklin und eine junge Lundgard folgten ihr. Sie waren ebenfalls verwundet, hatten sich hastig bewaffnet und weinten.

»Was ist passiert?« fragte Davis erschrocken.

»Ich habe die Außentür verriegelt«, keuchte Nelly, »aber sie hält bestimmt nicht lange stand.« Hinter ihr dröhnten die ersten Schläge gegen die Tür. »Ich glaube dir, daß du ein Mann bist – das hat mir diese Wunden eingebracht –, aber die Trevor ... Warum hast du sie nicht gleich umgebracht, solange du Gelegenheit dazu hattest?«

»Trevor!« Davis fuhr zusammen. »Ist sie ausgebrochen?«

»Ja«, bestätigte Nelly. »Wir waren alle drüben in der Kneipe, um auf dein Wohl zu trinken, als die Trevor mit eurer Dyckman hereingekommen ist. Sie hat behauptet, eine Gesandtin zu sein, und hat dich als Ungeheuer bezeichnet. Dann hat sie ihre erste Behauptung bewiesen, indem sie das Ritual geschildert hat, das jede Mutter von ihrem Besuch im Schiff kennt.« Nelly schüttelte den Kopf. »Danach war natürlich der Teufel los. Wir drei haben uns den Weg freigekämpft und sind vor den anderen hergekommen.«

»Elinor!« wiederholte Barbara erbittert.

»Sie muß hinausgeschlüpft sein«, murmelte Davis betroffen. »Wahrscheinlich hat sie den Wachen gegenüber behauptet, sie habe den Auftrag, Joyce zu mir zu bringen ... Was sollen wir nur tun?«

»Kämpfen«, antwortete Nelly und stellte sich an der Tür auf.

Die Außentür gab krachend nach. Der Mob stürmte den Flur entlang. Eine Salmon schwang ihren Dolch. Nelly schlug mit der Axt zu; die Leiche blieb vor ihr liegen. Eine Hauser wollte mit einem kurzen Speer zustoßen. Barbara schoß sie in die Brust.

Das brachte den ersten Ansturm zum Erliegen. Die Frauen drängten in dem engen Korridor zurück. Das Stimmengewirr wurde merklich leiser.

Davis trat vor. Er mußte sich beherrschen, um nicht zu zittern. Eine ältliche Damon trat ihm aus der ersten Reihe entgegen. »Bist du mit einem Waffenstillstand einverstanden?«

»Ja«, sagte Davis. »Nicht schießen, Barbara. Vielleicht können wir ...«

Joyce Trevor drängte sich durch die Menge und starrte Davis über Nellys Schulter hinweg an. »Du bist ein Ungeheuer«, stellte sie fest.

»Elinor, warum hast du das getan?« fragte Davis ungläubig.

Er sah sie in einer der hinteren Reihen stehen. Sie erwiderte ängstlich seinen Blick. »Du bist ein Ungeheuer«, behauptete sie kaum vernehmbar. »Du hast eine Gesandtin angegriffen. Die Gesandtin sagt, daß du ein Ungeheuer bist.«

Davis grinste sarkastisch. »Ich bin allein – aber es gibt viele Doktoren, nicht wahr?«

»Ich will nichts mehr von dir hören, Ungeheuer!« kreischte Elinor. »Du und diese Whitleys haben mich einfach zu oft herumkommandiert!«

»Damit vergeuden wir nur unsere Zeit«, stellte Joyce fest. »Wenn die Whitley wirklich eine Gesandtin ist, soll sie es beweisen, indem sie das Ritual schildert.«

»Schon gut«, wehrte Davis resigniert ab. »Sie ist keine Gesandtin – aber ich bin ein Mann. Die Trevor erzählt euch Lügen über mich, weil ich andere Männer holen könnte. Das gefällt den Doktoren nicht, denn es könnte das Ende ihrer Allmacht bedeuten.«

»So ähnlich habe ich mir die Sache gedacht«, murmelte die Lundgard neben ihm.

»Laßt mich zu meinem Raumschiff zurückkehren«, bat Davis. »Mehr verlange ich gar nicht.«

Joyce drehte sich um. »Damit er weitere Ungeheuer herholen kann?« kreischte sie. »Ich verfluche jede, die ihm hilft! Ich befehle euch, ihn sofort umzubringen!«

Nelly hob grinsend ihre Axt. »Na, wer will's versuchen?«

Davis hörte Schritte am Ende des Korridors. Dann ertönten Stimmen. Einige Frauen, die auf seiner Seite standen, drangen als Verstärkung zu ihm vor. Er fuhr sich mit der Zungenspitze über die trokkenen Lippen. »Ich gehe jetzt«, sagte er leise. »Macht Platz.«

Barbara, Valeria, Nelly und ihre beiden Begleiterinnen folgten ihm auf den Fersen. Eine Handvoll Frauen schlossen sich ihnen an. Die anderen blieben unbeweglich stehen. Joyce kochte vor Wut, weil Barbaras Armbrust sie daran hinderte, hinterrücks über Davis herzufallen. Elinor senkte wieder den Kopf.

Der Wind pfiff durch stockfinstere Gassen. Etwa ein Dutzend Frauen begleiteten Davis zum Kai hinunter. Er hörte, daß der Mob ihnen folgte, aber in der Dunkelheit war nicht zu erkennen, wie groß der Abstand war.

Barbara flüsterte ihm aufgebracht zu: »Bilde dir ja nicht ein, daß ich deinetwegen mitkomme, du gemeiner Schuft! Ich habe nur keine andere Wahl.«

Als sie die Gassen verließen und auf den Kai hinaustraten, gab das Leuchtfeuer wieder mehr Licht. Nelly ging zu ihrem Schiff voraus.

»Ich riskiere verdammt viel für meinen Glauben, daß du ein Mann bist«, erklärte sie Davis. »Ich wage nicht mehr, etwas anderes zu glauben.«

Die Frauen von Shield Skerry blieben in der Dunkelheit zurück; sie wußten zum Glück noch immer nicht recht, was sie tun sollten. Davis war sich darüber im klaren, daß er verschwinden mußte, bevor eine Schießerei begann. Als er die Gangway heraufkam, trat Valeria auf ihn zu und zischte: »Ja, ich glaube auch, daß du ein Mann bist . . . und der Teufel soll alle Männer holen! Ich komme nur mit, weil mir nichts anderes übrigbleibt.«

Davis zuckte mit den Schultern und verschwand unter Deck, während Nelly die Segel setzen ließ. Kurze Zeit später stach die *Fishbird* in See.

Ein schiefergrauer Himmel traf am Horizont mit dem eisgrauen Meer zusammen. Das Schiff stampfte, daß die Gischtspritzer bis aufs Oberdeck flogen. Als Davis aus seiner Kabine kam, wurde er von den Besatzungsmitgliedern freundlich begrüßt; nur Barbara und Valeria ignorierten ihn geflissentlich.

Nelly Udall watschelte heran. »Guten Morgen, mein Lieber«, rief sie Davis entgegen. »Du bist doch nicht etwa seekrank? Nein? Gut – einen seekranken Mann kann man sich schlecht vorstellen, was? Hahaha!« Sie schlug Davis kräftig auf die Schulter. Dann wurde sie ernst. »Komm, wir gehen in meine Kabine. Wir müssen miteinander reden.«

Sie setzten sich auf ihre Koje. Nelly stopfte sich eine Pfeife mit getrockneten Blättern aus einem Steinguttopf. »Jedenfalls steht fest, daß wir nicht mehr zum Holy River können, mein Lieber. Diese verdammte Gesandtin hat die Einwohnerschaft von Shield gegen dich aufgebracht. Wahrscheinlich sind schon jetzt Boote unterwegs, um die frohe Botschaft zu überbringen. Bei diesem Wind ist jeder Kutter schneller als wir. Wenn wir nach Bow Island kommen, ist dort bestimmt schon alles alarmiert.«

Davis schluckte trocken.

Nelly zündete ihre Pfeife an und hüllte sich in eine übelriechende Rauchwolke. »Bist du wirklich nicht seekrank? Du siehst so blaß aus.«

»Wir müssen irgendwo Hilfe auftreiben«, murmelte Davis. »Irgendwo, irgendwie.«

Nelly nickte zustimmend. »Das habe ich mir auch schon überlegt. Ich bin nach Farewell unterwegs – dort ist unser Heimathafen. Ich habe viele Freundinnen, die dir alles glauben werden, weil niemand da ist, der dir widerspricht.«

»Aber wenn sie hören, daß die Doktoren gegen uns sind . . .«

»Ich kenne genug, die trotzdem zu uns halten, mein Lieber. Frauen wie meine Besatzungsmitglieder. Wir haben die Doktoren verdammt satt, das kannst du mir glauben. Wir erleben schließlich oft genug, wie sie . . .« Nelly schilderte die Arroganz, Geldgier und Unverschämtheit der Doktoren, und Davis konnte sich vorstellen, daß die Handel treibenden Seefahrerinnen eine natürliche Abneigung gegen Tributzahlungen hatten.

Aber die Doktoren konnten nicht nur schlecht und böse sein. Zweifellos glaubten viele von ihnen, eine wichtige Aufgabe zu erfüllen. Davis wußte jedoch, daß die Gesetze der Union sein Vorgehen gegen die Doktoren deckten, weil sie zwischen Atlantis und der Zivilisation standen. Ihr Starrsinn durfte nicht verhindern, daß diese Frauen eines Tages ein normales Familienleben führen konnten.

»Ich schlage vor, daß wir uns nach ein paar Mutigen umsehen«, fuhr die Udall fort. »Mit ihnen können wir möglichst weit landeinwärts segeln und dann zu deinem Raumschiff vorstoßen.«

»Nein, das ist zu riskant!« widersprach Davis. »Es wird zu streng bewacht, und ich fürchte, daß die Doktoren noch Werkzeuge besitzen, mit denen sie es beschädigen können. Wir müssen rasch handeln. Wenn du glaubst, daß deine Freundinnen bereit sind, ihr Leben zu riskieren, um . . .«

Nelly lächelte. »Hör zu, mein Lieber – mit dieser Stimme und deinem Bart kannst du sie dazu bringen, die Hölle zu stürmen.«

»Ganz so schlimm wird es hoffentlich nicht«, antwortete Davis. »Wir brauchen nur das Schiff zu stürmen.«

Die Rebellenflotte lag kurz nach Beeaufgang bei hereinkommender Flut vor Ship City.

Davis stand auf dem Oberdeck der *Fishbird* und beobachtete, wie die 42 Schiffe sich formierten. An Heck jedes Schiffes wehte die von ihm vorgeschlagene Flagge. Seine Mädchen waren von der Unionsflagge begeistert gewesen.

Die Rebellenschiffe hatten eine Besatzung von etwa 2000 Frauen. Das Schiff der Doktoren wurde von mehr Frauen bewacht, aber diese Wachmannschaft hatte keine Kampferfahrung, während die Seefahrerinnen sich gelegentlich als Piratinnen betätigt hatten. Die Aussichten waren also nicht einmal ungünstig.

Valeria stampfte mit dem Fuß auf. »Ich gehe auch an Land!« behauptete sie.

»Nein, das kommt nicht in Frage«, erklärte Nelly Udall ihr. »Ein paar von uns müssen hierbleiben und den Mann bewachen. Was nützt uns das alles, wenn er aufgespießt wird?«

Barbara nickte zustimmend. »Sie hat recht – das hättest sogar du merken müssen«, sagte sie zu Valeria. »Ich würde allerdings auch lieber etwas anderes tun!«

Davis seufzte schwer. In den drei Wochen seit ihrer Flucht aus Shield Skerry hatten die Kusinen weder mit ihm noch miteinander gesprochen, ohne dabei ausfallend zu werden. Nach dem hundertsten Versuch hatte er entmutigt aufgegeben. Der Teufel sollte alle Frauen holen! Davis wollte nur nach Hause, sich einen gewaltigen Rausch antrinken und mit Hilfe des Psychoreglers alle Rothaarigen mit grünen Augen vergessen.

Er konzentrierte sich auf das Bild vor ihm. Das Schiff mußte schwer beschädigt gewesen sein, wenn es hier gelandet war; vermutlich hatte es auf dem ersten geeigneten Platz notlanden müssen. Die Mauern, von denen es jetzt umgeben war, standen auf einem Hügel, der bei Flut kaum aus dem Meer ragte. Östlich davon lagen die Marschen, durch die ein aus Felsbrocken aufgetürmter Damm zum eigentlichen Festland führte.

Zur Fracht des Schiffes mußten schwere Baumaschinen gehört haben. Ein paar tausend Frauen hatten diese Stadt nicht durch bloße Handarbeit errichten können. Die Maschinen funktionierten längst nicht mehr, aber ihr Werk überdauerte.

Die Stadt war von einer fünf Meter hohen Stahlbetonmauer umgeben, in die in regelmäßigen Abständen weiße Wachttürme eingelassen waren. Unter der Stadtmauer schäumte die Brandung gegen die Felsen; bei Ebbe erstreckte sich dort eine weite Schlammwüste. Die Stadt war nur auf zwei Wegen zu erreichen: über den Damm vom Festland her und über den breiten Kai an ihrer Westseite. Auf diesen Kai steuerten die Rebellenschiffe jetzt zu. Gangways wurden ausgefahren, und bewaffnete Frauen stürmten von Bord.

Davis sah wieder zur Stadt hinüber. Die oberen Stockwerke der Gebäude waren jenseits der Mauer sichtbar; sie wiesen alle die vor dreihundert Jahren üblich gewesenen Kuppeldächer auf. Und er sah das Schiff selbst, das wie ein gestrandeter Wal mit 500 Meter Länge mitten in der Stadt lag. Das Metall des Schiffsrumpfs war noch immer blank, aber eine Deformierung im hinteren Drittel zeigte, wie hart die Landung gewesen sein mußte.

Barbara beobachtete die an Land gehenden Seefahrerinnen fast wehmütig. Sie war wie sie mit Helm, Schuppenpanzer, Hosen und festen Stiefeln bekleidet. Zu ihrer Ausrüstung gehörten zudem Lasso, Dolch, Streitaxt, Armbrust und Köcher.

Davis, der ähnlich bewaffnet war, konnte ihr nachfühlen, wie unnütz sie sich vorkam. Er hatte keine sonderliche Lust, sich ins Kampfgetümmel zu stürzen, aber wenn Frauen bereit waren, seinetwegen zu sterben ...

Auf den Wällen, wo die Rotkreuzflagge wehte, erklangen schrille Alarmsignale. Frauen in blitzenden Metallrüstungen nahmen ihre Posten ein. Die Luft war voller Armbrustbolzen.

Die Angreiferinnen machten keinen Versuch, das Eisentor am Ende des Kais aufzubrechen. Statt dessen stellten sie Leitern auf und stürmten so die Stadtmauer. Die Verteidigerinnen versuchten, die Leitern umzustoßen, aber die Greifhaken hielten fest.

Davis zuckte zusammen, als er sah, wie die erste Rebellin die Mauerkrone erreichte, nach einem Säbelhieb in die Tiefe stürzte und die Frau unter sich mitriß.

»Laß mich gehen!« rief Valeria aus.

»Bleib hier!« befahl Nelly ihr barsch. Sie warf Davis einen besorgten Blick zu. »Ich hätte mir die Sache leichter vorgestellt. Wir müssen uns beeilen, glaube ich.«

Davis nickte. Sie hatten nur wenige Stunden Zeit, bevor die Ebbe einsetzte. Dann waren ihre Schiffe bis zur nächsten Flut im Hafenbecken gefangen.

»Wir bleiben also?« erkundigte sich Barbara.

»Natürlich«, stimmte Davis zu. Er zündete sich die Pfeife an, die Nelly ihm geschenkt hatte. »Aber ich habe das Gefühl, daß die Doktoren aus anderen Städten Verstärkung angefordert haben, um die Gegend zwischen hier und Freeton überwachen zu lassen. Jetzt holen sie sie zur Verteidigung ihrer Stadt her. Falls die Sache kritisch wird, möchte ich mir einen Rückzugsweg offenhalten.«

»Das sieht dir wieder ähnlich«, stimmte sie zu und wandte sich ab.

Streitäxte, Schwerter und Speere klirrten auf den Wällen gegeneinander; Bolzen und Pfeile zischten durch die Luft. Die Verteidigerinnen waren längst nicht mehr in der Überzahl. Eine von ihnen, die einen auffälligen hellroten Umhang trug, blies in ihr Horn. Ihre Frauen kämpften sich zu ihr durch.

Davis wollte seinen Augen nicht trauen. Der Kampf konnte

doch nicht schon entschieden sein! Aber die Verteidigerinnen zogen sich tatsächlich zurück; sie räumten die Mauerkrone und verschwanden außer Sicht, als sie die Treppen zur Stadt hinunterstiegen. Eine schlanke junge Burke mit wehendem Haar pflanzte triumphierend die Rebellenflagge auf die Stadtmauer auf.

Nelly packte Davis an den Schultern und tanzte mit ihm übers Oberdeck. »Wir haben gewonnen, wir haben gewonnen!« sang sie dabei. Die Planken erzitterten unter ihr.

Davis hätte sich am liebsten übergeben. Die Zivilisation, der er entstammte, hatte ihn zum Abscheu gegen jeden Krieg erzogen. Hätte er selbst mitgekämpft und sein Leben aufs Spiel gesetzt, wäre alles nicht so schlimm gewesen. Aber er war der einzige auf Atlantis, der die Männer herholen konnte. Er mußte sich zurückhalten, um . . .

»Na, hast du Angst?« erkundigte Valeria sich spöttisch. »Sei ganz unbesorgt – falls die Sache gefährlich zu werden scheint, bringen wir dich in Sicherheit.«

»Ich ziehe mich aber nicht zurück!« widersprach Davis heiser.

»Doch, das tust du, wenn es nicht anders geht«, warf Nelly ein. »Was sollen wir tun, wenn du umkommst? Wir müssen siegen, uns bleibt keine andere Wahl. Wenn die Doktoren siegreich bleiben, gibt es auf den Inseln nie wieder Babys.«

Das treibt sie also vorwärts, dachte der Mann. *Sie können die Doktoren nicht ausstehen und wollen diese Gelegenheit nützen, um sich an ihnen zu rächen – aber den eigentlichen Anstoß hat ihr Mutterinstinkt gegeben. Sie sind sich vielleicht noch nicht darüber im klaren, aber ihr Instinkt weiß: eine Maschine ist als Lebensbringer einer ganzen Welt nicht sicher und zuverlässig genug.*

Das Eisentor am Hafen wurde von innen geöffnet. Die Westseite der Stadt befand sich also fest in den Händen der Angreiferinnen. Der Kampflärm verhallte allmählich; die Doktoren wurden zurückgetrieben. Aber Davis konnte sich nicht über diesen Sieg freuen, zu dem er selbst nichts beigetragen hatte.

Verdammt noch mal! Seine Pfeife war ausgegangen.

»Ich schätze, daß wir die Stadt bei Ebbe erobert haben«, sagte Nelly. »Aber was tun wir dann?«

»Dann haben wir die Parthenogenese-Maschine«, erklärte Davis ihr. »Und wir haben einen wichtigen Sieg errungen. Dann gehört uns Atlantis.«

»Ja, natürlich . . .«

Vom Tor her war lautes Geschrei zu hören.

Die Angreiferinnen strömten aus der Stadt auf den Kai, fielen übereinander und warfen ihre Waffen weg, um schneller voranzukommen. Einige hundert Frauen flüchteten in panischer Angst zu den Schiffen.

»He, was soll das?« brüllte Nelly. »Stehenbleiben! Was ist denn in euch gefahren?« Sie fluchte hilflos.

Barbara riß ihr das Megaphon aus der Hand. »Anlegen!« rief sie der Rudergängerin zu. »Wir müssen an Land.«

Die *Fishbird* kreuzte durchs Hafenbecken und legte an einem der anderen Schiffe an, über das der Kai zu erreichen war.

»Los, kommt mit!« forderte Valeria die andere auf. Sie sprang aufs Deck des nächsten Schoners.

Barbara sah, daß Davis ihr folgte. »Nein!« rief sie.

»Ja«, antwortete er laut. »Ich habe lange genug untätig zugesehen.« Er überquerte das Deck und sprang auf den Kai.

Aus dem Stadttor strömten noch immer Seefahrerinnen, die zu ihren Schiffen flohen. Davis hielt eine Craig an den Schultern fest.

»Was ist denn passiert?« brüllte er sie an. Sie antwortete nicht gleich. Davis schüttelte sie. »Warum lauft ihr plötzlich weg?«

»Wir ... eine Gruppe von Doktoren ... Feuer, weißes Feuer ... die ersten Reihen sind verbrannt ... ein weißer Feuerstrahl ...« Die Craig brach zusammen.

»Vater selbst hat gegen uns gekämpft!« keuchte eine verwundete Macklin.

»Unsinn!« sagte Davis. »Ich weiß genau, was das war. Jemand muß meinen Strahler in der Nähe meines Raumschiffes gefunden haben, und die Gesandtin hat ihn hierher zurückgebracht. Vielleicht existieren noch Aufzeichnungen, die die Funktion eines Strahlers erkennen lassen.« Er schüttelte benommen den Kopf. »Das ist nicht gut«, murmelte er.

»Was sollen wir tun?« erkundigte Barbara sich.

»Wir müssen den Strahler an uns bringen«, antwortete Davis. »An einem Ionenstrom ist nichts Übernatürliches. Und die Doktoren haben nur eine Waffe dieser Art.«

»Aber das ist zu gefährlich«, wandte Valeria ein. »Warte doch, Bert ...«

»Folgt mir, wenn ihr den Mut aufbringt!« forderte er sie auf.

Etwa zwei Dutzend Frauen trotteten hinter Davis her, als er die Stadt durch das eiserne Tor betrat. Er hatte ein Netzwerk von sauber gepflasterten Straßen zwischen hohen Stahlbetonhäusern vor sich. Am Ende einer dieser Straßen ragte der gewaltige Schiffsrumpf auf. Aus zwei anderen Straßenzügen kam Kampflärm. Viele der Kämpfenden wußten noch nichts von dem Strahler. Aber wenn Davis sich nicht beeilte, würden sie ihn kennenlernen – und das würde das Ende ihrer Rebellion bedeuten.

»Wir sind aus dieser Richtung gekommen«, erklärte ihm eine Latvala.

Davis setzte sich in Bewegung ... und blieb schon nach wenigen Schritten stehen. Vor ihnen bogen die Doktoren um eine Straßenecke.

Etwa zwanzig Frauen kamen langsam heran. In der ersten Reihe marschierten Bewaffnete, die eine undurchdringliche Wand aus Schilden vor sich hertrugen. Dahinter ragten Spieße und erhobene Schwerter auf.

»Los, zeigt's ihnen!« rief Nelly.

Drei Frauen überholten Davis. Eine von ihnen war eine Whitley, und er fürchtete schon, sie sei eine von seinen Whitleys. Aber dann sah er Barbara und Valeria neben sich.

Hinter den Schilden tauchte eine Burke auf. Sie trug eine Krone, war weißhaarig und hatte ein runzliges Greisinnengesicht. Aber sie hielt den Strahler in einer mageren Klaue.

Davis streckte die Arme aus, warf sich zu Boden und riß Barbara und Valeria mit sich. Bläulich-weißes Feuer knisterte über ihnen.

Drei Frauen waren nur noch verkohlte Leichen. Davis zitterte, als er daran dachte, wie gefährdet Barbara und Valeria gewesen waren. Er merkte wieder, wie sehr er sie beide liebte.

Davis sprang auf und suchte hinter einem Türvorsprung Dekkung. Die anderen Frauen waren bereits geflüchtet. Barbara und Valeria blieben neben ihm. Nelly warf ihre Axt, die von einem Schild abprallte. Die Schildträgerin taumelte gegen die alte Burke, so daß der nächste Strahl sein Ziel verfehlte. Nelly lief über die Straße.

Sie warf sich gegen die Tür, an der Davis stand. Das Holz gab splitternd nach. Davis sah in eine luxuriöse Eingangshalle.

Zwei Bewaffnete kamen aus einer Tür. Barbara schoß zweimal mit ihrer Armbrust. Valeria und Nelly stießen eine andere Tür auf. Davis folgte ihnen und sah eine Treppe.

»Halte dein Lasso bereit, Babs«, forderte er sie auf. »Ich habe eine Idee.« Die Frauen folgten ihm die Treppe hinauf.

Die Fenster eines Schlafzimmers führten auf die Straße hinaus.

Davis riß das Fenster auf. Die Doktoren waren eben darunter angelangt. Barbara nickte, beugte sich aus dem Fenster und warf ihr Lasso.

»Hilfe!« kreischte die alte Burke mit dem Strahler. »Ich kann mich nicht mehr bewegen. Schneidet mich los!«

Davis sprang aus dem Fenster. Er landete auf einer gepanzerten Schildträgerin, die dröhnend zu Boden ging und nicht wieder aufstand. Davis schlug um sich. Valerias Lasso wirbelte durch die Luft. Dann glitt sie daran herab. Barbara und Nelly folgten ihr.

Die alte Burke wehrte sich mit dem Mut der Verzweiflung und griff nach dem Strahler. »Nein, der gehört mir!« rief Davis ihr zu und stellte den Fuß darauf. Eine Säbelspitze glitt von seinem Schuppenpanzer ab und ritzte ihn an der Backe. Er stieß die Angreiferin mit dem Fuß zurück, so daß sie stolperte und eine zweite mitriß. Nelly, Barbara und Valeria stellten sich schützend um ihn.

Sekunden später war der Kampf zu Ende. Die Doktoren flüchteten kreischend, als sie sahen, daß Davis jetzt den Strahler in der Hand hielt. Er holte tief Luft. »Los, wir müssen weiter!« keuchte er.

Sie eilten die Straßen entlang. Zwischen dem Schiff und der Stadtmauer führte nur ein schmaler Durchgang vorbei. Aber dahinter lag ein weiter Platz mit eindrucksvollen Tempeln. Zu Davis' Erstaunen war hier kein Kampflärm mehr zu hören.

Eine Gruppe von Seefahrerinnen kam aus einem der säulenverzierten Tempel. »Da ist der Mann!« rief eine Frauenstimme. Die Gruppe lief auf Davis zu.

»Wir haben die Stadt eingenommen, glaube ich«, meldete ihre Anführerin. »An der ganzen Ostseite rührt sich jedenfalls nichts mehr.«

»Ausgezeichnet!« Davis atmete erleichtert auf, weil es ihm auf diese Weise erspart blieb, den Strahler gegen Frauen anzuwenden. »Hol unsere Leute hier zusammen«, wies er die Gruppenführerin an. »Stellt Wachen auf. Treibt die Doktoren zusammen und sperrt sie in einen dieser Tempel – aber benützt sie nicht etwa als Zielscheiben! Richtet ein Lazarett ein, in dem auch verwundete Gegnerinnen Platz haben. Nelly, am besten kümmerst du dich selbst um diese Dinge. Ich will mich ein bißchen umsehen.«

Davis ging langsam durch die leeren Straßen. Hinter sich hörte er Triumphgeschrei, Hornsignale und siegreiches Gelächter. Aber ihm war nicht nach Lachen zumute.

Minos stand als schmale Silbersichel am Himmel, während Bee ihm noch näher kam. Die Eklipse stand dicht bevor . . . war das alles in nur drei Stunden passiert?

Die Whitleys folgten Davis. Er hörte Barbara sagen: »Ich nehme einiges zurück, Val. Du hast dich tapfer gehalten.«

»Du hast auch nicht schlecht gekämpft, Babs. Schließlich sind wir identisch!«

Die Straße führte zu der schmalen Gasse unmittelbar hinter dem Ostwall. Dort war ein schmiedeeisernes Tor in die Mauer eingelassen. Davis beobachtete den Steindamm dahinter. Zu beiden Seiten erstreckte sich das weite Marschland. Die Ebbe setzte bereits ein, so daß ihre Schiffe im Hafen festlagen. Aber sie hatten doch gesiegt und keine weiteren Sorgen, nicht wahr?

Augenblick!

Etwa drei Kilometer außerhalb der Stadt machte der Damm einen Knick und verschwand hinter einer Gruppe von Salzwasserbäumen. Davis sah etwas auftauchen und umklammerte die Gitterstäbe mit beiden Händen.

»Ein ganzes Heer!« krächzte er.

Die Marschkolonne wälzte sich mit fliegenden Fahnen auf die Stadt zu: das waren Truppen aus dem Bergland, die den Doktoren zu Hilfe eilten!

»Mindestens ein paar Tausend«, stellte Barbara fest. »Die Gesandtinnen müssen aufgebrochen sein, sobald unsere Schiffe vor der Stadt erschienen. Die Truppen haben irgendwo im Hinterhalt gelegen und auf dich gewartet, Davis . . .« Sie schüttelte trübselig den Kopf. »Jetzt können wir nicht mehr fliehen – die Schiffe liegen hoffnungslos fest!«

»Aber wir können noch kämpfen!« rief Valeria. Die Wachen auf den Mauern setzten ihre Hörner an und bliesen Alarm.

Davis untersuchte das Tor. Es war abgeschlossen, aber es ließ sich aufbrechen. Er griff unwillkürlich nach seinem Strahler. Damit konnte er eine ganze Armee aufhalten, wenn er . . . nein!

Die alarmierten Seefahrerinnen kamen herbeigerannt und kletterten links und rechts von Davis auf die Mauer. Nelly Udall trieb ihre Frauen an, verteilte sie und schärfte ihnen ein, nicht überhastet zu schießen, sondern Munition zu sparen. Davis beobachtete sie. Müde Gesichter, verwundete Gesichter, sie würden tapfer kämpfen, aber sie hatten keine Chance gegen ausgeruhte Truppen.

Auf der Mauerkrone zischten die ersten Bolzen von den Armbrüsten. Orspers wichen zurück, schrien auf, kamen vom Damm ab und blieben im Schlamm stecken. Der Angriff kam zum Erliegen. Die Anführerinnen ritten nach hinten, um die Kolonne neu zu formieren.

Einige Frauen stiegen ab und fällten einen Baum neben dem Damm. Sie würden nicht lange brauchen, um daraus einen Rammbock zu machen. Dann würden sie ihn nach vorn schleppen, bis ihr Angriff im Feuer der Verteidigerinnen zusammenbrach; andere würden ihre Plätze einnehmen – bis endlich das Tor aufsprang.

»Warte, bis sie in Reichweite sind«, forderte Nelly Davis grinsend auf. »Dann zeigst du ihnen, was deine Waffe wert ist!«

Bee verschwand hinter Minos. Der Planet wurde zu einem schwarzen Loch mit blutroter Aura. Nur der kleine Mond Aegeus war noch sichtbar. Die Sterne glitzerten eisig. Die Dämmerung lastete schwer über dem Land.

Davis schoß in die Luft. Ein Blitzstrahl zuckte bis zum Horizont; Donner folgte dichtauf. Die schattenhaften Gestalten auf dem Damm wichen schreiend zurück. Davis schoß nochmals und erwartete, daß sie endgültig fliehen würden.

»Bleibt stehen! Keinen Schritt mehr zurück!« befahlen heisere Stimmen. »Wenn das Ungeheuer das Schiff behält, bekommt keine von uns jemals wieder ein Kind!«

Davis schüttelte den Kopf. Das hätte er wissen müssen.

Jemand ritt den Damm entlang auf das Tor zu. Vier kurze Trompetenstöße ließen die Wasservögel auffliegen. »Eine Unterhändlerin«, erklärte Valeria Davis. »Laß sie nur reden. Vielleicht werden sie vernünftig . . .«

Die Berittene kam heran. Sie war eine Udall. Barbara kniff die Augen zusammen, um das Wappen auf ihrem Schild besser sehen zu können. »Bess von Greendale«, zischte sie. »Gib's ihr, Davis!«

Aber Davis überlegte sich, wie verzweifelt die Doktoren gewesen sein mußten, wenn sie bis aus Greendale Hilfe angefordert hatten. Zwischen der Stadt und seinem Raumschiff mußten Tausende von Bewaffneten im Hinterhalt liegen, um ihn abzufangen.

»Nein«, antwortete er. »Sie kommt als Unterhändlerin, Barbara.«

Die Udall hielt unter der Mauer. »Ist das Ungeheuer hier?« fragte sie verächtlich.

»Der Mann ist hier«, erwiderte Barbara stolz.

Davis trat ans Tor. »Was willst du?« erkundigte er sich.

»Deinen Kopf – und das Schiff zurück, bevor du die Lebensmaschine ruinierst.«

»Ich kann euer ganzes Heer vernichten«, antwortete Davis. »Paß auf!« Er zielte mit dem Strahler auf die Straße vor dem Tor. Die Steine zerschmolzen.

Bess Udall brachte ihren scheuenden Orsper wieder in ihre Gewalt. »Glaubst du, daß uns das aufhält?« keuchte sie. »Wir kämpfen für jedes Ungeborene auf Atlantis. Ohne die Maschine können wir gleich sterben.«

»Aber ich will die verdammte Maschine doch gar nicht zerstören!«

»Das behauptest du. Du hast gegen die Doktoren gekämpft. Dir können wir erst trauen, wenn du tot vor uns liegst.«

»Was soll der Unsinn?« zischte Valeria. »Warum gibst du dich mit ihr ab, Davis? Laß sie doch angreifen – dann merken sie schon, was sie erwartet!«

Davis starrte den Strahler in seiner Hand an. »Nein«, sagte er leise. »Alles hat seine Grenzen . . .« Er gab sich einen Ruck. »Ich mache euch einen Vorschlag«, rief er Bess Udall zu.

»He, was soll das?« fragten Barbara und Valeria gleichzeitig.

»Ruhe! Bess, ich biete dir folgende Bedingungen an: Deine Leute dürfen in die Stadt. Die Seefahrerinnen gehen an Bord ihrer Schiffe und segeln ab, sobald die nächste Flut hereinkommt. Als Gegenleistung erhalten sie wie zuvor Zutritt zu der Lebensmaschine.«

»Und du?« erkundigte sich die Udall. »Wir geben nicht auf, bevor du tot bist!«

»Ich komme hinaus«, erwiderte Davis. »Einverstanden?«

»Nein!« Barbara wollte sich auf ihn stürzen. Aber er stieß sie zurück.

»Laß mich!« fuhr er sie an. »Ich bin ein Mann. Ich weiß, was ich tue.«

Bess Udall starrte ihn in der Dämmerung an. »Einverstanden«, stimmte sie zu. »Ich schwöre bei Vater, daß ich deine Bedingungen einhalten werde.«

Die Frauen hinter Davis traten unwillkürlich vor. »Bleibt, wo ihr seid«, befahl Davis ihnen. »Es lohnt sich nicht . . . nur mein Leben . . . Vielleicht dauert es nur noch eine Generation, bis die Männer kommen.«

Sein Strahler schmolz das Schloß auf. Davis verbrannte sich die Hände an den heißen Eisenstäben, als er das Tor öffnete. Er trat ins Freie und warf den Strahler in hohem Bogen in den Schlamm.

»Ich bin hier«, sagte er.

Bess trieb ihren Orsper näher an ihn heran.

»Vorwärts!« befahl sie ihm. Einige Frauen kamen durch das Tor ins Freie. Bess hielt ihren Speer stoßbereit. »Zurück, sonst bringe ich das Ungeheuer vor euren Augen um!«

»Warte!« Das war eine Whitley, aber Davis konnte in der Dämmerung nicht erkennen, ob Barbara oder Valeria gesprochen hatte. »Bleib stehen! Wir treffen hier die Entscheidungen!«

»Ja?« knurrte die Reiterin. Sie hielt ihren Speer stoßbereit.

»Wir haben die Lebensmaschine. Gib ihn uns zurück, sonst zerstören wir sie und bringen alle Doktoren um, bevor ihr uns daran hindern könnt!«

Ein Seufzen ging durch die Menge, aber Nelly brachte ihre Frauen mit einigen Flüchen zum Schweigen. »Richtig!« bestätigte sie. »Was ist schon eine verdammte Maschine, wenn wir die Männer haben könnten?«

Die Whitley kam noch einen Schritt näher. »Wir stellen folgende Bedingungen«, sagte sie mit klarer Stimme. »Legt eure Waffen nieder. Ihr könnt die Stadt und die Maschinen behalten – und natürlich auch die Doktoren. Laßt uns nur diesen Mann zu seinem Raumschiff bringen, damit er uns die Männer holt!«

Bess Udalls Speer glitt ihr aus der Hand.

»Ihr wißt doch gar nicht, ob er ein Mann ist«, wandte sie ein.

»Natürlich wissen wir das! Glaubst du, wir hätten diese Stadt und das Schiff für ein Ungeheuer erobert?«

Die Dämmerung lag noch immer über der Stadt. Der Seewind strich um rotbefleckte Mauern.

»Allmächtiger Vater«, stieß Bess Udall hervor, »ihr habt recht, glaube ich!«

Sie gab ihrem Orsper die Sporen und ritt zu ihrem wartenden Heer zurück.

Davis hörte die aufgeregten Stimmen der Angreiferinnen. Sie schienen aus weiter Ferne zu kommen. Seine Knie waren steif, als er langsam zum Tor zurückging.

Einige Reiter tauchten hinter ihm auf. Sie sprangen aus den Sätteln und legten Davis ihre Waffen vor die Füße.

»Willkommen!« rief eine Stimme. »Willkommen, Mann!«

Die Sonne kam hinter Minos hervor und beleuchtete das weite Marschland und die Berge im Osten.

Davis grinste, als er das Beifallsgeschrei seiner Anhängerinnen hörte.

Barbara fiel ihm um den Hals. Valeria drängte von der anderen Seite heran und küßte ihn.

»Bert«, flüsterte sie mit Tränen in den Augen. »Liebling!«

»Nimm eine von uns«, schluchzte Barbara. »Nimm uns beide, wenn du willst.«

»Ein dreifaches Hoch auf unseren Mann!« rief Nelly. »Hoch soll er . . . he, fangt ihn doch auf! Er ist in Ohnmacht gefallen, glaube ich!«

Es war ein langer Ritt den Holy River entlang gewesen. Sie hatten unterwegs in jeder Stadt einige Tage bleiben und sich feiern lassen müssen.

Jetzt stand Davis Bertram in der Morgensonne im hohen Präriegras vor seinem Raumschiff. Er pfiff das Erkennungssignal. Die Luftschleuse öffnete sich, und die Einstiegsleiter wurde ausgefahren.

»Ich komme bald zurück«, murmelte er unbeholfen. »Innerhalb von hundert Tagen sind die ersten Männer hier.«

Und was würden die Leute sagen, wenn er in diesem Aufzug in Stellamont erschien: mit Kilt, Federumhang und buntem Kopfschmuck?

Das gesamte Heer von Freeton stand in Paradeaufstellung am Flußufer. Blankgeputztes Metall glitzerte im Sonnenschein. Helmbüsche nickten, Banner flatterten im Wind. Erstaunlich viele Kriegerinnen hatten die Invasion ihrer Heimatstadt überlebt. Als Davis befohlen hatte, Freeton sei sofort zu räumen, waren sie aus den Wäldern gekommen, um ihm zu danken.

Dahinter hatten sich gaffende Zivilistinnen mit ihren Kindern versammelt. Davis fragte sich, wie viele Babys er berührt hatte, weil ihnen das angeblich Glück brachte. Immerhin noch besser, als sie alle zu küssen.

Barbara und Valeria standen vor Davis. Beide machten ein ernstes Gesicht. Sie erwarteten seine Entscheidung.

Davis spürte, daß er rot wurde. Er konnte ihnen nicht mehr in die Augen sehen; er senkte den Kopf und bohrte mit seiner Sandale ein Loch ins Gras.

»Ihr seid jetzt für Freeton verantwortlich«, stellte er fest.

»Wenn ihr hier wirklich eine Republik gründen wollt – und das wäre nützlich, weil euch ohnehin noch viele Veränderungen bevorstehen –, muß mindestens eine von euch hierbleiben, um alles zu kontrollieren. Ich brauche hier jemand, dem ich vertrauen kann.«

»Ja, ich weiß«, stimmte Valeria bedauernd zu. »Du bringst diese Maschine mit, damit die Zurückbleibende . . . damit sie dich vergißt?«

»Nein, sie vergißt mich nicht«, erklärte Davis ihr, »sie denkt nur anders darüber. Aber ich habe eine bessere Idee. Ich bringe hundert junge Männer mit, von denen du dir einen aussuchen kannst.«

»Gut, ich nehme dich«, antwortete Valeria.

»Kommt nicht in Frage!« widersprach Barbara.

Davis wischte sich den Schweiß von der Stirn.

»Es wäre besser, wenn ihr beide hierbleiben würdet«, behauptete er. »Ich hätte es . . . nicht leicht . . . eine andere Zivilisation . . .«

»Willst du das wirklich?« erkundigte Barbara sich eisig.

»Nein«, erwiderte Davis. »Nein!«

Schließlich war es sein Beruf, Planeten zu erforschen. Dabei kam er nie sehr lange mit der Zivilisation in Berührung. Und selbst eine Frau wie Barbara oder Valeria, die kaum technische Kenntnisse besaß, ließ sich zu einem vollwertigen Besatzungsmitglied ausbilden.

»Gut«, sagte Valeria und umklammerte ihren Speer, daß die Fingerknöchel weiß hervortraten, »für welche von uns entscheidest du dich also?«

»Ich kann mich nicht entscheiden«, antwortete Davis verzweifelt. »Ich kann es einfach nicht!«

Die Kusinen wechselten einen Blick. Beide nickten wortlos. Valeria holte zwei Würfel aus ihrer Gürteltasche.

»Wir würfen nur einmal«, stellte Barbara fest.

»Wer die meisten Augen würfelt, bekommt ihn«, schlug Valeria vor.

Davis Bertram sah den beiden zu und wartete.

Er besaß wenigstens soviel Anstand, zu erröten.

Obwohl Davis einen kleinen Krieg auslöste, überwogen die Vorteile seines Übergriffs bei weitem die Nachteile. Die Geschichte ehrt ihn als Helden, weil er Minos in die Stellare Union gebracht hat.

Das kann man nicht von jedem fremden Besucher einer primitiven

Welt behaupten. In den Tagen der Unterlichtschiffe gab es das interstellare Verbrechen noch nicht, aber der Hyperdrive öffnete allen Arten von Banditen den Weg zu den Sternen. Doch diejenigen, die von der Unwissenheit anderer profitieren möchten, ziehen nie die Strafen für ihre eigene Unwissenheit in Betracht.

DER GOTT, DER VOM HIMMEL FIEL

Manchmal bekommt ein Nuklearwandler ein Geschwür. Die Dämmfelder geben lange genug nach – ein paar Mikrosekunden vielleicht –, daß das Triebwerk anfängt, sich selbst zu verzehren. Es kommt nicht oft vor, aber es ist auch nichts, was noch nie dagewesen wäre, und es wird weiter vorkommen, bis jemand die Unschärferelation abschafft. Im Falle eines Geschwürs kann man nur eins tun, nämlich sich aus dem Staub machen – und zwar schnell.

Weber konnte von Glück sagen, daß er in der Nähe eines Planeten war, als sein Antrieb außer Kontrolle geriet. Tatsächlich hatte er vorgehabt, hier zu landen, und er brauchte nur einen Moment, um sich in den Raumanzug zu zwängen. Er griff nach der Truhe, wo er seine Waffen aufbewahrte, und ein blauer elektrischer Blitz fuhr knisternd in seine Hand und hüllte seinen isolierten Anzug in geisterhaftes Feuer. Fluchend langte er noch mal hin, aber die Truhe leuchtete bereits kirschrot, und das weißglühende Schott achtern war im Begriff, zu einer geschmolzenen Ruine zusammenzuschrumpeln. Keine Zeit – wenn es nachgab, würde er eine Strahlendosis abbekommen, die ihm den Garaus machte. Er hechtete zur Luftschleuse, was im freien Fall (das Schwerkraft-Aggregat war ausgefallen) ziemlich unelegant aussah.

Gerade noch rechtzeitig! Seine Antriebsdüsen trugen ihn fort. Vor den abweisenden Sternen des Raums wurde das Boot zur Nova. Allein, waffenlos und bis auf das kleine Notpaket des Anzugs ohne Vorräte – wenn dieser Planet nicht bewohnbar war, sah es zappenduster aus!

Der Planet war ein großes, im harten Sonnenlicht des Raumes blendendhelles Wollknäuel aus Wolken unter ihm. Unter ihm – ja, er war nahe genug, ein gutes Stück innerhalb des Bereichs wahrnehmbarer Schwerkraft. Er schaltete seine Düsen ab und ließ sich fallen. Ein paar Stunden ...

Die Stille und die Einsamkeit bedrückten ihn. Als das Getöse seines Herzschlags und seines Blutes nachließ, dachte er an die Jahre, die vor ihm lagen, an die lebenslange Trennung von den Menschen und allem, was er gekannt hatte. Lebenslang? Das konnte sehr kurz sein, wenn er nicht Glück hatte. Sein Name würde noch ein Jahrzehnt unter den Händlern von Mund zu Mund gehen, und dann würde auch die Erinnerung an ihn zu Staub werden.

Nun, er konnte nicht viel dagegen tun. Zumindest hatten ihm seine Instrumente angezeigt, daß der Planet erdähnlich war: ungefähr dieselbe Größe und Masse, fast die gleiche Atmosphäre. Das bedeutete Grünpflanzen, woraus man wiederum mit hoher Wahrscheinlichkeit auf Tiere schließen konnte, was *vielleicht* hieß, daß es hier Eingeborene gab; aber natürlich konnte auch alles für seinen Metabolismus giftig sein. Er glaubte nicht, daß die Eingeborenen technologisch weit fortgeschritten sein würden. Der Planet war ziemlich nah an seiner Sonne, einem unbedeutenden G6-Zwerg, und er war dampfig, tropisch und permanent bewölkt – deshalb war es unwahrscheinlich, daß seine Bewohner viel von Astronomie verstanden, dem Vater der Wissenschaften. Trotzdem, man konnte nie wissen.

Zunächst stellte sich jetzt das Problem, hinunter zu kommen. Er wandte sich nach Norden. Die subarktischen Regionen würden für einen Menschen am angenehmsten sein. Er mußte mit seiner Energie sparsam umgehen; auch wenn er keine verschwendete, war in seinem Powerpack kaum noch genug, daß er landen und vielleicht ein bißchen herumfliegen konnte.

Langsam verstrichen die Stunden.

Als er unter die hohen, permanenten Wolken kam, regnete es. Er drehte in den Wind, und das wie aus Eimern herabströmende Wasser verschmierte seinen Helm und verwischte ihm die Sicht. Über ihm blitzte es wild. Als er den Sturm hinter sich ließ, stand sein Energiemesser fast auf Null. Er ging tiefer und musterte aufmerksam das Terrain.

Es war ein welliges Land voller Hügel und breiter Täler, mit einer grünen, ausgedehnten Dschungelfläche, durch die sich lange Flüsse schlängelten. Aber er war an der Grenze der Wildnis. Jenseits davon lagen bebaute Felder, Steinhütten, die wie Weizenkörner über die weite Landschaft verstreut waren, und breite Straßen aus festgetretener Erde, die auf die fernen Mauern einer Stadt zuliefen. Die Stadt war zudem ganz schön groß, wie sie dort in der

Mitte ihres riesigen Herrschaftsgebiets lag; sie mochte gute zwanzig- bis dreißigtausend Einwohner haben, falls sie humanoid waren. Webers Gehirn begann zu arbeiten.

Man konnte nie im voraus wissen, wie Primitive reagieren würden. Es gab die unkalkulierbaren natürlichen Unterschiede, die vom Klima, der Ökologie, der Physiologie und allein schon der äußeren Erscheinung herrührten. Und dann konnte man innerhalb ein und derselben Spezies phantastische Variationen der Denk- und Verhaltensmuster finden; oftmals waren sie von einer Kultur zur anderen völlig unterschiedlich. Mit einer Art höflicher Kühnheit würde er jedoch am besten fahren, zumindest bis er sich ein bißchen besser auskannte.

Er landete mit einem schmerzhaften Plumps, als sein Powerpack schließlich stotternd den Geist aufgab. Nicht weit entfernt hinter einem Gehölz stand ein kleines Dorf von etwa zehn Häusern. Weber verdrängte jeden Gedanken an Bakterien, Schimmelpilze und andere Formen eines langsamen oder schnellen Todes. Er stand auf, klappte seinen Helm zurück und atmete tief durch.

Die Luft war warm, feucht und angenehm; sie hatte einen prikkelnden Duft von Erde, Wald und Leben und stieg ihm nach der schalen Atemluft seines Raumanzugs direkt in den Kopf. Die Wolken bildeten einen konturlosen grauen Himmel über ihm; in diesem diffusen Licht waren keine Schatten zu sehen, aber die Sicht war durchaus klar. Ein Vogel mit buntschillerndem Gefieder flog krächzend über ihn hinweg. Er durchquerte das Feld, in dem er gelandet war, setzte seine Stiefel auf die Straße und machte sich auf den Weg zum Dorf.

Die Eingeborenen kamen heraus, und andere stürzten aus den weiter entfernten Bauernhütten. Sie rannten mit schrillem Gejohle von allen Seiten auf ihn zu. Er blieb stehen, verschränkte die Arme und wartete.

Humanoid – ja, durchaus. Wenn er überlebte, würde sich seine Havarie vielleicht als ganz erträglich erweisen. Sie waren ein leichtgebautes Volk, etliche Zentimeter kleiner als der durchschnittliche Terraner, mit sechs Fingern an jeder Hand und sechs Zehen an den Füßen in den Sandalen, spitzen Ohren, blaßblauer Haut und tief purpurroten Augen und Haaren. Die Männer waren ebenso bartlos wie die Frauen, aber mit hübschen Gesichtszügen, Weißen nicht unähnlich, und sie hatten drahtige und anmutige Körper. Beide Geschlechter trugen wenig mehr als einen Lendenschurz, aber die Männer waren als einzige bunt bemalt und trugen den meisten Schmuck aus Muscheln, Zähnen und gehämmertem Kupfer. Dazu hatten sie Federn in den langen Haaren und Tätowierungen auf der Brust. Sie schwangen Speere und Äxte aus Obsidian, und manche hatten gemein aussehende Holzschwerter, die mit Feuersteinsplittern gezahnt waren. Sie blieben stehen und starrten ihn an.

Weber, ein großer, blonder Mann, hob mit aller Feierlichkeit, die er aufbieten konnte, einen Arm. Die Eingeborenen kamen langsam auf ihn zustolziert; die Frauen drängten sich hinter den in geschlossener Formation anmarschierenden Männern zusammen, Kinder schrien, und ein Haufen gelenkiger, blaubepelzter Tiere mit langen Körpern jaulte. Die näher kommenden Bauern umklammerten mit ihren schmutzigen Händen immer noch ihre Hacken und Spaten; sie waren fast ebenso bunt ausstaffiert wie die Dorfbewohner. Da es unwahrscheinlich war, daß er genau zu einem festlichen Moment eingetroffen war, kam Weber zu dem Schluß, daß die Eingeborenen einfach etwas für Farben übrig hatten. Nun – das schlichte, polierte Metall seines Raumanzugs ragte unter ihnen heraus. Er wartete, so gespannt wie eine straffe Saite, und bemühte sich mit aller Kraft, eine gleichmütige Miene beizubehalten.

Sie kamen wieder auf ihn zu, näherten sich wachsam von allen Seiten und flüsterten miteinander. Weber schnappte ein Wort auf, das oft wiederholt wurde: *»Teucan.«* Es mochte Fremder, Gott, Dämon, Erstaunen, Metall oder vielleicht auch nur zum Teufel damit bedeuten – er konnte es nicht wissen.

Und schließlich trat ein alter Mann vor. Er war größer als die übrigen, sein Gesicht war hart und von alten Wunden durchzogen. *»Teucan quituhiulat shu?«* fuhr er ihn an. *»Baldemo azunabrium tzi?«*

»Tut mir leid«, sagte Weber, »ich versteh' kein Wort.« Er las Furcht und einen wütenden Willen in den verengten Purpuraugen. die anderen Blauhäute waren verstummt; sie sahen ungeheuer erwartungsvoll zu.

Plötzlich hob der Eingeborene seine Axt und ließ sie herabsausen. Weber riß seinen metallumkleideten Arm gerade noch rechtzeitig hoch, um seinen Schädel zu retten. Der Eingeborene kreischte und sprang wie eine Wildkatze, hieb wieder zu und streifte den Wangenknochen des Händlers. Weber schlug nach ihm. Die gepanzerte Faust glitt an der Schulter des ausweichenden Eingeborenen ab und wirbelte ihn herum.

Er stand keuchend da und starrte den Terraner an. Ein anderer Eingeborener stieß mit einem Speer nach ihm. Bei Kosmos – sie stachelten ihn an!

Er spannte seine Muskeln und machte wieder einen Satz nach vorn. Weber war vorbereitet. Er fing den Hieb erneut mit dem Arm ab und schlug dem Angreifer mit der anderen Faust krachend auf die Nase. Er fühlte, wie Knochen brachen, und sah das Blut herausspritzen – Blut, so rot wie sein eigenes. Der Eingeborene taumelte, und Weber entwand ihm die Axt.

Einige der Zuschauer schrien und hoben ihre Waffen gegen den grauen Himmel. Der Angreifer sah sich um. Hinter dem Blut, das sein zertrümmertes Gesicht wie eine Maske bedeckte, waren seine Augen wild vor Verzweiflung. In den Blicken, denen er begegnete, lag nichts Freundliches. Mit so etwas wie einem Stöhnen zog er ein Obsidianmesser aus dem Gürtel und griff von neuem an. Weber schwang die Axt, und die scharfe Klinge spaltete ihm den Schädel.

Der Händler stand schweratmend über dem Leichnam. Er sah sich um und hob die blutige Waffe. »Na schön«, sagte er heiser. »Na schön. Noch jemand, der die gleiche Behandlung möchte?«

Eine lange Minute herrschte Schweigen, dann zerriß ihm der Jubel fast die Trommelfelle. Er wurde von einer Menge ins Dorf eskortiert, die Luftsprünge machte und johlte sowie Flöten und Trommeln zum Vorschein brachte, um ihn mit einem Ständchen zu begleiten. Nur die Bauern blieben zurück. Sie schnitten die Leiche des Gefallenen eifrig in kleine Stücke, zankten sich um die Brocken und hasteten schließlich mit ihren Trophäen zurück.

Beim Kosmos, dachte Weber benommen, *sie haben einen Kampf auf Leben und Tod erwartet!*

Er wurde zu einer recht großen Hütte geführt, die reichlich mit Stühlen, Matten, Pelzen und den anderen Gegenständen primitiven Reichtums ausgestattet war. Vier hübsche Frauen kamen mit ihm zusammen herein und lächelten ein bißchen furchtsam. Anscheinend hatte er die Besitztümer seines Gegners zusammen mit seinem Rang geerbt, welcher es auch gewesen sein mochte.

Es konnte ein falsches Spiel sein, aber er bezweifelte es. Der Versuch, ihn zu ermorden, war durchaus offen und ehrlich gewesen, und die Ehrfurcht, die ihm jetzt entgegengebracht wurde, kam ihm auch ehrlich vor. Es war nicht der stumme und formelle Respekt zivilisierter Rassen – diese Leute hier jubelten alles so hoch, wie es nur ging –, aber es war trotzdem da. In der langen blauen Dämmerung des Planetentages, den er auf dreißig Stunden schätzte, gaben sie ihm ein Fest. Fleisch, Gemüse, Obst und ein starkes Bier – es war ein Vergnügen, und in den mittleren Morgenstunden schwankte er zu seinen neuen Frauen zurück.

Bei Sirius, wenn er daraus nicht etwas machen konnte, dann hatte er die Bezeichnung »Händler« nicht verdient!

Ohne Anspruch auf geistige Brillanz oder irgendwelche herausragenden intellektuellen Interessen zu erheben, die darüber hinausgingen, soviel Geld wie möglich zu machen und auszugeben, hatte Weber Franz einen scharfen Verstand, und er wußte ihn auch zu benutzen. Als erstes mußte er die Sprache lernen und herausfinden, in was, zum Teufel, er da hineingeraten war.

Er hielt diejenige seiner Frauen, die am intelligentesten aussah, von der Feldarbeit zurück und machte sie zu seiner Lehrerin. Es bestand keine große Gefahr, daß er seine Gottähnlichkeit aufs Spiel setzte, wenn er überhaupt eine besaß, indem er verlangte, daß man ihn etwas lehrte. Eine allgemeingültige Regel in bezug auf Primitive lautet, daß sie sich keine Gedanken über Konsistenz machen und daß ein Gott, der die Sprache nicht kennt, kein Widerspruch ist. In den nächsten paar Tagen wurde er kaum gestört; seine Frauen erledigten die Feld- und Hausarbeit, und bis auf die gaffenden Kinder ließen ihn die Dorfbewohner weitgehend in Ruhe. Also konnte er seine ganze Zeit den Studien widmen. Seine Lehrerin war nur zu froh, von der körperlichen Arbeit befreit zu sein, und das Hauptproblem bestand darin, daß ein paar andere, die auf ihr Privileg eifersüchtig waren, sie umzubringen versuchten. Weber schlug ein paar Zähne aus und hatte danach keine Schwierigkeiten mehr. Ihm wurde langsam klar, daß Brutalität ein allgemein üblicher Charakterzug dieser Gesellschaft war. Die Männer prahlten und kämpften, die Dorfbewohner tyrannisierten die Bauern, die Kinder mißhandelten die Tiere – und trotzdem schien man hier genausoviel zu lachen wie überall sonst. *Sie müssen Spaß daran haben,* dachte er.

Händler hatten normalerweise nicht allzu viel mit so rückständigen Rassen wie dieser zu tun. Das Ideal war ein Volk, das weit genug entwickelt war, um etwas zu besitzen, was einen ehrlichen oder betrügerischen Handel lohnte. Deshalb wußte Weber nur wenig über den gegenwärtigen Stand dieser Gesellschaft, eine Tatsache, die ihm später noch erheblichen Kummer bereiten sollte. Aber sein Verstand war trainiert worden, und er kannte sich mit linguistischen Prinzipien aus, deshalb lernte er jetzt rasch: Bezeichnungen einfacher Gegenstände und Handlungen, abstraktere Worte, die er auf Umwegen oder aus dem Kontext herleitete. Und die Sprache war agglutinierend, was eine beträchtliche Hilfe war. Es dauerte nur ein paar Tage, dann konnte er die anderen verstehen und sich verständlich machen.

Dies hier, so schien es, war das Dorf Tubarro. Es gehörte zum Gebiet von Azunica, dem es Abgaben in Form von Nahrungsmitteln und Sklaven entrichtete. Er – Beber, wie sie es aussprachen – war jetzt der Teucan von Tubarro, weil er den alten getötet hatte. Er wagte nicht direkt zu fragen, was der Teucan war – das würde vielleicht zu weit gehen –, und sagte nur, daß er aus dem fernen Land Terra gekommen sei.

Einmal marschierte ein Aufgebot von Soldaten auf der Straße nach Azunica. Sie waren mit Federn, Schilden, fließenden Umhängen, Trommeln, Flöten und Gongs farbenprächtig herausgeputzt und führten rund hundert elend aussehende, mit Seilen zusammengebundene Gefangene mit sich. Und es gab viel Verkehr: Läufer rannten die Straße in beiden Richtungen entlang, Träger schleppten sich mit phantastischen Lasten ab, Edelleute wurden in Sänften getragen, und Bürger stapften mit gekauften und zum Verkauf stehenden Waren dahin. Das Herz dieser Kultur schien in Azunica zu schlagen; Tubarro war nur ein verschlafenes Nest, in dem man unterwegs auftankte und sich mit Proviant versorgte. Weber kam zu dem Entschluß, daß er der Stadt einen Besuch abstatten mußte.

Aber wie es sich ergab, kam die Stadt zu ihm.

Sie trafen gegen Abend ein, ungefähr zwei Wochen nach Webers Ankunft, obwohl er im monotonen Einerlei der Tage die Übersicht über den Zeitablauf verloren hatte. Es war eine richtige Prozession – ein Trupp Soldaten, ein Haufen Sklaven, sogar eine Gruppe von Musikern –, und sie zogen arrogant durch Tubarros einzige Straße und hielten vor Webers Haus. Der Terraner hatte inzwischen mitbekommen, wie wichtig Hochmut war, und schaute nicht auf. Er saß vor seinem Haus, trug die Kleidung der Eingeborenen, die seine Größe und seine blonden Haare äußerst vorteilhaft betonte, und spielte Solitaire mit dem Päckchen Karten, das er zum Zeitpunkt des Schiffbruchs in der Tasche gehabt hatte.

»Seid Ihr der Teucan von Tubarro, Herr?«

Weber hob seine schweren Lider. Ein hochgewachsener alter Mann war aus seiner Sänfte gestiegen. Er war farbenprächtig bemalt; ein Federumhang fiel über seine Schultern, und er hatte einen kunstvoll geschnitzten Stab in der Hand. Weber, dessen Augen nur wenig entging, bemerkte, daß seinem Besucher und allen anderen in dem Trupp das erste Glied des kleinen Fingers entfernt worden war. Er spreizte seine fünffingrige Hand, so daß sie deutlich zu sehen war.

»Ja, das bin ich«, antwortete er mit der kalten Höflichkeit, die bei formellen Anlässen angebracht war. Müßig mischte er die Karten und schnappte eine aus der Luft. Fingerfertigkeit konnte von Nutzen sein. »Möchtet Ihr hereinkommen und eine Erfrischung zu Euch nehmen?«

»Danke, Herr, sehr gern.« Der Alte – ein Priester? – folgte ihm ins Haus. War es höflich, vor seinem Gast, nach ihm oder Arm in Arm mit ihm hineinzugehen? Weber hatte keine Ahnung. Er gab einer Frau ein Zeichen, Essen und Trinken zu bringen.

»Die Nachricht, daß Ihr hier seid, hat sich bis nach Azunica herumgesprochen, Herr«, sagte der Besucher nach den üblichen Formalitäten. »Es heißt, Ihr wäret aus einem fernen Land gekommen und höchst seltsam gekleidet gewesen.«

»Das stimmt.« Weber nickte leicht zu dem polierten Raumanzug hin, der in einer Ecke stand. »Waffenlos bezwang ich den alten Teucan und gab seinen Körper der Erde. Ich wollte meine Waffen nicht gegen einen einzelnen Mann anwenden.«

»Ich verstehe, Herr.« Der Priester machte eine Brücke aus seinen Fingern und blinzelte den Terraner pfiffig an. »Es ist offensichtlich, daß Ihr von weit herkommt und daß die *Teucans* selbst das heilige Zeichen an Euren Händen angebracht haben.«

Da war das Wort wieder – *Teucan!* In diesem Kontext schien es Gott zu bedeuten; aber so wie die Dorfbewohner es verwendeten und im Hinblick auf Webers tägliches Leben schien damit nicht viel mehr als ein Streitaxt-Champion gemeint zu sein. Die Feinheiten des primitiven Verstandes – *sie denken* nicht wie zivilisierte Wesen ...

»Was mich verwundert, Herr«, fuhr der Eingeborene fort, »ist, warum Ihr beschlossen habt, in dieses kleine Drecknest zu kommen, statt in das große und heilige Azunica. Da Ihr selbst deutlich als heilig gezeichnet seid, hättet Ihr das *Teucanno* ohne jede Mühe haben können, nachdem der alte Teucan jetzt zur Erde zurückgekehrt ist.«

»Ich hatte meine Gründe.«

»Ganz gewiß, Herr, und ich ziehe sie nicht in Zweifel. Aber ich bin der Oberste Diener von Azunica, und es ist meine Pflicht, den nächsten Teucan der Stadt und des ganzen Gebietes auszuwählen. Ich weiß nicht, wie dies in Eurem Land gehandhabt wird, Herr, aber in Azunica stellen wir den Willen der *Teucans* fest, indem wir alle qualifizierten jungen Männer losen lassen. Gleichwohl seid Ihr so unbestreitbar der Auserwählte, daß ich mich in aller Eile auf die Suche nach Euch gemacht habe, als die Nachricht von Eurer Anwesenheit kam. Die Wahl ist überfällig – die *Banyaquil* müssen bald angepflanzt werden, oder überhaupt nicht. Die Leute werden unruhig.«

Weber dachte daran, daß die meisten Felder noch bebaut wurden und daß die Feldfrüchte in den bereits bebauten unreif waren. Er mußte direkt in der Saatzeit angekommen sein, und anscheinend brauchten sie jemanden, der bei den Fruchtbarkeitszeremonien und so weiter den Vorsitz führte. Da der alte Teucan kürzlich gestorben war –

Hmmm – das sieht ganz nach dem sprichwörtlichen Glück der Webers aus, mein Junge. Wenn du's richtig anfaßt . . .

»Ich bin hier zufrieden«, sagte er. »Ich habe mein Haus, meine Felder und meine Frauen. Warum sollte ich wegziehen?«

»Aber bedenkt doch, Herr. Ihr werdet alt und schwach werden, oder vielleicht hat ein Herausforderer sogar noch vorher Glück. Es gibt viele rastlose junge Männer, die ein *Teucanno* suchen, um ihr Glück zu machen. Ihr werdet mehrmals pro Jahr kämpfen müssen. Und alles für dieses kleine Dorf!«

»Aber in Azunica gäbe es doch noch mehr Herausforderer, oder nicht?«

Einen Moment lang schaute der alte Mann erstaunt drein, dann klappte die Maske wieder herunter, und der pfiffige Blick kehrte zurück. Unter diesen graugestreiften, purpurroten Haaren steckte ein scharfes Gehirn. Indem er seine Unwissenheit verriet, hatte Weber das Gehirn in Gang gesetzt. Der Terraner warf einen nervösen Blick zur Tür, aber keiner der Soldaten veränderte seine aufmerksame Haltung.

»Ihr scherzt, Herr«, sagte der Priester. »Oder es ist tatsächlich so, daß man die Dinge in Eurer Heimat ganz anders handhabt? Nein, wer sollte es wagen, seine Hand gegen den Teucan von Azunica zu erheben? Er ist – er ist der *Teucan!* Er braucht nur zu sagen, was er haben will, und schon gehört es ihm. Wenn er einem

Mann befiehlt, sich selbst zu töten, so würde dieser sich im selben Augenblick das Messer in den Bauch jagen.«

Hmmm – ja, anscheinend war der Teucan von Azunica, das immerhin die Hauptstadt eines ziemlich großen theokratischen Imperiums war, etwas anderes als der Teucan eines Dorfes. Die letzteren waren – was? So etwas wie Symbole, nicht mehr. Der erstere konnte durchaus ein Gott in Menschengestalt sein.

»Die Häuser von Azunica sind voller Gold und Federn, Herr«, versuchte ihn der Priester zu überreden. »Das Fleisch ist zart, die Früchte sind süß, und das Bier singt im Blut. Die Mädchen sind jung und liebreizend. Die Herren des Reiches freuen sich, dem Teucan als Sklaven zu dienen.« Er seufzte. »Mir ist so klar, daß Ihr der Erwünschte seid, und es wird ein schlimmes Jahr geben, wenn der Falsche auf den goldenen Stuhl erhoben wird. Deshalb bin ich so darauf bedacht, Herr, Euch all das zu geben.«

»Hmmm . . . Und was muß ich selbst tun?«

»Was Ihr wollt, mein Gebieter. Da sind natürlich die Zeremonien, und der äußere Schein muß gewahrt werden, aber das ist nicht schwer. Und jedes Geschöpf im Reich ist Euer Leibeigener.«

»Ich werde es mir überlegen. Morgen sollt Ihr meine Antwort haben.«

Er würde ein paar diskrete Nachforschungen anstellen müssen, um das Gesagte zu bestätigen. Er konnte natürlich nicht allzu viele Fragen stellen, ohne sich in gefährlichem Ausmaß bloßzustellen, aber er konnte zumindest herausfinden, ob der Teucan von Azunica wirklich diese ganze Macht hatte. Und wenn – *Wenn ja, Weber, mein Junge, dann ist das ein weiterer Schritt auf der Erfolgsleiter. Vom Händler zum Gott – nicht schlecht!*

Azunica war eine große und wunderschön angelegte Stadt, das Herz eines hochentwickelten barbarischen Imperiums. Es gab große Häuser aus Stein und festgestampfter Erde, die ein gutes Stück von den breiten, gepflasterten Straßen zurückgesetzt waren; Reihen von bemalten Götzen mit Reißzähnen im Mund, die zu einer großen, zentralen Pyramide hinführten; Parks, wo die Blumen in einer Orgie von Farben schwelgten und die Edelmänner mit ihren Barken zur leisen Musik von Sklaven auf künstlichen Seen segelten; bevölkerte Märkte mit ihrem Gedränge; Männer und Frauen, die an ihren Ständen herumbrüllten, wo alles von Teppichen und Tonwaren bis zu Sklavenmädchen verkauft wurde, die über viele Generationen zu Schönheit und Sanftmut herangezüchtet worden waren; Werkstätten und Fabriken – es war eine prächtige und farbenfrohe Szenerie, und als Weber sie von der Sänfte aus erblickte, in der er zum Tempel getragen wurde, war er froh, daß er gekommen war. Was auch immer passieren mochte, langweilig würde das Leben auf diesem Planeten nicht sein.

Die Stadt war sauber, wie die Dörfer, durch die er gekommen war, und es schien keine Bettler, Elendsviertel oder Krüppel zu geben. Es war eine Kultur von Priestern, Kriegern, Kunsthandwerkern und Sklaven, aber eine gesunde und kräftige Kultur, die auf der robusten Grundlage einer unabhängigen Bauernschaft ruhte und von fruchtbarem, tiefem Ackerboden ernährt wurde. In den kommenden Jahrhunderten würden ihre häßlicheren Züge möglicherweise absterben, vielleicht hatte sie sogar eine große Zukunft vor sich, aber Weber mußte in ihrer Gegenwart leben. Er war kein Altruist und hatte nicht vor, irgendwelche Veränderungen einzuführen, die nicht von direktem, persönlichem Nutzen für ihn waren.

Durch die vorsichtige Befragung des Obersten Dieners, des alten Hohenpriesters Zacalli, hatte er sich bereits einen Eindruck von den sozialen Strukturen verschafft. Die Regierung lag in den Händen der Priester, die in den verschiedenen Rängen nicht nur religiöse, sondern auch alle wichtigen zivilen und militärischen Funktionen erfüllten; theoretisch wenigstens war alles das persönliche Eigentum des Teucan, und jeder war sein persönlicher Sklave. Eine ziemlich milde Besteuerung, wie es auf dieser kulturellen Stufe meist der Fall war, finanzierte die Regierung und die Armee. Die letztere war enorm groß. Jeder Mann leistete eine gewisse Dienstzeit ab, und es gab einen umfangreichen Kader von Berufssoldaten, die von Geburt an zum Waffendienst erzogen worden waren. Azunica befand sich in permanentem Kriegszustand mit sämtlichen Nationen im Umkreis, die alle eine ähnliche Gesellschaftsform zu haben schienen, und die äußeren Provinzen, die nur locker angebunden waren, rebellierten beständig. Das brachte Sklaven und Tribute ein. Ziemlich hart für die Leute in den Grenzländern, dachte Weber, aber es bereicherte das zentrale Herrschaftsgebiet, und die hohe Fruchtbarkeit des Bodens sowie die Geburtenrate machten es wirtschaftlich möglich. Krüppel, Altersschwache und hoffnungslos Kranke wurden kurzerhand umgebracht; Raufereien und Duelle waren ein beiläufig akzeptierter Bestandteil des täglichen Lebens, selbst bei den unteren Klassen;

nur von den Sklaven und den Frauen von niedriger Geburt erwartete man, daß sie unterwürfig waren. Das ganze System hätte einen normalen Galaktiker abgestoßen, aber Weber hatte den größten Teil seines Lebens in den Grenzregionen verbracht und akzeptierte es ohne allzu viele Skrupel. Er mußte sich anpassen; später konnte er sich dann darum kümmern, dem Lauf der Dinge eine ihm genehme Richtung zu geben.

Das Hauptquartier des Tempels befand sich in einer Reihe von prunkvoll verzierten einstöckigen Palästen, die sich um die gewaltige Pyramide herum ausbreiteten. Weber wurde an Hunderten von flach auf dem Bauch liegenden Sklaven, Dienern, Priestern und Soldaten vorbei zu einer Suite geführt, die mit einer solchen barbarischen Pracht ausgestattet war, daß es selbst ihm den Atem verschlug. Ein Dutzend Jungfrauen warteten auf ihn, mit der Aussicht auf so viele weitere, wie er nur wollte, und man ließ ihn allein, damit er sich ausruhen und sich für die Inaugurationszeremonien vorbereiten konnte.

Diese fanden noch in derselben Nacht statt. Es war ein ehrfurchteinflößendes, von Fackeln erleuchtetes Fest, und die ganze Stadt war auf den Beinen, um den Tänzern und Musikern und den wild psalmodierenden Priestern zuzusehen. Weber hatte nicht viel anderes zu tun, als unter dem Gewicht seines Goldes, der Juwelen und Pelze dazusitzen, bis Zacalli ihm bei Anbruch der Morgendämmerung ein Messer gab und ihn langsam die Treppe zur Spitze der riesigen Pyramide hinauf geleitete.

Auf der anderen Seite kam ein Zug gefesselter Gefangener zu dem Altar und dem monströsen Götzen herauf, der im grauen Licht aufragte. Unter Webers ungläubigen Blicken packten vier stämmige Priester den ersten von ihnen und legten ihn ausgestreckt über den Stein. »Jetzt, mein Gebieter«, sagte der alte Priester, »gebt der Erde das Leben zurück, das aus ihr entsprungen ist.«

»Menschenopfer – nein!«

»Mein Gebieter, die *Teucans* neigen sich tief. Sie warten.«

Weber sah dem Gefangenen in das verzerrte Gesicht, dann wieder auf das Messer in seiner Hand, und eine Übelkeit stieg ihm in den Hals. »Ich kann es nicht tun«, flüsterte er. »Ich kann nicht!«

»Schnell, mein Gebieter, das Licht kommt, und die Erde ist hungrig.«

Weber versuchte mit aller Macht, seinen gesunden Verstand zu bewahren. *Wenn ich es nicht tue, dann macht es jemand anders – nachdem ich tot bin.*

Er trat langsam vor. »Das Leben sitzt hier, mein Gebieter«, zeigte Zacalli.

Das Messer war scharf, aber es waren viele Gefangene. Weber mußte ab und zu innehalten, um sich zu übergeben. Die Gesichter der Priester waren wie geschnitzte Masken.

Es war vollbracht. Die Erde war genährt worden, und Weber stieg wieder zu der orgiastischen Menge hinunter und ging langsam zu seiner Behausung zurück. Selbst als das Blut abgewaschen war und seine Konkubinen ihn gesalbt hatten, spürte er es rot und feucht auf seiner Haut und fühlte, wie es in ihn hineinsickerte.

Es gibt einen bestimmten Menschenschlag, energisch, anpassungsfähig und eher mit einem gesunden Menschenverstand als mit großen Geistesgaben ausgestattet, der dorthin geht, wo das meiste Geld zu machen ist, und die Welt dazu bewegt, sich darauf zu stürzen. Hinterher wird er eine Märchen- und Sagengestalt, aber zu seiner Zeit ist er nur ein praktischer, wenn auch abenteuerlustiger Geschäftsmann, kein Rohling, aber auch nicht besonders zart besaitet, bereit, Risiken einzugehen, aber nicht tollkühn. Der Glanz wird von anderen beigesteuert. Im sogenannten Ersten Dunklen Zeitalter war es der Wikinger. Im Zweiten Dunklen Zeitalter war es der Marsianische Kriegsherr. Jetzt, wo der Mensch die Sterne erreicht hat, ist es der Händler.

Wirtschaftlich gesehen ist er von geringer Bedeutung. Die Zivilisation braucht ihn einfach nicht. Aber indem er mit Waren jongliert und sie von einem Planeten zum anderen bringt, kann er oftmals ein sauberes Vermögen für sich selbst anhäufen. Normalerweise verabscheut ihn jeder andere von Herzen, denn er ist im besten Fall ein Gauner und im schlimmsten ein Pirat. Er ist fähig, das Gesetz zu brechen und sich über die Grenze hinauszuschleichen, um Welten zu finden, die vorher noch nie besucht worden sind, und der Koordinationsdienst kann wenig mehr dagegen tun als hoffen, daß er nicht allzu viel Schaden anrichtet. Die Galaxis ist einfach zu groß, und zu wenig von ihr ist bekannt, als daß man sie kontrollieren könnte. Für den normalen, ans Sonnensystem gebundenen Terraner ist er ein prahlerischer Held, der von einem wilden neuen Planeten zum anderen huscht. In den eigenen Augen ist er nur ein hart arbeitender Unternehmer in einem Geschäft, das in erster Linie aus monotoner Warterei besteht, und er träumt nur von dem Haupttreffer und einem so großen Vermögen, daß er sich damit zur Ruhe setzen kann – bevor er imstande ist, es auszugeben.

Weber war ein Händler. Er war in die nicht kartographierte Bucyrus-Region geflogen, um zu finden, was es zu finden gab. Wenn der Dienst gewußt hätte, wohin er wollte, hätten sie ihn aufgehalten; wenn seine Kollegen es gewußt hätten, würden sie versucht haben, vor ihm dorthin zu gelangen. Deshalb war er in aller Stille abgeflogen, und jetzt gab es niemanden, der nach ihm suchen würde, und er mußte wohl für den Rest seines Lebens auf diesem Planeten hokkenbleiben. Deshalb war es erstens erforderlich, daß er sich geistig anpaßte, und zweitens, daß er etwas aus seiner Situation machte.

Zumindest hatte er mit diesem Planeten Glück gehabt, dachte er. Das Essen war nahrhaft für ihn, die Eingeborenen waren so humanoid, daß er seine eigene Spezies nicht vermissen würde, und er schien gegen die Krankheiten immun zu sein, die es hier gab. Es hätte schlimmer kommen können. Viel schlimmer.

Nur ... Nun, er war fast sofort bis zur Spitze aufgestiegen. Ohne jede Mühe war er der angebetete Gott und unumschränkte Besitzer seiner Umgebung geworden. Es dauerte nicht lange, dann verlangte es seinen rastlosen Charakter nach neuen Aktivitäten. Was sollte er *tun?*

Die Fruchtbarkeitsriten, welche die Anpflanzung des Hauptprodukts *Banyaquil* begleiteten, waren strapaziös gewesen, aber trotzdem – er grinste – amüsant. Es war nicht nötig, daß er das tägliche Ritual offiziell leitete, und bis zum Mittsommer würde keine große Zeremonie mehr stattfinden. Dann würde es noch eine in der mittleren Regenzeit geben, und dann war wieder Frühling. Das Planetenjahr war kürzer als auf Terra, obwohl man es nicht so genau bestimmen konnte, da es keine Astronomie gab, und dieser rasche Erntezyklus erklärte zum Teil den Überfluß an Nahrungsmitteln, der es der Kultur ermöglichte, ihren Dauerkrieg zu führen. Die Aussicht, sein Leben lang immer denselben Kreislauf mitmachen zu müssen, kam ihm langweilig vor.

Nun, er würde Veränderungen einführen. Das konnte er, weil er ein Gott war, *der* Teucan. Zuerst jedoch sollte er wohl besser noch ein paar Einzelheiten in Erfahrung bringen.

Er rief Zacalli zu sich, der eintrat und sich zu Boden warf. Der alte Mann lag lange Zeit schweigend da, bis es Weber in den Sinn kam, daß er weder sprechen noch sich regen würde, ohne dazu aufgefordert worden zu sein. »Steht auf«, sagte der Terraner. »Setzt Euch da drüben hin.« Er ließ seinen eigenen Körper auf einen mit Kissen gepolsterten Hocker sinken. »Ich möchte mit Euch sprechen.«

»Wie mein Gebieter befiehlt.«

»Ich möchte Euch ein paar Fragen stellen. Antwortet mir wahrheitsgemäß, aber ansonsten so, wie Ihr jedem anderen Menschen antworten würdet. Denn ich bin ein Mensch, und das wißt Ihr, obwohl ich der Teucan bin.«

»Ja, mein Gebieter. Der Mensch ist der Teucan, und der Teucan ist der Mensch. Das *Teucanno* des alten ist in Euch übergegangen, wie es in Euren Nachfolger übergehen wird, wenn Euer Leben zur Erde zurückkehrt.«

»Aber der Teucan eines Dorfes ist etwas anderes. Er ist nur ein Mensch unter Menschen, und wer ihn tötet, kann seinen Posten haben. Warum?«

Zacallis Augen ruhten mit verhaltener Nachdenklichkeit auf Weber. »Mein Gebieter ist in der Tat von weit her gekommen.«

»Das stimmt. Ich gebe zu, daß ich nicht viel über Azunica weiß. Obwohl . . .« Weber versuchte, einen leicht drohenden Blick aufzusetzen, »ich weiß eine Menge, wovon ihr hier keine Ahnung habt.«

»Ja, mein Gebieter. Sie sahen, wie Ihr vom Himmel kamt. Ich habe Eure Kleidung aus unbekanntem Metall gesehen. Ich habe Euch selbst gesehen.«

»Sehr gut. Dann beantwortet meine Fragen. Warum darf ein Dorf-Teucan herausgefordert werden und *der* Teucan nicht?«

»Mein Gebieter, ein Teucan ist das Leben seines Volkes. Solange er lebt, bewahrt er das Leben dieser Menschen und das Leben des Landes in sich. Aber er darf nicht krank werden oder allein sterben, denn dann würde das Leben des Landes mit ihm sterben, es würde eine Mißernte geben und die Frauen würden unfruchtbar werden. Deshalb wird er von einem anderen getötet, einem Jüngeren und Stärkeren, der das Leben besser bewahren kann. Und das Menschen-Leben des alten Teucan wird der Erde zurückgegeben.«

Hmmm – ein Fruchtbarkeitskult, ja. Synchrone Magie – wie es dem Teucan ging, so ging es dem Dorf. Und um zu vermeiden, daß er dahinsiechte, waren die Leute auf die nicht unintelligente Idee verfallen, ihn im besten Mannesalter zu töten. Und der Körper, das Leben des Körpers wurde dem Boden zurückgegeben. Wieder Magie. Ja, deshalb hatten diese Bauern den Leichnam zerstückelt . . . In ähnlicher Weise dienten die Menschenopfer dem ganzen Reich, um das Leben der Gefangenen dem Land des Imperiums zu geben.

»Aber was ist dann mit mir? Was ist die Funktion *des* Teucans?«

»Mein Gebieter, Ihr bewahrt nicht nur das Leben eines kleinen Dorfes, sondern das der ganzen Welt. Ihr seid nicht für den zufälligen Wechsel von Regen oder Wind oder Trockenheit oder Hitze an einem Ort verantwortlich, sondern für den großen Kreislauf der Jahreszeiten in allen Ländern der Menschen. Die kleinen Teucans sind Zufall; Ihr seid die große, globale Harmonie der Welt und der Jahreszeiten. Folglich könnte Euch niemand herausfordern; die Macht ist zu groß, um ohne die gebührende magische Zeremonie von einem Gefäß ins andere gegossen zu werden.«

»Ich verstehe. Dennoch sprecht Ihr manchmal von den *Teucans,* als ob sie – nun – keine Menschen, sondern höhere Wesen wären.«

»Gewiß, mein Gebieter. Sind sie nicht die *Teucans*? Ihr selbst seid jetzt einer von ihnen, der *Teucan* der Erde und des Wachstums, der regenbringende Mazotuca.«

Weber schüttelte seinen blonden Kopf und gab den Versuch auf, einem Denkmuster zu folgen, das nach zivilisierten Normen einfach keinen Sinn ergab. Es wäre gut für ihn gewesen, wenn er mehr über primitive Menschen gewußt hätte; ihm wäre klargeworden, daß ihre Logik zwar auf anderen Grundlagen beruht, aber ganz und gar zwingend ist, manchmal sogar bis zum Exzeß. Ein zivilisierter Mensch schließt gewöhnlich Kompromisse mit seinen Postulaten; ein Primitiver tut das nicht, sondern setzt sie bis zu ihren letzten logischen Konsequenzen durch.

Und weil die Logik nicht die seine war, führte ihn das auch zu der Annahme, daß die Bewohner Azunicas wenn nicht von Natur aus, so doch zumindest im Endeffekt dumm waren. Das war ein weiterer Irrtum. Zacalli und seine Kohorten hätten nicht den größten Teil ihres Lebens die wirklichen Herrscher eines großen und komplexen Imperiums sein können, ohne eine sehr praktische Intelligenz zu entwickeln.

Ihr neuer Gott war seltsam; er hatte unzweifelhaft bemerkenswerte Fähigkeiten, deren Ausmaß man nicht abschätzen konnte. Er war unwissend, und man konnte nicht sagen, wie er auf überraschendes neues Wissen reagieren würde – jedenfalls hatte ihn die unbedingte Notwendigkeit des Opfers schon genug abgestoßen. Also mußte man ihn in Unwissenheit halten und auf ihm spielen wie auf einem machtvollen Instrument, bis . . .

Der Umgang mit früheren Teucans war leicht gewesen. Man

überhäufte sie mit allen Arten von Luxus, und das war genug. Dieser hier schien etwas mehr zu wollen. Nun, vielleicht war es möglich, es ihm zu beschaffen. Es war Gesetz, daß der Teucan alles bekommen mußte, was er haben wollte.

Weber entdeckte, daß ein Gott sehr einsam sein kann. Die Menschen in seiner Umgebung konnten nur in salbungsvollen, schmeichelnden Redewendungen mit ihm sprechen. Ein paarmal ließ er andere zu sich kommen, Soldaten, Künstler und Bürger, die auf der Straße zu ihm gerufen wurden, als er gerade vorbeikam, aber sie waren so eingeschüchtert, daß sie sich nicht mehr klar ausdrücken konnten. Bei seinem Harem konnte er sich entspannen; die Mädchen lachten und scherzten mit ihrem Herrn, aber sie waren allesamt hirnlose Geschöpfe, die nie etwas vom wirklichen Leben in der Welt gesehen hatten und nur dazu geboren und erzogen waren, den Körper eines Mannes zu befriedigen. Als er sich über diese letztere Tatsache einmal bei Zacalli beklagte, eilte der Oberste Diener davon und brachte die intelligenteste Frau in Azunica zu ihm, die Gemahlin eines kleinen Edelmannes, und sie erwies sich in ihren Äußerungen als ebenso ausweichend wie der Hohepriester selbst. War sie im voraus instruiert worden?

Ja – es war so etwas wie eine Verschwörung. Weber stellte Nachforschungen an, stattete allen Teilen des Palastes Überraschungsbesuche ab, warf kleinen Untergebenen Fragen an den Kopf, die zuviel Angst hatten, um mehr zu tun, als die Wahrheit zu stammeln. Wie die Dinge standen, wußten sie nichts von einer Intrige, sie taten nur ihre Pflicht, aber die Tatsache kam ans Licht, und als Weber es heraus hatte, lachte er. Das war zumindest etwas, was er verstehen konnte. Und es handelte sich nur darum, daß der Teucan eine Galionsfigur in Vollendung war und daß die Tempelbürokratie alles tat, worauf es ankam.

Nun, da hatte er auch noch ein Wörtchen mitzureden!

Aber immer mit der Ruhe. Er hatte über einen Weg nachgedacht, die Menschenopfer abzuschaffen, aber das würde eine lange, schwierige Sache werden. Er konnte nicht einfach befehlen, daß man damit aufhörte. Aller Wahrscheinlichkeit nach würden die Leute sich das nicht gefallen lassen, und wenn er irgendwie doch Erfolg haben sollte, würde es den Fruchtbarkeitskult zerstören, der die Grundlage seiner Macht war. Nein, die Veränderungen mußten ganz allmählich durchgeführt werden, und er mußte einfach seine Zimperlichkeit ablegen.

Er erfuhr jedoch, daß ein Stabstreffen zur Planung des Sommerfeldzugs stattfinden würde, und bestand darauf, dabeizusein. Es war eine seltsame Konferenz. Die federgeschmückten und bemalten Priester diskutierten mit einer kühlen Berechnung über Strategie und Taktik, wie sie bei einer Koordinations-Patrouille durchaus angebracht gewesen wäre. Er hielt sich anfangs im Hintergrund und gab den Männern damit eine Chance, ihre Verlegenheit in seiner Gegenwart zu vergessen.

Es sollte eine Schlacht mit dem Nachbarstaat Culacanni geben, und man war der Meinung, daß man einen erfolgreichen Raubzug weit in dessen Territorium hinein unternehmen konnte, bei dem man große Schätze stehlen und viele Gefangene machen konnte. Dann würde die Armee durch Azunicas eigene Provinz Onegar heimmarschieren. »Bis dahin wird die Revolte richtig im Gang sein«, versicherte Zacalli, »aber nicht so stark, daß ihre Armeen uns abwehren können.«

»Die Revolte!« platzte Weber heraus. »Ich habe noch nie etwas von einer Revolte dort gehört.«

Die ausdruckslosen blauen Gesichter schwenkten herum und sahen ihn an. »Gewiß nicht, mein Gebieter«, sagte Zacalli. »Sie hat noch gar nicht angefangen.«

»Aber woher wißt Ihr dann –«

»Nun, unsere Agenten werden sie natürlich selbst vom Zaun brechen, mein Gebieter. Die Onegarer werden Hilfe von den Culacanniern erwarten, aber die werden wir bereits in die Flucht geschlagen haben, so daß wir den Aufstand ohne allzu große Probleme niederschlagen können.«

»Aber – eine Revolte vom Zaun brechen – *warum*?«

»Mein Gebieter scherzt. Wir brauchen Gefangene für das Ernteopfer. Wie sollten wir sie bekommen, wenn nicht durch Krieg oder die Unterdrückung von Rebellen?«

»Hm.« Weber ließ sich zurücksinken. Das Menschenopfer schien das Fundament dieser Kultur zu sein, alles andere baute logisch darauf auf. Keine Opfer, keine Ernte nächstes Jahr.

Nun, er hatte hier und dort in der Galaxis von seltsameren Grundlagen gehört. Selbst die Geschichte von Terra lieferte davon eine ganze Menge. Es hatte zum Beispiel die grotesken dirigistischen Maßnahmen vor dem Zweiten Dunklen Zeitalter gegeben, wo man alles der Vermehrung von Macht und Reichtum der Nation untergeordnet hatte, die in den Augen der Menschen damals irgendwie eine reale und unabhängige Existenz besaß . . .

»Ich komme mit«, sagte er.

»Mein Gebieter!« stieß ein Offizier hervor. »Ihr könnt nicht – das hat es noch nie gegeben –«

Weber stand auf und schlug den Mann hart ins Gesicht. Als er vom Stuhl fiel, trat Weber ihm in den Bauch. »Ich komme mit«, sagte er.

In den Augen der übrigen glaubte er Zustimmung zu lesen. Wenn ihre eigene Gesellschaft brutal war, dann mußte ihr Gott, ihr Idealbild, ein absoluter Bastard sein. Nun, den Gefallen konnte er ihnen tun!

Der Feldzug dauerte den ganzen kurzen Sommer über. Weber stellte fest, daß er ihm größtenteils Spaß machte, weil körperliche Aktivität die Tatsache verschleiern konnte, daß er von anderen abgesondert und einsam war. Für ihn persönlich bestand nur geringe Gefahr; er konnte sein unschätzbar wertvolles Leben nicht im Kampf riskieren, und man hatte ihm einen riesigen Kordon von Wachen zugeteilt. Das Blutvergießen machte ihm nichts mehr aus. Seine Umgebung härtete ihn ab.

Sie marschierten über die Straßen des Imperiums und ins Bergland hinauf, durch Regen und Hitze, schweigende Felder, undurchdringliche, farbenprächtige Dschungel und über kahle, windige Höhen, verschafften sich ihren Proviant durch Jagd oder durch Diebstahl und sangen beim Marschieren. In der langen, lichtlosen Dunkelheit flackerten Lagerfeuer im Kreis, und man hörte wehmütige Lieder und rauhes, bellendes Gelächter. Wenn sie ein feindliches Dorf einnahmen, plünderten sie es gründlich, und Weber konnte sich das Beste von der Beute und den Gefangenen aussuchen. Es gab offene Feldschlachten, aber keine Guerilla-Überfälle; immerhin ging es bei dem Krieg nicht darum, das Land, sondern seine Bewohner in Besitz zu bringen. Das würde er ändern, dachte Weber. Er würde etwas aus diesem Hang zum Krieg machen und Azunica in den Sitz eines richtigen Imperiums verwandeln. Da es für ihn sonst nichts zu tun gab, würde er Eroberer werden – nächstes Jahr vielleicht, oder im Jahr darauf. Er kam nicht mehr auf die Idee, sich den Kopf über die Notwendigkeit oder die Rechtfertigung dafür zu zerbrechen. Es genügte, daß er, der Teucan, es so wollte.

Auf dem Rückweg kamen sie durch Onegar, zerstreuten die Rebellen und nahmen Hunderte von ihnen gefangen. Es war eine triumphale Rückkehr für sie.

Die Erntezeremonien kamen, das Getreide wurde eingelagert, und die lange Regenzeit begann.

Weber saß schlecht gelaunt in seinem Palast und schaute in den endlosen Wasserstrom aus einem niedrig hängenden Himmel hinaus. Er nahm einen tiefen Schluck aus der Schale, die ein Sklave immer für ihn nachfüllte. Es war nicht richtig, dachte er voller Selbstmitleid, daß er so vom Leben der Leute abgeschnitten war, daß sie allesamt unterwürfige Masken waren. Er argwöhnte, daß Zacalli bei der beständigen Vereitelung seiner Versuche, mehr zu lernen, die Hand im Spiel hatte. Er würde den Obersten Diener bald töten lassen. Aber im Moment brauchte er das alte Folglich-und-Demnach, und Zacalli war der einzige, der vernünftig mit ihm redete. Der Priester merkte, daß er ausgehorcht wurde – na und? Er konnte mit diesem Wissen nichts anfangen.

Es war, als ob man versuchte, eine glatte Kugel zu packen, die zu groß für die Hand war. Der Alte entglitt ihm, und er bekam ihn nicht zu fassen, konnte ihn nicht durchschauen und verstehen. Verdammt! Wenn er nur etwas über die Psychologie von Primitiven gewußt hätte! Aber er hatte die Xenologen immer verabscheut. Es war ihr Einfluß auf den Koordinationsdienst, ihr ewiges Geschwätz über kulturelle Wesensmerkmale und die Bewahrung von Errungenschaften der Ureinwohner, was den Händlern soviel Ärger bereitet hatte. Kosmos! Würde es denn nie aufhören zu regnen?

Er genehmigte sich noch einen Schluck Bier. Im Moment konnte er nicht viel machen. Azunica hockte zusammengekauert da und wartete auf den Frühling, und jenseits davon lag dunkel und durchnäßt die Welt. Bei den ersten Versuchen schon im Ansatz gebremst, gab seine Energie den Kampf auf und wandte sich den Vergnügungen zu, die ihm in so unablässiger Überfülle und Vielfalt beschert wurden. Hin und wieder dachte er verschwommen, daß es nicht gut war, mit dem Nachdenken aufzuhören, daß es stillschweigende Folgerungen gab, die er um seiner eigenen Sicherheit willen durchdenken sollte, aber allein schon die Luft schien ihm den Verstand zu benebeln. Ein andermal. Es war noch Zeit genug; er würde bis zu seinem Tod hier sein.

Eine Trommel schlug irgendwo in der Ferne. Seit einer ganzen Weile war sie jetzt jeden Tag erklungen. Zacalli erklärte, es sei das erste zaghafte Ritual des Frühlings. Wenn sie drei trockene Tage nacheinander hatten, war es Zeit für die *Banyaquil.*

Weber sah wieder hinaus. Kosmos, der Regen ließ nach. Die Nacht wirbelte langsam aus den Straßen zum verborgenen Himmel hoch, und ein dicker weißer Nebel stieg mit ihr auf. Der Regen wurde dünner. Vielleicht würde er morgen ganz aufhören.

So war es auch, bis auf einen kurzen Schauer, der nicht zählte. Am nächsten Tag ebenfalls. Die Trommeln waren jetzt laut, sie schickten einen beharrlichen Ruf hinaus, und in den Tempelbauten wimmelte es auf einmal von Priestern auf leisen Sohlen, die eilig mit ihren Aufträgen unterwegs waren. Von der Spitze der Pyramide aus konnte Weber sehen, daß die Bauern schon draußen waren, ihre Felder aufscharrten und Getreide säten. Er würde dafür sorgen müssen, daß sie dieses Jahr mit dem Pflügen gut vorankamen.

Dieses Jahr! War es ein Jahr gewesen? Nun, der Zyklus war kürzer als auf seinem Heimatplaneten. Er fragte sich, ob auf Terra Frühling war.

In dieser Nacht gab es ein Fest – Orgie war ein besserer Ausdruck dafür –, bei dem er den Vorsitz führen sollte. Was er auch mit Begeisterung tat. Die Regenzeit war vorbei! Er verschlief den größten Teil des folgenden Tages, der still und schwül war, und sah weder etwas von den Vorbereitungen, die getroffen wurden, noch von den allmählich zusammenströmenden Menschenmassen.

»Diese Nacht, mein Gebieter«, sagte Zacalli bei Einbruch der Dämmerung, »könnt Ihr tun, was Euch beliebt.«

»Aber sicher«, erwiderte Weber. »Ich bin der Teucan, oder nicht?« Er gab noch ein Fest.

Der Morgen kam mit neuen Regenwolken, die auf einem warmen, feuchten Wind tiefhängend und schwarz über das Land zogen. Aber das machte nichts. Die Regenzeit war offiziell vorbei.

Weber wurde sanft wachgerüttelt. Es war Zacalli. Er war mit Gewändern, Federn und Bemalungen geschmückt wie nie zuvor, und ein Gefolge von nicht weniger prächtig ausstaffierten Priestern stand hinter ihm. »Geht weg«, murmelte der Terraner.

»Ihr müßt aufstehen, mein Gebieter. Das Fest beginnt.«

»Geht weg, hab' ich gesagt!« Weber setzte sich auf seiner Liege auf und hielt eine Hand an seinen brummenden Schädel. »Ich befehle es. Ich bin der Teucan.«

»Heil Teucan«, murmelten die tiefen Stimmen. Donner grollte am Himmel.

»Mein Gebieter, ihr müßt. Es ist das Gesetz der *Teucan.*«

Weber wurde halb auf die Beine gezogen. Er hatte einen ekelhaften Geschmack im Mund. Nun, wenn er mußte, dann mußte er eben. In diesem Stadium des Spiels durfte er nicht zu unkonventionell sein. Was für eine Zeremonie war das? Nicht das Opfer – er wußte, daß es erst in einigen Tagen auf dem Plan stand. Komisch, daß Zacalli ihn nicht über die Einzelheiten dieses Auftritts instruiert hatte, wie er es sonst immer getan hatte. *Ich nehme an, ich muß einfach dasitzen und göttlich aus der Wäsche gucken. Vielleicht kann ich dort ein kleines Nickerchen machen.*

»Na schön, ich komme, ich komme.«

Sklaven waren da; sie badeten ihn, salbten ihn, bemalten seinen Körper und schmückten ihn mit dem prächtigsten Putz des gesamten Imperiums. Er war so daran gewöhnt, die Diener als gesichtslose Nullen zu betrachten, daß ihm an ihrem Benehmen nichts Besonderes auffiel. Er nahm ein umfangreiches Frühstück zu sich, begleitet von einem wilden religiösen Gesang, dessen Worte er nur halb erfaßte. *»Nun sinkt der Teucan, der regenbringende Mazotuca, in die Erde und gibt sein Leben, um als ein Neuer glorreich aufzustehen ... Heil Teucan, tot und dennoch auferstanden, heil Mazotuca, der die Erde blühen läßt ...«*

Irgend so ein Symbolismus, dachte er benommen. Hatte der Xenologe nicht einmal etwas über den Tod und die Wiederauferstehung des Fruchtbarkeitsgottes bei vielen primitiven Kulturen in der gesamten Galaxis gesagt? Das Symbol des Saatkorns, das begraben wurde und von neuem erstand, der alten Generationen, die starben, und der jungen, die aus ihren Lenden entsprangen, des Sommers, der vergeht und unter dem Winter begraben wird und im Frühling wieder aufersteht ... *Dann soll ich also heute wieder zum Leben erweckt werden, eh? Kosmos, das hab' ich auch nötig – autsch, mein Kopf ...*

Die Priester hatten regungslos gewartet, bis er fertig war. Als er aufstand, neigten sie sich bis zum Boden, und Zacalli nahm seinen Arm und führte ihn in den Korridor.

Die Stimme des alten Priesters hatte plötzlich einen seltsamen, fast wehmütigen Klang, als er leise sagte: »Mein Gebieter, Ihr kamt in der Tat von sehr weit her. Ich wünschte, ich hätte mehr über Euer Land in Erfahrung gebracht.« Und mit einem Anflug von Bosheit: »Vielleicht hättet Ihr mehr über unseres in Erfahrung bringen sollen.«

»Hm?« fragte Weber.

In diesem Moment kamen sie auf die Palasttreppe hinaus, und die Menschenmasse auf den Straßen, die hinter den Reihen der Wachen wie ein regenbogenfarbener Mahlstrom wogte und brüllte, begann zu jubeln, ein donnernder Lärm, der in den dichten, dunklen Himmel stieg und das Pfeifen des Windes erstickte. Weber erschauerte, während es in seinem Kopf laut pochte.

An der Spitze der psalmodierenden Priester und der schrillen Musik ging es zwischen den Reihen der Armee langsam die Hauptstraße entlang, vorbei an den massiven Steingebäuden und hin zur Pyramide. Sie ragte wie ein Berg über ihm auf, grau im schwefligen Sturmleuchten, während Blitze über dem Götzen an ihrer Spitze zuckten. Donner dröhnte und krachte; die Götter rührten dort oben die Trommeln.

Langsam stiegen sie die Stufen hinauf, immer höher, während die Bevölkerung Azunicas am Fuß der Pyramide brüllte. Der Wind war stark; er peitschte die Umhänge und trieb die ersten schweren Regentropfen stechend in Webers Gesicht. Über ihm war Schwärze, gestreift von unablässig aufflammenden Blitzen, eine diesige Regenwand zog von Norden heran, Donner und Dunkelheit und der Götze, der dort oben grinste. Weber schaute zurück, ließ seinen Blick über den langen Hang und die Barbarenprozession hinabschweifen, die sich hinter ihm herwand, über das Menschenmeer und die massiven alten Gebäude und hinaus über das ganze unermeßlich weite Land.

Sein Land, bei Kosmos, seine Erde, die fruchtbar und offen dalag und auf die göttliche Umarmung des Regens wartete, seine Täler und Flüsse und himmelstürmenden Berge, das tosende, pulsierende, ungestüme Leben ... Als er hier so im heftigen Wind stand, der Donner ein stetiger, blitzgekrönter Salut, *war* er der Teucan, und ein jäher Machtrausch sang in seinem Blut. Ein Gott zu sein ...

Die Priester bildeten einen Halbkreis um den riesigen Götzen, und ihre Gesänge erhoben sich laut vor dem heulenden Wind. Zacalli warf sich noch einmal vor Weber auf den Boden. Dann stand er auf, und das Messer schimmerte in seiner Hand, und vier stämmige Priester ergriffen den Terraner und legten ihn über den Altarstein.

Der Gott des Lebens wird jedes Jahr wiedergeboren – aber zuerst muß er sterben.

Glücklicherweise war der von Weber angerichtete Schaden gering und von kurzer Dauer. Manche Händler verwüsteten ganze Kulturkreise, um ihre Gier zu stillen, was ein namenloses Opfer zu der Bemerkung trieb: »Handel ist Piraterie mit anderen Mitteln.«

Die Zähmung interstellarer Raubtiere war eine Aufgabe des Koordinationsdienstes der Stellaren Union. Sein Ziel war es, für größtmögliche Harmonie und kleinstmögliche Zwietracht zwischen den Sternen zu sorgen. Wie das Psychotechnik-Institut vor ihm, baute der Dienst auf die Macht der Vernunft, um Ordnung zu schaffen.

Aber im Kosmos regiert das Chaos.

DER PIRAT

Wir wachen über den Großen Pakt. Aber die jungen Generationen, die Völker der Sternengrenze, haben so oft kein Verständnis dafür.

Von unserer normalen Tätigkeit machen sie gern Gebrauch. *(Das Schiff* Harpsong *von Nerthus, auf dem Weg von Highsky nach David's Landing, ist längst überfällig . . . Bitten um Vorhersage, mit welcher Konkurrenz ein Kybernations-Unternehmen auf Oasis möglicherweise rechnen müßte, wenn die älteren Firmen woanders erfahren, daß dort die Nachfrage geweckt worden ist . . . Banditen gemeldet . . . Wie sollen wir mit dieser ganz und gar fremdartigen Rasse umgehen, auf die wir gestoßen sind?)* Aber dann kommen wir ihnen selbst in die Quere und sagen: »Du darfst nicht.« Und auf einmal sind wir die Cordys, der Feind.

Der Fall der Totenwelt namens Good Luck ist typisch. Nachdem der Dienst jetzt – eine Generation später – bereit ist, die Wahrheit bekannt werden zu lassen, kann ich euch von Trevelyan Micah, Murdoch Juan, Rauchschmied, der roten Faustina und den anderen erzählen, so daß ihr selbst ein Urteil fällen könnt, was richtig und falsch war.

In jenen Tagen verbrachte Trevelyan seinen Urlaub auf der Erde. Er behauptete, ihre Ruhe und ihr intellektuelles Klima seien ausgesprochen erfrischend, und er könne allen Remmidemmi, was er wolle, anderswo bekommen. Aber natürlich trieb ihn die Gewohnheit ins Nervenzentrum des Dienstes, sofern eine Organisation, deren Arbeitsgebiet einen Teil der Galaxis umspannt, eines haben kann. Er hatte ein umfassenderes Bild als die meisten seiner Kollegen, wie es mit dem Pakt lief. Das machte ihn effektiver. Er war ein Mensch, der mit Leib und Seele bei seiner Arbeit war.

Ich vermute, er wollte auch seine menschliche Identität am eigentlichen Quell der Menschheit auffrischen – er, der den größten Teil seines Lebens unter Andersartigen verbracht hatte. So wurde er in seinem Willen bestärkt, ein treuer Wächter zu sein.

Nicht daß er ein selbstgefälliger Pedant gewesen wäre. Er war groß und dunkelhaarig, mit dem Gesicht eines Adlers und aquamarinblauen Augen. Aber er hatte immer schnell ein Lächeln auf den Lippen und besaß einen trockenen Humor; seine Jacke und der Hosenrock entsprachen immer der neuesten Mode, und er genoß das Leben in all seinen Aspekten, von Bach bis Bier.

Als der Apparat ihn wegen der Good-Luck-Affäre einberief, hatte er eine Zeitlang in Laugerie Haute gelebt, das im Herzen der bergigen, grünen, wunderschönen Dordogne liegt. Seine gegenwärtige Freundin besaß ein Steinhaus, das im Mittelalter an eine überhängende Felswand gebaut worden war. Die Renovierung im Innern änderte nichts an dessen äußerer Altertümlichkeit, die es organisch mit den Hügeln oder die Hügel mit ihm verwachsen ließ. Aber davor wuchsen Büsche, die ein vor Jahrhunderten ausgeschachtetes Gelände bedeckten, wo Rentierjäger mit ihrem Werkzeug aus Feuersteinen jahrtausendelang gelebt hatten, während Nordeuropa vom Gletscher bedeckt war. Und täglich glitt ein Speer durch den strahlenden Himmel oben, das Flugzeug von Grönland nach Algerien. Und bei Nacht zogen Funken über die Sterne, zu denen der Mensch jetzt reiste; das waren Raumschiffe, die aus dem Erdschatten heraus fortflogen. Nur an wenigen anderen Stellen des Planeten konnte man vollständiger in der Einheit der Zeit sein.

»Du mußt doch noch nicht weg. Noch nicht«, sagte Braganza Diane ein bißchen verzweifelt, weil sie ihn gern hatte und unser Trompeter jedes Jahr zu oft »Leb wohl« bläst.

»Leider doch«, sagte er. »Der Computer hat mich nicht aus Jux und Tollerei angerufen. Tatsächlich ist er ein notorischer Griesgram.« Als sie sein Grinsen nicht erwiderte, erklärte er: »Die Datenbanken zeigen an, daß ich der einzige bin, der im Moment greifbar ist und mit – äh – mit einem gewissen Individuum schon mal zu tun gehabt hat. Der Kerl ist ein gerissener Hund mit scharfen Zähnen, und Erfahrung könnte den entscheidenden Unterschied ausmachen.«

»Das will ich auch hoffen!« Sie drängte die Tränen zurück, die ihn vielleicht denken lassen könnten, sie sei unreif, und bog ihre Lippen nach oben. »Du wirst . . . den Rest dieses Urlaubs . . . an den nächsten anhängen und ihn mit mir verbringen, ja?«

»Das würde ich gern tun«, sagte er, darauf bedacht, keine Versprechungen zu machen. Er küßte sie, wo sie standen. Um sie herum roch der Sommer nach Heu. Sie gingen für eine Weile ins Haus zurück.

Hinterher packte er seine Sachen und verabschiedete sich telefonisch von ein paar Nachbarn – Grundbesitzer, freundliche Leute, deren Vorfahren bereits seit unzähligen Generationen hier gewohnt hatten. Sie flog ihn zum Aerogare Bordeaux. Von da nahm er ein Flugzeug nach Port Nevada. Der Computer hatte ihn so gut instruiert, daß er sofort an die Arbeit gehen konnte, und er wollte Murdoch Juan ohne Streß zu fassen bekommen, wenn es sich machen ließ.

Er hatte den richtigen Zeitpunkt gewählt. Bei seiner Ankunft ging im westlichen Nordamerika gerade die Sonne unter und färbte die Berge purpurrot. Die Stadt schloß ihn mit ihrenMauern von dieser heiteren Ruhe ab, als er sie betrat. Sie trug große, viereckige Gebäude auf ihren Schultern, die über Straßen aufragten, in denen der Verkehr lärmte; das Dröhnen der Maschinen lag fortwährend unter dem schrillen Klang der Stimmen; wild flakkernde Schilder löschten die Sterne aus; Menschen und Nichtmenschen eilten dahin, rempelten sich an, betrogen einander, zankten sich, prallten zusammen, stahlen, predigten, wurden reich, verarmten, kamen, gingen und wurden vergessen. Unter einer aufgeputzten Fassade lag jene gedankenlose Energie, welche die Frachtschiffe von ihren Heimatplaneten zu Enklaven wie dieser bringen. Trevelyan erlaubte sich ein kurzes »Puh!«, als der Krach um ihn herbrauste.

Er kannte diese Stadt auf hundert verschiedenen Welten. Er wußte, wie man bei zufälligen Trinkkumpanen Erkundigungen einholt. Schließlich fand er einen von Murdochs Crew, der ihm sagen konnte, wo der Boss sich an diesem Abend aufhielt. Es stellte sich heraus, daß es keine Kaschemme war, wo einem der Rauch von einem Dutzend Drogen in den Augen brennt, sondern das diskrete und teure Altair House.

Dort wollte ihn ein echter, wenn auch außerirdischer Oberkellner nicht zu seinem Mann führen. Kapitän Murdoch hatte sich jede Störung bei seiner Konferenz ausdrücklich verbeten. Kapitän Murdoch war berechtigt, das zu . . . Trevelyan zeigte seinen

Ausweis vor. Er gewährte keine gesetzlichen Vorrechte; aber vor einiger Zeit hatte der Dienst einen Krieg auf dem Heimatplaneten des Oberkellners verhindert.

Oben klingelte er, um in den Raum eingelassen zu werden. Er hatte erfahren, daß Kapitän Murdochs Gast zum Abendessen scheinbar hoch erfreut gegangen war, während Kapitän Murdoch und seine Begleiterin geblieben waren und neuen Champagner, Aufputscher und andere Hilfsmittel für eine Feier bestellt hatten. »Kommen Sie rein, kommen Sie rein!« dröhnte die joviale Stimme, an die er sich gut erinnerte. Die Tür wich zurück, und Trevelyan trat hindurch.

»Hm? Ich dachte, es wäre – Höllensonne! Sie schon wieder!« Murdoch schoß hoch. Kurze Zeit blieb er zwischen Vorhängen und Gemälden, glitzernden Glassachen und Musik- und Duftwolken reglos stehen. Dann kam er leise wie ein Tiger um den Tisch herum und blieb auf Armeslänge vor Trevelyan stehen.

Er war genauso groß und breiter in den Schultern. Sein Gesicht war zerfurcht und tief verwittert, und er hatte blonde Haare und einen schwungvollen blonden Schnurrbart. Seine Kleidung war zu farbenfroh, um auf der Erde stilvoll zu sein, aber er trug sie mit solcher Großspurigkeit, daß es nicht auffiel.

Die Frau blieb sitzen. Sie war auf ihre Weise ebenso lebhaft und buntschillernd wie er auf seine. Sie hatte eine tolle Figur, und die fast asiatischen Wangenknochen hauchten der klassischen Schönheit ihres Gesichts Leben ein; und sie besaß die seltene Kombination von reiner weißer Haut und fuchsroten Haaren. Dennoch war sie kein Spielzeug. Als sie Murdochs Bestürzung sah, las Trevelyan Schrecken in ihrem Gesicht. Dann folgte unnachgiebige Feindseligkeit.

Er verbeugte sich vor ihr. »Verzeihen Sie, wenn ich störe«, sagte er.

Murdoch entspannte sich mit stürmischem Gelächter. »Na klar, Mike, klar verzeihen wir Ihnen. Wenn Sie nicht zu lange bleiben, verdammter Nasenbeinbruch.« Er schlug dem Agenten auf die Schulter. »Trotzdem, wie geht's denn so? Wie viele Jahre ist das jetzt her, seit letztesmal?«

»Fünf oder sechs.« Trevelyan versuchte das Lächeln zu erwidern. »Es tut mir leid, daß ich Sie belästigen muß, aber soweit ich weiß, fliegen Sie übermorgen ab, und das heißt zweifellos, daß Sie die vierundzwanzig Stunden vorher alle Hände voll zu tun haben werden.«

»Stimmt, Sportsfreund«, sagte Murdoch. »Das hier ist unsere Abschiedsparty heute nacht. Na egal, sie hat mit Geschäften angefangen – wir haben einen Geldgeber für später aufgetan –, also kann sie auch noch ein paar Mikrosekunden lang so weitergehen.« Der Ton blieb jovial, aber sein Blick war bleich und unverwandt. »Ist doch wohl was Geschäftliches, oder? Sie haben mich doch nicht aufgespürt, nur um einem alten Sparringspartner Hals- und Beinbruch für unterwegs zu wünschen.«

»Eigentlich nicht«, gab Trevelyan zu.

Murdoch nahm seinen Arm und führte ihn zum Tisch. »Na, dann setzen Sie sich und trinken Sie 'n Schluck mit uns. Faustina, darf ich dir Trevelyan Micah vom Koordinationsdienst der Stellaren Union vorstellen.«

»Juan hat von Ihnen erzählt«, sagte die Frau kühl.

Trevelyan ließ sich auf einen Stuhl sinken. Seine Muskeln entspannten sich einer nach dem anderen, damit sein Gehirn in dem kommenden Duell nicht abgelenkt wurde. »Ich hoffe, seine Wortwahl war einer Dame angemessen«, sagte er.

»Ich komme von New Mars«, fuhr sie ihn an. »Wir haben keine Zeit für geschlechtliche Unterschiede in unserem Benehmen.«

Das hätte ich mir denken können, dachte er. Es gibt nicht so viele zur Besiedlung freigegebene Planeten, die von Menschen bewohnbar sind, wie man allgemein glaubt; deshalb werden auch diejenigen besiedelt, bei denen es sich nur so eben noch lohnt. Er konnte sich die traumatische Armut in ihrem Hintergrund und Murdoch Juan als den großen, fröhlichen, geliebten Ritter vorstellen, der sie daraus erlöste und sie auf seinem Sattel zu dem Schloß mitnehmen würde, das er für sie beide erobern wollte.

»Ich tat meine Pflicht, wie ich sie auffaßte, was zufällig mit Kapitän Murdochs Auffassung von seinen Rechten in Konflikt geriet«, erklärte Trevelyan.

»Ich war gerade dabei, auf Vanaheim ein Vermögen mit Pelzen und Holz zu machen«, sagte der andere Mann.

»Und die Ökologie eines Kontinents zu zerstören«, gab Trevelyan zurück.

»Sie hätten nicht kommen und sie beschwatzen müssen, die Gesetze wegen mir zu ändern«, sagte Murdoch ohne Groll. Er wusch ein Glas mit dem Wasser aus der Karaffe ab und füllte es mit Champagner. »Ich hoffe, es stört Sie nicht, daß es vorher von einem Finanzier benutzt worden ist.«

»Nein. Danke.« Trevelyan nahm es entgegen.

»Und dann, als er ehrenhaft als Söldner angestellt war...« Faustinas Stimme war giftig.

»Er setzte moderne Waffen gegen Primitive ein, die keine Bedrohung darstellten«, sagte Trevelyan. »Das ist generell illegal. Fast so illegal, wie Ureinwohner oder frühere Kolonisten zu enteignen.«

»Erhebt Ihre wertvolle Union wirklich den Anspruch, für den ganzen Kosmos zuständig zu sein?«

»Bleib ruhig, Faustina«, sagte Murdoch.

»Die Union ist keine Regierung, obwohl sie von vielen Regierungen getragen wird«, antwortete Trevelyan der Frau. »Schon die Galaxis allein ist zu groß, als daß irgendeine Macht sie beherrschen könnte. Aber wir beanspruchen in der Tat das Recht, zu verhindern, daß die Dinge außer Kontrolle geraten, soweit wir dazu imstande sind. Das schließt Vergehen unserer eigenen Bürger ein, egal wo.«

»Die Cordys haben mich nie ins Kittchen gesteckt«, sagte Murdoch. »Sie haben nur meine Arbeit kaputtgemacht. Ich bin rechtzeitig abgehauen und hab' keine brauchbaren Beweise hinterlassen. Ich bin nicht böse.« Er hob sein Glas. Widerwillig stieß Trevelyan mit ihm an und trank. »Eigentlich bin ich Ihnen sogar dankbar, mein Freund«, fügte Murdoch hinzu. »Sie haben mir gezeigt, was ich falsch gemacht habe. Jetzt hab' ich eine Sache organisiert, die mich nicht nur reich, sondern auch so respektabel machen wird, daß niemand in meiner Gegenwart ohne meine Erlaubnis rülpsen darf.«

Faustina zündete sich eine Zigarette an und rauchte mit heftigen Zügen.

»Man hat mich aufgefordert, das nachzuprüfen«, sagte Trevelyan.

»Tja, ist alles offen und ehrlich«, erklärte Murdoch. »Sie wissen es schon. Ich hab' mir ein Schiff besorgt, egal wie, und hab' einen Forschungsflug Richtung Eridanus unternommen. Ich hab' einen Planeten gefunden, der unbewohnt, aber kolonisierbar ist, und ein Entdeckerpatent beantragt. Das Inspektionsteam des Dienstes hat bestätigt, daß Good Luck, wie ich ihn nenne, eine rechtmäßig auszubeutende Welt ist. Jetzt bin ich hier auf der Erde, um Männer und Ausrüstung für die Vorbereitungsarbeiten zu suchen. Wir werden ein festgelegtes Gebiet für Menschen sicher machen. Sie wissen ja.« Sein Benehmen wurde absichtlich herablassend. »Die Umgebung auf gefährliche Organismen und

Substanzen untersuchen, die Gesetzmäßigkeiten von Wetter und Erdbebentätigkeit feststellen und so weiter. Wenn wir fertig sind, werde ich die Werbekampagne für meinen Grund und Boden und für meinen Fährdienst dorthin starten. Für die Dauer meines Patents kann ich die Einwanderungsbedingungen in gewissen Grenzen selber festlegen. Die meisten Entdecker verlangen bloß eine Gebühr. Aber ich ziele darauf ab, alles zu liefern – den Transport dorthin, eine funktionierende Wohnanlage, die im voraus erbaut wurde, halt alles, was die Leute für einen guten Start brauchen. Deshalb habe ich über finanzielle Unterstützung gesprochen.«

»Mit Ihrem Ansatz hat man es früher schon versucht«, warnte Trevelyan, »aber er hat sich nie ausgezahlt. Die Pro-Kopf-Kosten einer vorfabrizierten Siedlung sind höher, als der durchschnittliche Immigrant sie bezahlen kann. Deshalb bleibt er daheim, und der Profit löst sich in Rauch auf. Am Ende ist der Unternehmer froh, wenn er alles für einen Bruchteil der Kosten abstoßen kann.«

»Diesmal nicht«, sagte Murdoch. »Ich werde unwiderstehlich wenig verlangen – ungefähr die Hälfte dessen, was sie bezahlen müßten, um unerschlossenes Land zu kaufen und sich eigene Häuser und Straßen und so aus den Materialien am Ort zu bauen. Sie werden kommen.« Er kippte den Rest aus seinem Glas hinunter und füllte es von neuem. »Aber warum seid ihr neugierig, ihr Cordys? Alles, was ich Ihnen erzählt habe, steht auch in den Unterlagen. Wenn ihr rumschnüffeln wolltet, warum seid ihr dann nicht schon früher zu mir gekommen?«

»Weil wir zuviel anderes auf dem Zettel haben«, sagte Trevelyan bitter. »Unser Computer ist erst gestern dazu gekommen, gewisse Tatsachen miteinander in Beziehung zu bringen. Wir versuchen, die Galaxis lebenswert zu erhalten, aber es ist zu viel für uns, sie ist zu mannigfaltig –«

»Gut!« sagte Faustina.

Er warf ihr einen ernsten Blick zu. »Seien Sie vorsichtig, meine Dame«, sagte er, »sonst wird Sie ein Stück dieser Mannigfaltigkeit vielleicht umbringen.«

Murdoch machte ein finsteres Gesicht. »Das reicht«, sagte er. »Ich war nett, aber das ist mein Ausgehabend mit meinem Mädchen, und Sie fischen offensichtlich nach irgendwas Brauchbarem, was Sie gegen mich verwenden können. Sie haben doch nichts Gesetzmäßiges gegen mich in der Hand, stimmt's? Na schön, dann raus hier.«

Trevelyan erstarrte auf seinem Stuhl.

»Oder gute Nacht, wenn Ihnen das lieber ist«, sagte Murdoch in freundlicherem Ton.

Trevelyan stand auf, verbeugte sich, murmelte die höflichen Standardfloskeln und ging. Innerlich fühlte er sich kalt. Im Benehmen seines Feindes hatte mehr als nur Häme gelegen; da war die Aussicht auf Rache gewesen.

Sieht aus, als ob ich lieber sofort etwas tun sollte, dachte er.

Die *Campesino* scherte aus dem Orbit aus, verließ das Sonnensystem mit ihren Gravs und ging auf die übliche Weise in den Hyperdrive. Sie war ein Langstreckenkreuzer mit Booten und Geräten für vielfältige Bedingungen. An Bord waren Murdoch, Faustina, ein halbes Dutzend Raumfahrer und ein Haufen Techniker.

Das Dienst-Schnellboot *Genji* folgte ihr, bemannt von Trevelyan und jenem Wesen, dessen von Menschen nicht aussprechbarer Name angeblich so etwas wie Rauchschmied bedeutete. Ein anderes Schiff zu beschatten ist mehr Kunst als Wissenschaft und mehr Hexerei als beides. Im normalen Antriebsmodus konnte die *Campesino* leicht ausgemacht werden – durch Vergrößerung des Sichtbereichs, Wärmestrahlung, Radar oder Neutrinos aus dem Triebwerk. Aber sobald sie in den Tachyonenmodus überging, war nur noch eine schwache Emission von Überlichtpartikeln aufzufangen. Und Murdoch hatte ebenfalls Detektoren, die mit Sicherheit weit offen waren.

Mit Geschick und Glück konnte die *Genji* ganz am Rand des Feldes bleiben, das sie beobachtete, während es ihr eigenes verbarg. Damit dies jedoch möglich war, mußte sie viel kleiner und auch viel schneller als das andere Schiff sein. Deshalb konnte nichts Eindrucksvolleres als sie eingesetzt werden. Sie verfügte über eine Blasterkanone, ein paar schwere Geschütze und etliche meterlange Fernlenkraketen mit leichten Atomsprengköpfen. Aber Trevelyan wäre überrascht gewesen, wenn Murdochs Leute sich unterwegs nicht stärkere Waffen gebaut hätten.

Er saß stundenlang am Steuerpult und starrte in die juwelenbesetzte Schwärze der Sternensimulation, während das Schiff um ihn herum murmelte und der unterschwellige Pulsschlag der Antriebsenergie ihm bis in die Knochen drang. Schließlich sagte er: »Ich glaube, wir haben's geschafft.« Er zeigte auf die Instrumente. Das Triumphgefühl des Jägers stieg in ihm hoch. »Sie weichen eindeutig vom Kurs auf Eridanus ab.«

»Sie haben uns vielleicht bemerkt, oder sie tun es später noch und greifen uns an«, erwiderte Rauchschmieds klanglos künstliche Stimme.

»Das Risiko müssen wir auf uns nehmen«, stimmte Trevelyan ihm zu. »Aber ich kann's mir bei Murdoch nicht recht vorstellen. Er spielt mit harten Bandagen, aber ich wüßter nicht, daß er je einen kaltblütigen Mord begangen hat.«

»Unsere Information über seine Weltlinie ist fragmentarisch und enthält nichts über ihr Zukunftssegment. Außerdem deuten die verfügbaren Daten an, daß seine Begleiter äußerst unintegriert sind.«

»Hm ja, unverbesserliche Gangster, keiner auf der Erde geboren, etliche Nichtmenschen aus räuberischen Kulturen darunter. Das war eine der Tatsachen, die uns alarmiert haben.«

»Was noch? Wir sind zu schnell abgeflogen, als daß ich alle Hintergrundinformationen bekommen konnte. Ich weiß nichts über die feinen biologischen und sozialen Unterschiede eurer Spezies.«

Trevelyan betrachtete seinen Schiffskameraden. Chief Rodionov hatte ihm den ersten vermutlich besten Agenten zuteilen müssen, den er hatte, und im Australia Center waren nie viele Nichtmenschen. Der Homo sapiens hat viel von einem Wolf; es ist gut möglich, daß zwei davon sich auf einer Reise von unbegrenzter Dauer in einem so vollgestopften Schiff wie diesem am Ende gegenseitig in Stücke reißen. Aber selbst wenn unsere Agenten freundlichere Instinkte haben, versuchen wir, Teams aus verschiedenen Rassen zusammenzustellen. Die Mitglieder müssen in ihren körperlichen Erfordernissen miteinander vereinbar, im Hinblick auf ihre Psychologie und ihre Fähigkeiten aber vorzugsweise so verschieden sein, daß sie ein Ganzes bilden, was mehr ist als die Summe seiner Teile.

Das Problem war, daß Trevelyan noch nie einem Wesen von dem Planeten begegnet war, den die Menschen Reardon nannten. Er hatte von ihnen gehört, aber es gibt so viele Lebensformen im Raum, daß wir uns nicht alle merken, geschweige denn sie kennenlernen können.

Rauchschmieds tonnenförmiger Körper war ungefähr einen Meter vierzig groß und stand auf vier stämmigen Beinen mit klauenbewehrten Füßen. Vier Tentakel umgaben den oberen Rand und endeten jeweils in drei knochenlosen Fingern, deren Griff erstaunlich kräftig war. Der Kopf war eher ein Klumpen fleischiger blauer Blütenblätter als sonst etwas; die äußeren Kennzeichen von Sinnesorganen bildeten ein Muster auf ihnen, obwohl Trevelyan keine Ahnung hatte, wie sie funktionierten. Dabei sah Rauchschmied auf seine (?) Weise recht gut aus. Das Perlmuttschillern auf seinem runzligen Rumpf war in der Tat hübsch anzusehen.

Der Mensch entschloß sich für den direkten Weg. »Nun«, sagte er, »die Tatsache, daß Murdoch daran beteiligt ist, war an sich schon verdächtig. Er kam wahrscheinlich zur Welt, um sich auszurüsten, statt zu irgendeiner Kolonialwelt, wo man ihn nicht kennt, weil er keine Aufmerksamkeit auf sich ziehen wollte.«

»Ich würde das anders extrapolieren, da wenige kommerzielle Unternehmen ihren Ausgangspunkt auf der Erde haben.«

»Aber der durchschnittliche Terraner hat nicht das lebhafte Interesse des Kolonisten an solchen Dingen. Die Hafenstädte werden vom Rest des Planeten meist ignoriert; man betrachtet sie als notwendiges Übel, das man in klaren Grenzen halten muß. Zudem hatte Murdoch auch eine größere Chance, auf der Erde eine nennenswerte, aber diskrete – äh, das heißt geheime – finanzielle Unterstützung zu bekommen, weil sie immer noch das größte Bankzentrum der menschlichen Rasse ist. Und obwohl es stimmt, daß Berichte des Dienstes von überall auf die molekulare Datei im Zentrum eingehen, macht diese Tatsache den Datenstrom so gewaltig, daß Murdoch schließlich durchaus seine Geschäfte hätte zu Ende bringen und abfliegen können, bevor der kontinuierliche Prozeß des Suchens und Herstellens von Zusammenhängen ihn bemerkte.«

»Welcher Geruch hat dann Verdacht erregt? Ich nehme nicht an, daß die Zusammensetzung seiner Mannschaft der anfängliche Stimulus war.«

»Nein. Das haben wir erst später festgestellt. Auch die wirtschaftlichen Aspekte seines Projekts sahen nicht besonders interessant aus. Zweifellos wird seine Fertigbau-Wohnanlage eine elende Ansammlung von Hütten sein; aber *cayeat emptor,* er bewegt sich im Rahmen des Gesetzes, und es wird sich bald herumsprechen, daß man besser nicht von ihm kauft.

Nein, die wirkliche Anomalie ist die Ausrüstung, die er bestellt hat. Der Bericht über seinen Planeten Good Luck ist umfassend genug, daß man ziemlich gut voraussagen kann, was ein Erschließungstrupp brauchen wird. Der Planet ist kleiner als die Erde, relativ kalt und trocken, relativ dünne Atmosphäre. Aber er hat ein

Magnetfeld und eine schwache Sonne; daher ist die Hintergrundstrahlung niedrig.«

»Was erforderlich ist, hängt davon ab, von welcher Rasse die Kolonisten sind.«

»Klar. Murdoch wird an Menschen verkaufen. Natürlich nicht an welche von der Erde. An Kolonisten überall. Wir werden nicht imstande sein, jede Einschiffung und Ausschiffung zu überwachen, höchstens einen kleinen Bruchteil davon. Nicht, wo wir nur so wenige sind und soviel anderes zu tun haben. Und die örtlichen Behörden werden sich nicht darum kümmern. Sie werden nur allzu froh sein, ihren Bevölkerungsüberschuß loszuwerden. Außerdem sind die meisten Kolonisten anarchistisch eingestellt; sie werden keine offizielle Untersuchung ihrer Angelegenheiten zulassen.« Trevelyan kniff überrascht die Augen zusammen. »Wie bin ich denn darauf gekommen?«

»Offenbar hat ein Element deines Denkapparats einen Gedanken verspürt.«

»Tja . . . Wenn das stimmt, dann ist die Ahnung zu vage, als daß ich sie identifizieren könnte. Na schön. Warum hat er keine Geräte zum Aufspüren von Wasser dabei, weder Bohrer noch Sprengstoffe, um damit Seen anzulegen, all so was? Wozu hat er ein ganzes Sortiment von Strahlungsdetektoren und Schutzanzügen dabei? Das Biolabor, das er sich zusammengestellt hat, ist für Good Luck ebenfalls nicht das richtige; es ist dazu da, weitaus erdähnlichere Lebensformen zu untersuchen. Ich könnte noch mehr auflisten, aber du verstehst, worauf ich hinauswill.«

»Und jetzt hat er den Kurs geändert.« Rauchschmied betrachtete die Anzeigen mit dem, was er zum Sehen benutzte. »Eine geodätische Bahn, die ihn in Richtung Scorpius bringen wird.«

»Hm? Da mußt du nicht erst den Computer fragen? . . . Das Problem ist, daß kein Gesetz sagt, er muß zu dem von ihm bekanntgegebenen Ziel fliegen oder uns erklären, warum er's nicht tut.« Trevelyan lächelte mit geschlossenen Lippen. »Aber es gibt auch kein Gesetz, das uns verbietet, uns dranzuhängen.«

Rauchschmied brach in ein klagendes Geheul aus, das nicht von seinem Vokoder, sondern von seinem eigenen Membranen erzeugt wurde. Es schwankte zitternd die Tonleiter hinauf und hinunter; ein kurzes Vibrieren in seinen Nerven sagte Trevelyan, daß es in den Unterschallbereich eindrang. Gerüche durchdrangen die Luft, beißend wie Blut und verbrannter Schwefel und andere, die dem Menschen unbekannt sind.

»Guter Kosmos, was machst du da?« rief er aus.

»Das ist eine alte Botschaft meiner Infrakultur. Sie spricht von schneidenden Winden, Frost, einem Berg, der eine Fackel ist, unter eisernen Monden, einer verkürzten Nacht und dem Willen, das Ding mit den Giftzähnen zu verfolgen . . . Genug.«

Fünfhundertachtundzwanzig Lichtjahre von Sol entfernt loderte der Himmel vor ihnen plötzlich auf.

Trevelyan hatte über seine Philosophie meditiert. Dies sowie Lesen, Musikbänder hören, künstlerische Basteleien und Körperübungen waren seine Zuflucht von den dahinschleichenden Wochen gewesen. Rauchschmied war auf seine Weise in Ordnung, aber er war zu fremdartig für Spiele oder Gespräche. Als er gefragt wurde, wie er die Zeit verbrachte, anscheinend völlig reglos bis auf die sich unaufhörlich verschlingenden Arme, erwiderte er: »Ich lebe mein anderes Leben. In deiner Sprache gibt es die erforderlichen Begriffe nicht.«

Das Aufblühen des vorher absolut unauffälligen, langsam zunehmenden blauen Sterns versetzte Trevelyan in jähe Alarmbereitschaft. Er setzte sich auf, umklammerte die Lehnen des Sessels mit den Händen und starrte auf die Simulation, bis sein Sehvermögen in jenen glitzernden dunklen Tiefen zu ertrinken schien. Der Stern nahm an Helligkeit zu, während er hinsah, denn die *Genji* passierte die Wellenfront der ursprünglichen Explosion und geriet in das hinein, was danach gekommen war. Es beherrschte den ganzen Himmel, ehe Trevelyan schreien konnte:

»Supernova!«

Und sie flammte immer noch heller, bis der eine gleißende Punkt fünfzigmal soviel Licht abstrahlte wie der Vollmond zur Erde, zehn Millionen mal soviel wie die nächste sehr helle Sonne. Obwohl die Schirme diese schreckliche Helligkeit dämpften, konnte Trevelyan nicht hineinsehen, und noch Minuten nach seinem ersten kurzen Bick war seine Sicht mit glänzenden Flecken getrübt.

Rauchschmieds Klauen klickten auf dem Boden der Steuersektion, als der Reardonit eintrat. Trevelyan stieg eine haarsträubende Duftwolke von ihm in die Nase, und er wußter, daß er genauso beeindruckt war. Vielleicht war seine ausdruckslose Sprechweise ein Schutz:

»Ja, eine Supernova vom Typ II, wenn die theoretischen Darstellungen, die ich gesehen habe, korrekt sind. Man schätzt, daß in der Galaxis etwa alle fünfzig Jahre eine vorkommt. Die Überreste von einigen sind untersucht worden, aber bis heute ist kein Ausbruch im Gebiet der registrierten Forschungen beobachtet worden.«

»Dieses Gebiet haben wir bereits hinter uns gelassen«, flüsterte der Mann. Er schüttelte sich. »Steuert Murdoch noch darauf zu?«

»Ungefähr. Kein Kurswechsel.«

»Das kann kein Zufall sein. Er muß weit gereist sein und nach einer Beute gesucht haben, die die Cordys ihm nicht wegnehmen würden, und ...« Rauh: »Laß uns ein paar Messungen vornehmen.«

Die Instrumente, die astrophysikalischen Unterlagen, die jedes Dienstschiff dabei hatte, und die Computerberechnungen förderten ein paar Antworten zutage. Der Stern war etwa 150 Parsecs entfernt, was bedeutete, daß er vor fünfhundert Jahren gestorben war. Er war ein blauer Riese mit einer Masse von rund zehn und einer wirklichen Leuchtkraft von vielleicht 50 000 Sonnen gewesen; aber die Scorpiuswolken hatten ihn vor den frühen terranischen Astronomen verborgen, und die modernen Wissenschaftler hatten bisher zu viel zu tun gehabt, um so weit hinaus zu kommen.

Eine so stürmische Verbrennung konnte nicht viele Millionen Jahre weitergehen. Instabilitäten bauten sich auf, bis der riesige Stern sich selbst zerstörte. Auf dem Höhepunkt seiner Explosion strömte er eine Energie aus, die dem Ausstoß der gesamten übrigen Galaxis gleichkam.

Das konnte natürlich nur ein paar Tage dauern. Während sie durch die Lichtjahre dahinrasten, sah Trevelyan den grellen Glanz verblassen. Ein Dunst begann sich zu entwickeln, ein Nebel, der aus entwichenen Gasen entstanden und reich an Kernen der schwereren Elemente war und dessen Schicksal darin bestand, schließlich neue Sonnen und Planeten zu bilden. Die Instrumente pickten den Kern des Sterns heraus: Er strahlte hell, und noch viel heftiger im Röntgenspektrum. Es war tödlich, in seine Nähe zu kommen. Aber unter seiner eigenen ungeheuren Schwerkraft kollabierte er rasch zur Größe eines Zwergs, eines Jupiter, einer Erde. Am Ende würde er so dicht sein, daß ihn nichts mehr verlassen konnte, nicht einmal das Licht. Dann würde er aus dem Universum verschwunden sein.

Trevelyan sagte in finsterem Zorn: »Er hat es nicht gemeldet.

Welche Information da bereits versäumt wurde, seit sich die Wellenfront ausgedehnt hat ...«

»Sollen wir sofort umkehren?« fragte der Reardonit.

»Tja ... Nein, ich glaube nicht. Weiß Kosmos, was für eine Teufelei passiert, wenn wir Murdoch laufenlassen. Es wird andere Supernovae geben, aber ein totes Lebewesen wird nicht wieder lebendig.«

»Wir haben einen deutlichen Hinweis auf sein Ziel.«

»Was?« Trevelyan legte die Pfeife weg, die er nervös gestopft hatte.

»Sieh dir den Photomultiplikator-Schirm an und dann das hier.« Fingerranken schlängelten sich über Meßskalen. »Der Stern, auf den ich zeige, ist eine normale G3-Sonne, nicht mehr als hundert Lichtjahre von der Supernova entfernt. Die Eigenbewegungen zeigen, daß er zum Zeitpunkt des Ausbruchs etwas näher war. Unser Beobachtungsobjekt ist unverkennbar auf einem Abfangkurs. Es ist plausibel, daß dieser dort enden soll.«

»Aber – nein!« protestierte Trevelyan. »Was kann er da wollen?«

»Die Strahlendosis, die jeder Planet der kleineren Sonne durch die kosmischen Strahlen abbekommen hat, die von der größeren Sonne bei deren Maximum abgegeben wurden, lag bei Tausenden von Röntgen in einem Zeitraum von Tagen. Atmosphäre und Magnetfeld haben wohl einen gewissen Schutz geliefert, aber die Wirkung muß nichtsdestoweniger biologisch katastrophal gewesen sein. Vermutlich haben jedoch die meisten niedrigen Lebensformen überlebt, besonders Pflanzen und Meerestiere. Binnen kurzem dürfte ein neues ökologisches Gleichgewicht eingetreten sein, das zweifellos instabil und von einer hohen Mutationsrate heimgesucht war, sich aber der Stabilität näherte. Wahrscheinlich ist bei dem Einfall von Radionukleiden, die sich aufgrund natürlicher Prozesse in gewissen Gebieten konzentrieren, im Augenblick noch zur Vorsicht zu raten. Aber alles in allem könnte dieser hypothetische Planet jetzt für deine oder meine Rasse durchaus bewohnbar sein, wenn er ansonsten genügend Ähnlichkeit mit unseren Heimatplaneten aufweist. Wie ich hinzufügen möchte, vermutet man, daß derartige Unglücksfälle für Perioden massiver Auslöschung zahlreicher Welten verantwortlich waren, einschließlich deiner eigenen Heimatwelt, wie ich vernommen habe.«

Trevelyan hörte die klanglosen Worte kaum. Ganz plötzlich kam der Horror wieder in ihm hoch.

Als die gelbe Sonne eine Scheibe war, zu hell für das bloße Auge, aber auf einem Abblendschirm sanft von einer Korona und zodiakalem Leuchten beflügelt, war der Nebel der Supernova in einer Entfernung von dreißig Parsec nur ein unregelmäßiger Fleck zwischen den gegenüberliegenden Konstellationen, ein paar Minuten im Durchmesser, als ob sich ein Stück der Milchstraße losgerissen hätte. Es war schwierig, sich vorzustellen, wie sie vor vierhundert Jahren in diesem Himmel gewütet hatte. Im interplanetaren Raum um die gelbe Sonne war auch keine ungewöhnliche Hintergrundstrahlung mehr festzustellen, und ihre sieben Begleiter, welche die Kameras der *Genji* identifizierten, schienen ebenfalls nichts Außergewöhnliches an sich zu haben.

Das war ein falscher Eindruck, wie Trevelyan wußte. Jede Welt ist ein Dschungel unzähliger Einzigartigkeiten. Aber die, auf die sich seine Aufmerksamkeit konzentrierte, ähnelte der Erde.

Er verließ sich auf die optischen Beobachtungsmittel. Strahlen und Sonden konnten auf der *Campesino* entdeckt werden. Murdoch war vor etlichen Millionen Kilometer aus dem Hyperdrive in den normalen Modus zurückgegangen. Seine Schatten folgten seinem Beispiel notgedrungen. Damit er ihre Neutrino-Emission nicht entdeckte, während sie ihn durch seine verfolgten, schalteten sie dann die Fusionsgeneratoren ab und gingen in beträchtlicher Entfernung in einen freien Orbit. Ihre Energie bezogen sie aus den Akkumulatoren.

»Das Beobachtungsobjekt ist in der Endphase der Annäherung an die Atmosphäre des erdähnlichen Planeten«, verkündete Rauchschmied.

»Das überrascht mich kaum«, antwortete Trevelyan. Er blickte von seinen Meßgeräten und Notizen auf. »Anscheinend ist er auch so erdähnlich, wie man nur einen finden kann. Luft, Strahlungsintensität, Größe, Masse nach den Satellitenmessungen – fast identisch. Das da sind übrigens zwei kleine, ziemlich nahe Monde; die Gezeitenmuster müssen also kompliziert sein, aber die Ozeane können nicht stagnieren. Achtundzwanzig Stunden pro Umdrehung, zwölf Grad Achsneigung. Mittlere Temperatur eine Spur höher als auf der Erde, keine Polarkappen, ein bißchen weniger Landmasse ... ein interglaziales Großklima, würde ich sagen. Kurz, abgesehen von vereinzelten Gebieten mit Resten von Radioaktivität: idyllisch.«

»Und abgesehen von möglichen ökologischen Problemen«, sagte der Reardonit.

Trevelyan zuckte zusammen. »Verdammt, mußtest du mich daran erinnern?« Er hörte auf, hinauszuspähen, lehnte sich in seinem Sessel zurück, stützte das Kinn in die Hand und machte ein finsteres Gesicht. »Die Frage ist, was unternehmen wir wegen Murdoch? Er scheint keinen Gesetzesverstoß begangen zu haben, außer daß er eine Entdeckung nicht gemeldet hat. Und wir könnten wahrscheinlich nicht beweisen, daß er selbst nicht zum ersten Mal hier ist, daß er nicht auf einen Impuls hin hergekommen ist. Außerdem ist es ein Bagatellvergehen.«

»Gibt es keine Methoden, Menschen zu zwingen, die Wahrheit zu sagen?«

»Doch. Elektronische Gehirnphasierung. Ziemlich harmlos. Aber unsere Spezies hat Gesetze gegen unfreiwillige Selbstbeschuldigung. Also wird sie hauptsächlich dazu benutzt, die Ehrlichkeit der Zeugen der Anklage zu beweisen. Und wie ich schon sagte, ich habe eigentlich nichts gegen ihn in der Hand.«

»Müssen wir mehr tun, als uns zurückmelden und Bericht erstatten? Dann könnten autorisierte Expeditionen ausgesandt werden.«

»›Zurück‹ ist ein verdammt langer Weg. Was wird er wohl inzwischen hier anstellen? Natürlich – hm – wenn Murdoch keine Ahnung hat, daß wir ein Auge auf ihn haben, macht er vielleicht in aller Ruhe mit seinen Vorbereitungen weiter. Dann hätten wir eine Chance, zu –«

»Das Beobachtungsobjekt stößt keine Emissionen mehr aus.«

»Was?« Trevelyan schnellte aus seinem Sessel hoch. Er schürfte sich den Arm an der Haut seines Kameraden auf, so eilig schob er sich an ihm vorbei, um selbst nachzusehen. Die Anzeigen waren subtil, weil die normale Neutrinoablesung immer hoch ist. Aber zu diesem Indikator gehörte ein Computer, der die Triebwerksausstrahlung im Rauschen identifizierte und ihr Volumen auf einer eigenen Skala ausgab. Diese Nadel war auf Null gefallen.

»Er geht mit Akkumulatoren und Aerodynamik runter«, sagte Trevelyan entmutigt. »Bis wir nahe genug für eine andere Methode sind, ihn ausfindig zu machen, kann er sonstwo auf der Oberfläche sein.«

Rauchschmieds Ton war unverändert, aber ein scharfer Geruch ging von ihm aus, und die Blütenblätter seines Gesichts bewegten sich. »Anscheinend befürchtet er keine Entdeckung vom Boden aus. Wir nehmen keine Spur von atomarer Energie wahr, daher gibt es dort zweifellos niemanden, der das Schiff lokalisieren kann. Aller Wahrscheinlichkeit nach möchte er uns und sonst niemand von seiner Spur abbringen.«

»Tja.« Trevelyan begann zwischen den einengenden Schotts auf und ab zu gehen. »Wir haben halbwegs damit gerechnet, daß er uns irgendwann unterwegs bemerken würde, nachdem ich ihn in Port Nevada schon auf den *qui vive* gebracht habe. Aber warum macht er uns unmißverständlich klar, daß er uns bemerkt hat?«

»Bei meiner Rasse sind Botschaften immer als Vektoren gemeint, die auf die Weltlinie des Empfängers einwirken.«

»Bei meiner auch, irgendwie.« Trevelyans Schritte wurden länger. »Wozu will Murdoch uns bringen, indem er uns eine lange Nase dreht? Wir haben zwei Alternativen. Wir können schnurstracks zurückfliegen, oder wir können vorher landen und uns die Sache genauer anschauen.«

»Letzteres würde den Zeitraum bis zu unserer Rückkehr nicht wesentlich verlängern.«

»Das ist ja das Üble, mein Freund. Die nächste Basis des Dienstes, wo wir so etwas wie eine Untersuchungsexpedition auf die Beine stellen könnten, ist, ähm, Lir, glaube ich, wenn sie nicht noch zu viel mit der Affäre um die Sturmkönigin zu tun haben. Es gibt Planeten im Grenzgebiet, die näher sind, voller Menschen, die für eine Chance auf das Große Los mit Begeisterung in Schwärmen hierherkommen würden. Und wenn sie den Cordys dabei noch eins reinwürgen können, na prima.«

»Überdies«, betonte Rauchschmied, »haben wir keinen eindeutigen Beweis, daß hier irgend etwas derart Wichtiges geschieht, daß es einen Ferneinsatz rechtfertigen würde. Die Supernova, ja. Das ist eine wissenschaftliche Fundgrube. Aber hier haben wir nur einen scheinbar unbewohnten Planeten. Warum sollte der Befehlshaber einer Basis, der Murdochs Vergangenheit nicht kennt – insbesondere ein nichtmenschlicher Befehlshaber, der ihre Bedeutung nicht erfassen kann –, davon ausgehen, daß er etwas Ungesetzliches vorhat? Wird er nicht erwarten, daß Murdoch ein Inspektionsteam anfordert, damit man ihm ein Entdeckungspatent erteilt?«

Trevelyan nickte. Wir sind so dünn gesät, wir, die wir über den Großen Pakt wachen. Oftmals müssen wir Spuren links liegenlassen, die sehr wohl zu einem verborgenen Übel führen können, weil wir von einer anderen Scheußlichkeit woanders *wissen.* Oder wir erfahren von einer Sache, die zu Beginn unrecht war und hätte gestoppt werden müssen, deren Berichtigung jetzt jedoch noch schlimmeres Unrecht wäre. Nerthus zum Beispiel steht uns immer vor Augen: Eine menschliche Kolonie, die gegründet wurde und aufblühte – und dann stellte man fest, daß eingeborenes intelligentes Leben existierte. Wir haben Glück, daß die Interessen der beiden Spezies in diesem Fall miteinander vereinbar sind, mit endlosen Problemen.«

»Will Murdoch, daß wir in aller Hektik mit Informationen zurückkehren, die nicht ausreichen, um eine prompte offizielle Aktion zu provozieren?« fragte Rauchschmied. »Das klingt plausibel. Da er erst neulich aus dem Grenzgebiet der Union im Skorpius gekommen ist, muß er über die augenblickliche Situation hier besser informiert sein als wir. Deshalb weiß er vielleicht, daß wir auf Lir keine Unterstützung finden würden.«

»Wir können – wir können sogar zivile Schiffe und ziviles Personal requirieren, wenn es auf dem Planeten da unten intelligente Lebewesen gibt. Die klare und aktuelle Gefahr einer territorialen Eroberung. Oder Murdoch könnte sie schlicht ausplündern.«

»Es ist unwahrscheinlich, daß solche noch am Leben sind.«

»Stimmt. Aber wenn sie tot sind –«

Trevelyan hielt inne. Er sah lange hinaus. Ohne Vergrößerung war die Welt ein Lichtpunkt, ein helles und wunderschönes Blau. Aber wenn man sich näherte, würde sie zu riesigen Dimensionen anwachsen, für die es keine Karten gab. Die andere Crew würde genügend Gelegenheit gehabt haben, ihr Schiff zu verbergen. Sie konnten überall sein und alles mögliche vorbereiten. Sie waren ihnen mit Sicherheit an Zahl und an Waffen überlegen. Er wollte sich den großen, rauhbeinigen Murdoch Juan nicht bei der Planung eines Mordes vorstellen. Andererseits war Faustina dazu durchaus imstande, und sie hatte diese ganze Reise über Zeit gehabt, bei der sie die einzige menschliche Frau an Bord gewesen war . . .

Ein Entschluß kristallisierte sich heraus. »Wir gehen näher ran«, sagte er.

Sie näherten sich langsam, sowohl um sich alles genauer anzusehen als auch um gewisse Vorbereitungen zu treffen. Sie kreisten im Randbereich der Atmosphäre und fanden ihre Vermutung bestätigt.

Dies war eine bewohnte Welt gewesen. Die Wesen, die sie bewohnt hatten, waren umgekommen.

Wenn es Überlebende gab, würde es Spuren für ihre Existenz geben. Die Zivilisation konnte in massenhaftem Tod, Panik, Anarchie und Hungersnot untergegangen sein, nachdem die Ernte in den Feldern verdarb, die jetzt Buschland oder Wüste waren. Aber wilde Nachfahren einer Rasse, die Städte gebaut hatte, würden in Dörfern leben. Die Sensoren der *Genji* würden selbst ihre Lagerfeuer registrieren. Außerdem war eher anzunehmen, daß sie irgendeinen Neuanfang versucht hätten, wie schwach auch immer. Die kosmischen Strahlenschauer beschädigten nämlich weder Gebäude noch Werkzeuge oder Maschinen, auch keine Bücher; tatsächlich nur wenig – bis auf alles, was lebte.

Trevelyan starrte auf einen Bildschirm, wo sich Wolken kurz teilten und hohe Türme an einem See erkennen ließen, und sagte: »Dicht besiedelt. Das heißt, sie hatten eine effektive Landwirtschaft und funktionstüchtige Transportmittel, zumindest in ihren höchstentwickelten Regionen. Ich kann Bahnlinien und Reste von Straßen erkennen. Frühes Industriezeitalter, würde ich sagen, Verbrennungsmaschinen, wahrscheinlich begrenzte Benutzung von Elektrizität . . . Aber sie hatten mehr ästhetisches Gefühl oder so etwas als die meisten Kulturen auf diesem technologischen Niveau. Sie haben sich mit Schönheit umgeben.« Er zerrte seine Gedanken von den Implikationen weg. Wenn er nicht unpersönlich blieb, mußte er weinen.

»Sind sie allein den Auswirkungen der Strahlung erlegen?« wunderte sich Rauchschmied. Er schien keine Schwierigkeiten zu haben, eine distanzierte Haltung zu bewahren. Aber andererseits empfand er keine menschlichen Gefühle, wie es die toten Wesen Trevelyans Meinung nach getan hatten. »Es gab doch Schutzmöglichkeiten.«

»Vielleicht wußten sie nichts von Radioaktivität. Oder vielleicht waren die Davongekommenen zu wenige, zu weit verstreut oder zu schlimm mutiert. Jedenfalls sind sie tot . . . Halt!«

Trevelyans Hände tanzten über das Pult. Die *Genji* schwang herum, flog auf dem gleichen Weg zurück und kam in der Luft zum Stillstand.

Die Atmosphäre ließ den großartigen Anblick verschwimmen, aber Strahlen, Detektoren und die Computeranalyse halfen. Eine Stadt erhob sich auf einer Insel in einem breiten Fluß. Deshalb war sie trotz der Brücken, die sich von einer Uferbank zur anderen schwangen, nicht dicht mit Vegetation bewachsen. Was eingedrungen war, hatte man größtenteils weggeräumt: eine erst vor kurzem beendete Arbeit, deren grobe Ausführung deutlich zu sehen war. Sie war von Maschinen getan worden, von denen ein paar offen auf einem zentralen Platz standen. Trevelyan konnte keine Einzelheiten erkennen, hatte aber nicht den geringsten Zweifel daran, daß es auf der Erde hergestellte Robotertypen waren. Mehrere Gebäude waren gesprengt worden, entweder weil sie zu zerfallen oder weil sie im Weg waren, und der Schutt war beiseite geschoben worden. Er sah keine Anzeichen von gerade laufenden Aktivitäten, aber eine starke elektronische Resonanz wies darauf hin, daß ein modernes Stromnetz teilweise fertig war.

»Murdoch.« Trevelyan sprach es wie einen Fluch aus.

»Kannst du Hinweise auf sein Schiff finden?« fragte der Reardonit.

»Nein. Als er entdeckt hat, daß wir näherkamen, muß er es woandershin geflogen und die Hülle abgeschirmt und getarnt haben. Vielleicht hat er gehofft, wir würden per Zufall nicht bemerken, was er hier gemacht hat, oder vielleicht ist das nur wieder so ein Scherz. Auf jeden Fall muß er hier gleich nach der Landung mit der Arbeit begonnen haben, nachdem er den Ort bei seinem ersten Besuch ausgewählt hat.«

Trevelyan brachte das Schnellboot wieder in den Orbit. Eine Weile herrschte im Steuerraum nur eine summende Stille. Der Planet füllte den halben Himmel mit Wolken, Meeren, Sonnenaufgängen und Sonnenuntergängen, in der anderen Hälfte funkelten Sterne.

»Es sind keine Ureinwohner mehr da«, sann Rauchschmied schließlich. »Ihre Relikte sind von geringem wissenschaftlichem Interesse. Wird man das für einen Grund halten, bewaffnete Schiffe zu schicken, die anderswo dringend benötigt werden, um ihm Einhalt zu gebieten?«

»Und wenn ja – das ist nicht sicher, wie du sagst, aber wenn ja – *können* sie ihm Einhalt gebieten?« Trevelyan griff wieder nach den Kontrollen. Das Summen des Antriebs wurde tiefer. »Fertig zum Abstieg.«

Er entschied sich für eine Stadt am Rand des Morgens, damit er lange Tageslicht hatte. Eine Mole ragte vom Ufer in eine smaragd- und saphirglitzernde Bucht. Das Sonar erklärte, daß sie aus Stahlbeton bestand, der noch so fest war wie am Tag ihrer Einweihung. Dort landete er und ging gleich darauf zu Fuß hinaus. Mit einem Grav-Schlitten wäre er schneller und leichter herumgekommen, aber sein Vorhaben bestand zum Teil darin, etwas über die Toten zu erfahren. Sein Schiff, dessen Systeme alle auf Bereitschaft standen, fiel hinter ihm zurück wie ein kupfernes Ehrenmal.

Er machte sich keine Sorgen über die Sicherheit seiner Umgebung. Murdoch hatte sie für ihn unter Beweis gestellt. Was er noch in Erfahrung bringen mußte, waren nur Einzelheiten; zum Beispiel, welche importierten Feldfrüchte würden sich gut anbauen lassen?

Jede Menge, da war Trevelyan sicher. Es war ein reicher und fruchtbarer Planet. Ohne Zweifel war er das vor der Katastrophe in noch stärkerem Maße gewesen, aber er blieb noch wundervoll genug, und die Natur heilte die Wunden rasch.

Die Bucht glitzerte und plätscherte zwischen goldgrünen Hügeln. An ihrem Eingang begann ein Ozean. Beim Heruntergehen hatte er phantastische Mengen von Seepflanzen und riesige Schwärme von Meerestieren ausgemacht. Keine Flügel flogen im Wind, der sein Haar zerzauste. Die meisten Wirbeltiere waren ausgelöscht, vielleicht sogar alle. Aber niedrigere Formen hatten das Desaster überlebt. Insekten oder entsprechende Geschöpfe schwärmten auf zarten Membranen dahin, die das Sonnenlicht oft in Regenbogenfarben spiegelten. Silbrige Lebewesen sprangen aus dem Wasser. Der Wind roch nach Salz, Jod und Leben.

Im strahlendblauen Himmel über ihm zogen ein paar blau verschattete Wolken dahin. Zu dieser Jahreszeit stand die Supernova tagsüber hoch am Himmel, unsichtbar. Desaster, dachte Trevelyan mit einem Schaudern. Wie wenig hatten die frühen Astrologen auf der Erde davon gewußt, was für ein schreckliches Wort sie da erfunden hatten!

Aber der Tag war sonnig, kühl und friedlich. Er ging zum Ufer und schaute sich um.

Die Wasserfahrzeuge waren gesunken oder hatten sich von ihren verrotteten Leinen losgerissen und trieben frei dahin. Dennoch war das flachere Wasser in Ufernähe so klar, daß er ein paar von ihnen dort sehen konnte, wo sie einigermaßen gut erhalten lagen. Die anmutigen Umrisse der Segelboote erstaunten ihn nicht; sie waren eine von den Naturgesetzen auferlegte Notwendigkeit. Aber seine Augen brannten, als er daran dachte, daß die Toten Schaluppen und Jollen ebenso geliebt hatten wie er. Und an vielen hatten sie bronzene Galionsfiguren angebracht, deren grün verrostete Überreste auf Blumen, Flügel und Flammen hindeuteten, auf alles, was schön und frei war. Ein großes Schiff war auf Grund getrieben. Es hatte einen eisernen Rumpf und – nach den Schornsteinen zu urteilen – einen Dampfantrieb gehabt. Aber es war ebenfalls so konstruiert, daß es wie eine Tänzerin auf den Wellen aussah.

Er näherte sich dem Kai. Eine Reihe hölzerner Lagerschuppen (?) war zum Teil vermodert, zum Teil unter Ranken begraben. Trotzdem konnte er erkennen, daß sich die Dächer einst mit den Toreinfassungen um die Wette in hohem Bogen emporgeschwungen hatten. Eine verrostende Maschine, wahrscheinlich ein Kran, war am Ende seines Hebearms mit einem lustigen Tiergesicht geschmückt.

Vor einem Torbogen am Ende der Mole blieb er eine Weile stehen. Hier hatten sich die Bewohner selbst dargestellt.

Ihre Kunst war nicht photographisch. Sie hatte einen Schwung in ihrer Linienführung und der Gestaltung der Flächen, die Trevelyans Puls schneller schlagen ließ. Sie war anders als alles, was er je zuvor gesehen hatte. Aber die Zweifüßler mit ihren langen, schlanken, sechsfingrigen Händen, den langen Hälsen und den langen und spitzen Köpfen kamen ihm vor, als wären sie noch am Leben. Er glaubte fast, ihre steinernen Mäntel im Wind flattern hören zu können.

Als er weiter in die Stadt hineinging, stieß er allmählich auf ihre Gebeine.

Sie waren nur selten oder gar nicht von Aasfressern durcheinandergebracht worden. Der Staub kam mit dem Wind, setzte sich auf dem Pflaster ab und wurde zu Erde; Samen folgten und schlugen zarte Wurzeln, die Ziegelsteine und Beton allmählich zerbröckeln ließen; Büsche und Ranken wuchsen über diesen ersten Teppich und kletterten an den Mauern hoch; die überlebenden Baumarten hatten sich in das Gebiet der Bäume ausgedehnt, die nicht überlebt hatten, und dann weiter in die Gehöfte und die Stadt. Aber die Invasion ging langsam vor sich. Die Wildnis hatte alle Zeit der Welt. Die Okkupation des Stadtrandes am Ufer war in vollem Gang und drängte die nächste Verteidigungslinie zurück, aber bisher hatten nur ein paar Vorläufer und Pioniere (wie Trevelyan mit einem schmerzlichen Lächeln dachte) diese hier in der Nähe des Ufers überwunden.

Die Gebäude aus Granit, Marmor und Mauerwerk ragten hoch auf, gebleicht vom Regen und vom Sonnenlicht, kaum vom Wetter in Mitleidenschaft gezogen, und nur ab und zu verwischten Kletterpflanzen ihre Umrisse. Wie die Reliefskulpturen auf ihren Wänden sprangen sie in die Höhe und schwangen sich weit hinaus in die Luft, nicht wie von Menschen erbaute Wolkenkratzer, sondern in diesem sonderbaren Rhythmus, der ihnen weit oben Flügel zu verleihen schien. Sie hatten Säulengänge, Balustraden und viele Fenster, und hatten noch etwas von der Farbe behalten, die einst ihre nüchterne Strenge gemildert hatte.

Trevelyan wunderte sich über das Fehlen von Parks oder Gärten. Seine Beobachtungen aus der Höhe hatten auf eine tiefgreifende Liebe zur Landschaft und auf deren Pflege hingedeutet. Und Blumenmotive waren die am häufigsten anzutreffenden Dekorationen. Nun, die Bewohner waren keine Menschen gewesen; es würde lange dauern, einen gewissen Einblick in das Seelenleben ihrer Rasse zu erhalten. Vielleicht gefiel ihnen der Kontrast zwischen Kunst und Offenheit. Wenn dieser Ort typisch war, dann war es ein Vergnügen, in jeder Stadt hier zu leben. Unter einigen wirtschaftlichen Opfern hatten es die Bewohner vermieden, ihre Luft und das Wasser mit Lärm, Dreck und Gift zu belasten. Natürlich hatten sie Glück, daß keine Heizung nötig war. Aber soweit Trevelyan hatte in Erfahrung bringen können, lagen die Fabriken weit verstreut außerhalb der Stadtgrenzen und waren mit Eisenbahnlinien verbunden. Es gab keine Autos, obwohl das technisch wahrscheinlich im Bereich des Möglichen gewesen war. Statt dessen fand er Abbildungen und einige Knochen von großen Vierfüßlern, die als Pferde gedient hatten; er erkannte auch ein paar Wracks, die anscheinend öffentliche Verkehrsmittel mit primitiven Elektromotoren gewesen waren. Nach vierhundert Jahren war es schwer zu sagen, aber er hatte zumindest den Eindruck, daß die Bewohner trotz ihrer produktiven und blühenden Zivilisation auch nicht allzu viel Müll erzeugt hatten. Vielleicht hatten sie das Problem vorhergesehen und Schritte dagegen unternommen. Er hätte es gern gewußt.

Nicht, daß sie Heilige gewesen wären. Er stieß auf Statuen und verblichene Wandgemälde, die Kämpfe zeigten. Über Inschriften, die er nie entziffern würde, sah er zweimal ein in Lumpen gekleidetes Wesen, das seine Ketten sprengte; ohne Zweifel hatte ihm jemand diese Ketten vorher angelegt. Aber am häufigsten fand er Abbildungen, in denen er Zuneigung, Freundlichkeit, Arbeit, Lehre, Entdeckung oder die schiere Lust am Leben wiedergegeben sah.

Er kam in Höfe, spazierte an ausgetrockneten Pools und Brunnen vorbei oder betrat die Häuser. Nur in wenigen gab es Aufzüge, was viel aussagte, weil die Kultur sie hätte bereitstellen können. Er bemerkte, daß die Schächte der breiten, kreisrunden Treppen problemlos Grav-Lifte aufnehmen konnten. Die Wandgemälde im Innern waren kaum verblaßt; ihre Lebendigkeit machte ihm das Herz ein bißchen leichter. Obwohl er nicht abergläubisch oder auch nur sonderlich religiös war, klopfte er trotzdem an die erste Tür, an die er kam.

Jede Tür glitt zurück oder faltete sich zusammen, nirgends gab es Schlösser oder Riegel, was wiederum auf ungewöhnliche Charakterzüge hinwies. Die Mehrzahl der Wohnungen war leer. Stoffe waren zerfallen, Metall war angelaufen, Gips war zerbrökkelt und überall lag zentimeterhoch Staub. Aber die Möbel waren noch von Menschen zu benutzen, da sie ganz ähnlich gebaut waren wie die Bewohner. Man mußte saubermachen und ein paar Reparaturen durchführen; die Wasserversorgung wieder in Gang bringen; sich, falls nötig, mit den luftig geformten Öllaternen und einem Campingkocher begnügen, da die ursprünglichen Bewohner nicht gekocht zu haben schienen; Polstermaterial über Stühle, Diwane, Betten und Teppiche auf die verschlungenen gemaserten Fußböden legen. Dann würde man es ganz gemütlich haben. Bald würde es Strom geben, und man konnte die Wohnung bei Gelegenheit verändern, bis sie ideal war.

Relativ frühzeitig würde man jedoch besser zusehen, daß man diese Bilder und Papiere, die rätselhaften Werkzeuge und die Regale voller Bücher los wurde. Es konnte störend sein, sie immer um sich zu haben.

Im Lauf der Stunden fand Trevelyan auch Skelette in ein paar Wohnungen. Entweder waren diese Individuen wie diejenigen, die er ab und zu auf den Straßen sah, vom Tod überrascht worden, oder sie hatten ihre letzten Stunden ganz für sich verbringen wollen. Eines lag auf einer Art Chaiselongue, mit einem Buch dort, wo früher der Schoß gewesen war. Zweimal fand er kleine Skelette, die von einem großen bedeckt wurden. Begriff die Mutter, daß der Tod vom Himmel kam? Ja, sie konnte ihn dort oben sehen, einen gleißenden Punkt, der zu hell war, als daß man hinschauen konnte, umgeben von der Aurora, die er in dieser Atmosphäre hervorrief. Wahrscheinlich wußte sie, daß der Tod überall war. Aber sie wurde vom Instinkt der Niobe getrieben.

Als er das Beinhaus entdeckte, kam Trevelyan zu dem Schluß,

daß es m ehrere davon geben mußte, und daß die meisten Bewohner diesen Abschied gewählt hatten. Es war in einem großen Saal – ein Theater? Ein Auditorium? Ein Tempel? Die Anfälligsten mußten bereits gestorben sein, und die übrigen hatten die Strahlenkrankheit. Beim Menschen erreicht sie ihren Endpunkt mit Übelkeit, Erbrechen, Haarausfall, inneren Blutungen, Bluten aus den Körperöffnungen und den Augen, Kraftlosigkeit, Fieber und Delirium. Zweifellos war es bei den Bewohnern hier ähnlich gewesen.

Draußen waren die Überreste mehrerer improvisierter Kohleöfen. Ihre Rohre führten in den verschlossenen Saal; sie hatten Kohlenmonoxid erzeugt. Knochen und verrostete Waffen in ihrer Nähe deuteten darauf hin, daß die Wesen, die sie bedient hatten, erst ihre Aufgabe und dann ihr Leben beendet hatten. Die Tür war die einzige fest verschlossene, auf die Trevelyan stieß, aber da sie aus Holz war, gab sie seinem Stiefel in einer fauligen Wolke nach. Dahinter lagen die Skelette von Hunderten von Erwachsenen und noch weitaus mehr jüngere, dazu Spielzeug, Tassen, Fahnen, Musikinstrumente – *Ich weiß nicht, was sie bei dieser Party gemacht haben,* dachte Trevelyan, *aber wenn wir Menschen dieselbe Courage hätten, würden wir den Kindern erzählen, daß der Karneval dieses Jahr schon früh losgeht.*

Er ging wieder in die helle Stille hinaus. Etwas wie ein Schmetterling flog vorbei, obwohl er schönere Flügel hatte als alles, was sich auf der Erde entwickelt hatte. Da er ein bißchen altmodisch war, sagte er: »Der Herr hat's gegeben und der Herr hat's genommen; ich will den Namen des Herrn nicht preisen. Aber ich werde mich daran erinnern. O ja, ich werde mich erinnern.«

Er war noch nicht viel weiter in Richtung Stadtmitte gegangen, als er ein Donnergrollen hörte. Er schaute an den Turmspitzen vorbei nach oben und sah, wie die große, glänzende *Campesino* heruntersank. Sie kam zwischen ihn und die Sonne und hüllte ihn in ihren Schatten.

Reflexhaft suchte er in einem Torweg Deckung. Eine Hand sank an seine Pistole. Er grinste säuerlich über sich selbst und aktivierte den winzigen Sender-Empfänger in der Tasche seiner Uniformjacke. Auf dem Standardband hörte er Murdochs Stimme: »Cordy, ahoi! Antworten Sie!«

Von dem leeren Schnellboot kam keine Reaktion. Ein Dröhnen und Zittern ging durch die Luft, als die *Campesino* sich auf ihren

Gravs ausbalancierte. »Sie da!« bellte Murdoch. »Wir haben Ihre Tachyonen auf halbem Weg hierher aufgefangen. Wir sind Ihnen über Ihre Neutrinos nach unten gefolgt. Versuchen Sie nicht, uns mit dem Freund in Reserve zu bluffen. Sie sind allein, und wir haben Sie mit einem zyklischen Blaster im Visier, und ich will mit Ihnen sprechen.«

Wieder Schweigen in den Empfängern. Trevelyan spürte den Schweiß auf seinen Rippen und unter den Armen und roch ihn auch. Er konnte nicht vorhersagen, was passieren würde. Er hatte nur skizzenhafte Vorstellungen von ein paar Verhaltensmustern, zu denen Murdoch vielleicht greifen würde, und von Möglichkeiten, wie er darauf reagieren konnte. Sein Plan lief darauf hinaus, eine Situation zu schaffen, wo er improvisieren konnte . . . mit Erfolg oder nicht.

Ein kaum hörbares Knurren im Hintergrund: »Keiner drin, glaube ich. Ob er die Stadt erforscht?«

»Könnte sein«, sagte Murdoch. »Komisch, daß sie das Boot unbewacht lassen.«

»Eine Falle?«

»Tja – vielleicht. Sieht den Cordys gar nicht ähnlich, aber vielleicht halten wir lieber 'n bißchen Abstand.«

Trevelyan wünschte in der Tat, die *Campesino* würde woanders landen und die *Genji* nicht so deutlich zu ihrer Geisel machen. Er beschloß, die Sache in die Hand zu nehmen, trat vor und feuerte einen Schuß aus seiner Pistole in die Luft. Es knisterte. Ozon stieg ihm in die Nase.

»Schaut her! Hier unten! Ihr da, könnt ihr uns verstehen?«

Trevelyan fand es nicht sinnvoll, zu verraten, daß er sie hören konnte. Vielleicht gewann er dadurch einen Vorteil. Der Kosmos wußte, mit dieser metallenen Sturmwolke über ihm brauchte er jede Hilfe, die er kriegen konnte. Er winkte und trabte in Richtung Stadtzentrum, wo er von oben einen Platz gesehen hatte.

Nach einer Beratung, die er nicht verstehen konnte, taten die anderen, was er an ihrer Stelle getan hätte. Die *Campesino* öffnete eine Luke und ließ einen Grav-Schlitten mit ein oder zwei Mann an Bord heraus. Da sie keine Raketen hatte, konnte sie ihnen keine wirksame Bewaffnung mitgeben. Aber sie würden zur *Genji* hinüberschweben und eine Warnung abgeben, wenn ihnen etwas Verdächtiges auffiel. Das Schiff selbst ging hinter den Türmen herunter. Als es landete, erbebte der Boden, und Echos prallten dröhnend von einer Mauer zur anderen.

Trevelyan drehte den Lautsprecher ab, schaltete den Sender ein und beschleunigte seine Schritte. Einmal trat er versehentlich gegen einen Schädel. Er rollte mit trockenem Klappern beiseite. *Tut mir leid,* dachte er, zu ihm gewandt. Dieses Wesen, das ihm ganz und gar nicht fremd war, hatte diese Straße unter seinen Füßen gespürt, die Wärme der Sonne, die von wasserfallähnlichen Fassaden zurückgeworfen wurde, hatte Muskelbewegungen, Herzschlag und Atmung wahrgenommen. Die Stadt hatte um dieses Wesen herum gelebt, mit Freunden, Geliebten, Verkehr, Musik, Vergnügungen . . . Hatte diese Rasse das Lachen gekannt? *Vielleicht bin ich bald bei euch,* fügte er hinzu und verachtete sich für diese kindische Anwandlung.

Er kam nicht auf einem Platz, sondern auf einem goldenen Rechteck heraus. Grasbewuchs drängte sich zwischen den Blökken hoch, mit denen er gepflastert war, und schob sie auseinander, aber der Regen von vierhundert Jahren hatte die Vertiefungen nicht gänzlich weggewaschen, die von Generationen von Füßen hinterlassen worden waren. Die Gebäude, die das Rechteck einfaßten, waren hier niedriger. Ihre Linien zeugten eher von Ruhe als von Erregung, obwohl drei von ihnen Fragmente von Fenstern mit wunderschöner Glasmalerei enthielten. Zahlreiche Skelette lagen vor einem davon auf dem Boden. Die *Campesino* erhob sich brutal in der Mitte des Platzes.

Etliche Menschen und Nichtmenschen warteten dort mit schußbereiten Waffen. Sie waren eine rauh aussehende Bande. Murdoch stand lässig da, Faustina hielt sich starr aufgerichtet neben ihm. Beide trugen schwarze Overalls mit silbernen Verzierungen. Faustinas Haare leuchteten im Licht. Trevelyan näherte sich etwas langsamer und hielt die Hände ein Stück von seiner Pistole weg.

»Mike!« brüllte der Abenteurer. Er warf seinen Kopf mit einem Gelächter zurück, das seinen Schnurrbart vibrieren ließ. »Wieso, zum Chaos, hab' ich bloß nicht damit gerechnet, daß Sie's sind?«

»Wer ist noch bei Ihnen?« fragte Faustina.

Trevelyan zuckte die Achseln. »Wer ist bei Ihnen?« konterte er.

»Sie haben doch unsere Namensliste gesehen«, sagte Murdoch. »Ich dachte, Sie würden sich weigern, an Bord zu kommen, aus Angst, daß wir Sie festhalten würden. Deshalb bin ich rausgekommen.« Er reckte einen Daumen zu dem riesigen Schiffsrumpf hinter ihm. »Ich hab' die vollzählige Besatzung da drin in Alarmbereitschaft auf dem Posten.«

Trevelyan brachte ein Lächeln zustande. »Wieso rechnen Sie mit Schwierigkeiten, Juan?« fragte er mit seiner sanftesten Stimme.

Murdoch zwinkerte. »Na ja ... Sie sind uns seit der Erde beharrlich auf den Fersen geblieben –«

»Nein, denken Sie nach«, sagte Trevelyan. »Der Weltraum ist frei. Der Koordinationsdienst stellt Nachforschungen an, wo er kann, verbietet aber seinen Agenten, Gewalt anzuwenden, außer wenn es unbedingt nötig ist. Das wissen Sie so gut wie ich.«

Die Wachen um sie herum veränderten ihre Haltung, flüsterten miteinander und ließen ihre Blicke von einer Partei zur anderen schweifen. Trevelyan spürte direkt, wie unsicher sie waren.

»Zum Beispiel«, sagte er gedehnt, »brechen Sie hier das Gesetz, indem Sie erstens eine Entdeckung nicht melden –«

»Wir haben sie gerade erst gemacht!« fiel ihm Faustina ins Wort. Sie hatte rote Flecken auf den weißen Wangenknochen. Ihre Fäuste waren geballt. Er musterte sie einen Moment und dachte mitleidig: *Sie fürchtet, daß ich ihr die ganze Herrlichkeit wegnehme – ihre Chance, Geld einzustreichen, bis sie die Angst los wird, arm zu sein, die ihr eingeimpft worden ist.* Und vorsichtig: *In einer aggressiven menschlichen Persönlichkeit bringt Angst Skrupellosigkeit hervor.*

»Bitte lassen Sie mich aussprechen«, sagte er. »Ich bin nicht daran interessiert, Anklagen zu erheben, und meine Vorgesetzten sind es sicherlich auch nicht. Das Vergehen kommt jedes Jahr wahrscheinlich hundertmal vor und ist selten von Bedeutung. Der Dienst verfährt zwangsläufig nach dem alten Prinzip, daß die Ordnungsbehörden sich nicht mit Bagatellen abgeben sollen.«

Sie trat zurück und atmete heftig. Ihre Lippen waren von den Zähnen zurückgezogen, aber sie war offensichtlich verwirrt. Murdochs wuchtige Züge waren reglos geworden. »Reden Sie weiter«, sagte er.

»Sie haben ein schwereres Vergehen begangen, indem Sie an Material von wissenschaftlichem Wert herumgepfuscht und es zerstört haben.« Trevelyan behielt seinen freundlichen Ton und das leise Lächeln auf seinen Lippen bei. »Ich beziehe mich auf diese Inselstadt. Aber der Planet ist eine solche archäologische und biologische Goldgrube, daß wir über Ihr unüberlegtes Vorgehen hinwegsehen werden. Für den Dienst, den Sie der Zivilisation erwiesen haben, indem Sie uns über diese Welt in Kenntnis setzen, werden wir es als den verzeihlichen Enthusiasmus eines Amateurs betrachten. Sie wissen ja, daß ein Agent wie ich das Recht hat, bei leichten Vergehen einen Straferlaß zu gewähren. Ich stelle Ihnen noch heute einen aus, wenn Sie wollen, und schlage Sie obendrein nächstes Jahr für die Polaris-Medaille vor.«

Er streckte die Hand aus. »Hören Sie auf, sich Sorgen zu machen«, sagte er. »Trinken wir einen Schluck und fliegen wir zusammen nach Hause.«

Murdoch nahm die Hand nicht. Der hochgewachsene Mann stand eine Weile da und starrte ihn an, und das Schweigen der Toten wurde immer lauter. Er brach es mit einem Flüstern: »Meinen Sie das ernst?«

Trevelyan hörte auf, sich zu verstellen. Während seine Nerven die Waffen um ihn herum spürten, sagte er mit härterer Stimme: »Es ist ein ehrliches Angebot. Sie haben schon Good Luck, um Ihr Geld zu verdienen. Geben Sie sich damit zufrieden.«

»Good Luck?« rief Faustina. Ihre Hand war eine Klaue, und ihr Arm beschrieb einen Kreis. »Sie unglaublicher Idiot! *Das hier* ist Good Luck!«

»Ich habe gehofft, daß es nicht so wäre«, sagte Trevelyan leise.

»Was denken Sie denn, was ich vorhatte?« fragte Murdoch.

»Das ist doch offensichtlich«, seufzte Trevelyan. »Dies hier war Ihre wahre Entdeckung. Aber wie sollten Sie sie ausbeuten? Sie konnten kein Patent bekommen, weil die Union die Kolonisierung untersagen würde, bis die Wissenschaftler mit ihren Forschungen fertig wären. In Anbetracht der Entfernung, des Personalmangels und der ungeheuren Menge dessen, was es hier zu untersuchen gibt, würde das mindestens hundert Jahre dauern, eher noch länger. Sehr wahrscheinlich hätten wir die Koordinaten für ein oder zwei Jahrzehnte unter einem Geheimhaltungssiegel verwahrt, um unqualifizierte Besucher fernzuhalten, bis ein ausreichend großes Unternehmen in Gang gebracht war und die Wissenschaftler selbst aufpassen konnten.«

»Wissenschaftler!« Faustina kreischte beinahe. Murdoch legte ihr warnend die Hand auf den Arm. Sein Raubtierblick ruhte weiter auf Trevelyan.

»Aber was für eine Chance, ein Vermögen zu machen!« fuhr der Koordinator fort. »Sie könnten richtige Traumwohnungen anbieten, komplett mit allen Einrichtungen für mehrere hundert Millionen Menschen, und das zu einem Preis, den der normale Kolonist sich leisten kann. Sie wären mit Sicherheit einer der reichsten Menschen geworden, die je gelebt haben.

Nun, Sie haben sich auf die Suche nach einer Welt gemacht, gegen die wir nichts einzuwenden haben würden. Was Sie aufgetrieben haben, ist nicht sonderlich toll. Aber sie ist auch nicht schlechter als manche andere, die besiedelt worden sind, und sie hat zumindest keine Bevölkerung, die ihr die mageren Ressourcen bereits abringt. Die Leute würden Ihnen den Grund und Boden dort abkaufen, wenn die Vorbereitungsarbeiten für sie erledigt worden sind und die Kosten ihre Mittel nicht übersteigen.

Ein paar würden Sie tatsächlich zu diesem wenig lohnenden Planeten befördern – zum Beispiel, wenn zufällig ein Agent wie ich in der Nähe ist. Dabei würden Sie Geld zusetzen. Aber das würde nichts ausmachen, weil die meisten hierher verschifft werden würden, wo ganze Städte Sie praktisch nichts kosten. Sie würden nach Hause schreiben. Ihre Schiffe würden die vor Glück überströmende Post mitnehmen und sie vielleicht ein kleines bißchen zensieren, damit wir Cordys nicht zu bald Wind von Ihrem Unternehmen bekämen. Nicht daß es wahrscheinlich wäre, wo wir uns schon bei den dringenden Fällen die Hacken ablaufen und wo uns nur wenige Leute auf diesen Tausenden von Welten irgendwelche aktive Unterstützung geben. Sie könnten für eine Reihe von Jahren so weitermachen, da bin ich sicher, bevor die Diskrepanzen so schreiend wären, daß wir Nachforschungen anstellen würden.«

»Was würdet ihr tun, wenn ihr Bescheid wüßtet?« fragte Murdoch.

»Nichts«, erwiderte Trevelyan. »Wie könnten wir Zehntausende, vielleicht Millionen von Männern, Frauen und Kindern zwangsumsiedeln, die in gutem Glauben hergekommen sind, ein schönes neues Leben begonnen, Wurzeln geschlagen und eine neue Generation hervorgebracht haben? Das wäre eine politische, moralische und wohl auch physische Unmöglichkeit. Sie würden um ihre Heimat kämpfen, und wir können sie ja wohl nicht bombardieren, oder?

Was Sie selbst betrifft, so würde man Ihr Eigentum konfiszieren und Ihren Körper ins Gefängnis sperren, jedenfalls theoretisch. In der Praxis hätten Sie beides irgendwohin verfrachtet, wo wir nicht ohne größere Anstrengungen und mehr Mord und Totschlag herankämen, als das Ganze wert wäre. Sie hätten die Kolonialregierung und ihre Verfassung schon frühzeitig mit allen möglichen Tricks dazu gebracht, Sie zu einer Art Gründervater-Präsident von Good Luck zu machen. Die würden auch für Sie kämpfen. Anstatt also um bereits ruinierter wissenschaftlicher und ästhetischer Werte willen ihr eigenes Eroberungsverbot zu verletzen, würde die Union hinnehmen, was Sie ihr angetan hätten.«

Trevelyan schloß den Mund. Er war heiser und müde und hätte gern geraucht, wagte es jedoch angesichts all der Waffen nicht, nach seiner Pfeife zu greifen.

Murdoch nickte. »Sie haben mich durchschaut.« Er gluckste. »Danke für den Gründervater-Titel. Daran hatte ich noch nicht gedacht. Klingt wie das, was ich brauche.«

»Ich kann es nicht zulassen, wissen Sie«, sagte Trevelyan.

»Warum nicht?« Murdoch wurde sonderbar ernst. »Mal ehrlich, was ist denn hier? Eine Welt voller Knochen. Ich bedauere, daß es geschehen ist, aber tot ist tot. Und sie waren, na ja, eine weitere Rasse unter Millionen. Was können wir von ihnen lernen, das wirklich zählt? Oh, ich nehme an, Sie hoffen auf eine neue Technik oder Kunstform oder was auch immer, die die Zivilisation revolutionieren wird. Aber Sie wissen wahrscheinlich besser als ich, wie gering diese Chance ist. Währenddessen haben wir da unten Menschen, die am Leben sind und denen es schlechtgeht, und zwar jetzt.«

»Dieser Planet wird zur gegebenen Zeit für die Besiedlung freigegeben, eine Region nach der anderen?«

»Wann ist zur gegebenen Zeit? Wie lange dauert das noch? Wie viele werden inzwischen sterben, die ein glücklicheres Leben hätten führen können?«

»Emigranten werden daheim immer von neuen Geburten ersetzt. Auf lange Sicht macht der exakte Zeitpunkt der Auswanderung keinen Unterschied.«

»Vergessen Sie die lange Sicht und denken Sie an Fleisch und Blut.«

Trevelyans Zorn durchbrach seine Kontrolle. »Verschonen Sie mich mit diesem Quatsch, Murdoch«, fauchte er. »Sie sind ungefähr so altruistisch wie eine Blasterkanone.«

»Und Sie«, zischte Faustina, »Sie sind eine Maschine. Ich freue mich schon darauf, Sie umzubringen – Sie abzuwracken!«

»Hey, hey, immer langsam«, sagte Murdoch. »Bleib ruhig, und laß uns vernünftig miteinander reden.«

Er sah einen Moment lang zu Boden, bevor er sich wieder aufrichtete, Trevelyan direkt ins Gesicht schaute und sagte:

»Ich will Ihnen sagen, wie es steht. Als wir merkten, daß wir verfolgt wurden, beschlossen wir, Sie weiter hinter uns herzulokken. Wenn die Supernova nämlich erst einmal gemeldet war, würden alle in diesen Sektor einfallen, und dann würde vielleicht jemand anders Good Luck finden.

Sie hätten umkehren und nach Hause fliegen können, ohne zu landen. Wenn Sie das getan hätten, wären wir zu den nächstgelegenen von Menschen bewohnten Planeten aufgebrochen. Wir hätten einen Haufen Männer zusammengetrieben, sie umsonst hierher transportiert und dafür gesorgt, daß sie hier energisch die Arbeit aufgenommen hätten, bevor Sie im Hauptquartier irgendeine Aktion auf die Beine stellen könnten. Vielleicht hätte das gereicht, Sie davon abzuhalten, irgendwas zu unternehmen.«

»Ich dachte mir schon, daß Sie diesen Plan hatten«, sagte Trevelyan. »Auf meinem Rückweg werde ich jede Welt im Skorpius aufsuchen und bekanntgeben, daß dieser Planet gesperrt ist, um kulturelle Werte zu schützen. Natürlich werde ich seine Lage nicht allzu genau angeben. Wenn dann noch jemand wissentlich hierherkommt, wird es einen gewaltsamen Einsatz des Dienstes erforderlich machen und rechtfertigen. Wir dürfen nicht zulassen, daß ein Präzedenzfall geschaffen wird.«

»Wie kommen Sie auf die Idee, daß Sie zurückfliegen?« fragte Faustina. Sie grinste haßerfüllt.

»Bleib ruhig«, wiederholte Murdoch, und zu Trevelyan gewandt: »Ich hoffte, Sie würden landen, wie Sie's auch getan haben. Ich hab' Ihnen mit einer großen roten Fahne gewunken, nicht? Ich wußte, daß Sie waffenmäßig nicht so gut bestückt sein konnten wie mein Schiff, verstehen Sie. Jetzt hab' ich Sie.«

»Was haben Sie mit mir vor?« erwiderte der Koordinator.

»Na ja, ich gebe zu, manche meiner Freunde sind ein bißchen – äh – hitzig«, sagte Murdoch. »Aber ich sehe keinen Sinn darin, Sie zu töten. Das will ich ganz bestimmt nicht. Für einen Cordy sind Sie gar nicht so übel, Mike. Und auf der Erde können sie nicht die geringste Ahnung haben, wo wir hingeflogen sind. Ich hab' nicht die Absicht, dahin zurückzukehren; meine Kredite sind schon arrangiert. Wenn man mich später nach Ihnen fragt, tja, dann hab' ich nie was davon gemerkt, daß Sie mir zu folgen versuchten. Sie müssen irgendwie verunglückt sein, und das tut mir schrecklich leid. Vielleicht nehme ich Ihr Boot und lege ein paar falsche Spuren.«

Er ließ seine zurückhaltende Maske fallen und strahlte: »Ich sag' Ihnen was, Mike«, fuhr er fort. »Wir wollen mal sehen, ob wir für Sie nicht eine nette Insel mitten im Meer draußen finden. Wir lassen Ihnen Werkzeug und Nahrungsmittel da und zeigen Ihnen, was man gefahrlos essen kann. Ihr Cordys sollt ja Philosophen sein. Sie müßten eigentlich froh sein, ein paar Jahre Zeit zum Nachdenken zu haben. Wenn Sie wollen, könnte ich Ihnen eine Frau besorgen. Und sobald ich kann, bringe ich Sie zu dem Raumhafen, den wir bis dahin gebaut haben. Ist das nicht ein fairer Vorschlag?«

Trevelyan nahm den Atemzug, den er eben getan hatte, das Licht, das er sah, und den Willen, der wie eine echte Flut in ihm hochstieg, mit allen Sinnen wahr. »Lassen Sie mich sichergehen, daß ich Sie richtig verstehe«, sagte er. »Haben Sie ernsthaft die Absicht, mich irgendwo auszusetzen, damit ich die Fakten dieses Falles nicht melde?«

»Das ist viel zu gut für Sie«, meinte Faustina. »Aber wenn Juan so zart besaitet ist, ja.«

»Ist Ihnen klar, daß damit eine schwerwiegende Verletzung meiner persönlichen Integrität verbunden ist?« fragte Trevelyan. »Ist Ihnen klar, daß das eine direkte Behinderung eines Beamten der Union bei der Ausübung seiner Pflicht bedeutet?«

Murdoch lief rot an. »Scheiß auf Ihre Pflicht!«

»Ich verlange, daß Sie mich zu meinem Raumschiff zurückkehren und ungehindert abfliegen lassen«, erklärte Trevelyan.

Faustina kicherte.

»Sie werden es nicht tun?« Trevelyan wartete. Eine Brise wisperte.

»Also schön«, sagte er. »Ich kann jetzt unter der Gehirnphasierung bezeugen, daß Sie genügend versuchter Verbrechen schuldig sind, um Ihre Festnahme zu rechtfertigen. Werden Sie widerstandslos mit mir kommen?«

»Haben Sie Ihren Orbit verloren?« rief Murdoch aus.

»Da Sie zudem noch Widerstand gegen die Festnahme leisten«, sagte Trevelyan, »besteht unbestreitbar die Notwendigkeit, Gewalt anzuwenden.«

Die Wachen redeten unverständliches Zeug, fluchten und legten die Waffen an. Faustina zischte. Murdochs Hand schnellte zu seiner Pistole.

Trevelyan faltete ostentativ die Arme und sagte: »Wenn mein Dienst eure Rechte nicht respektiert, ist die Zivilisation wertlos.

Aber die Zivilisation hat ihre eigenen Rechte. Ich gebe zu, daß ich eure Gedanken von meinem Partner abgelenkt habe«, – er hörte ein Keuchen und einen Fluch – »aber damit ist wohl kaum der Tatbestand der Verführung erfüllt. Er hockt auf einem akkumulatorgetriebenen Grav-Schlitten unter einem Dach in dieser Stadt, und zwar mit mehreren Atomraketen. Über ein Minifunkgerät in meiner Tasche hat er unser Gespräch mitgehört. Wenn ihr euch nicht ergebt, wird er euch vernichten.«

Er schenkte dem Tumult unter den Wachen nur am Rande Beachtung. Seine Aufmerksamkeit ruhte ganz und gar auf ihren Anführern.

Murdoch zerrte einen Sender-Empfänger aus seiner Jacke und sprach einen Befehl hinein. »Gib ihnen eine Demonstration, Rauchschmied«, sagte Trevelyan.

Niemand sah den Torpedo aufsteigen. Es ging zu schnell. Für einen Augenblick gleißte der Himmel in Flammen, deren Farben direkt aus der Hölle zu stammen schienen. Die Stoßwelle schlug zu, wegen der Höhe nicht übermäßig stark, aber sie schüttelte die Männer durch, wo sie standen, und dröhnte ihnen in den Ohren. Die Knochen vor dem Tempel erzitterten.

»Ein bißchen nah«, sagte Trevelyan. Er merkte, daß sein eigener Körper zitterte und daß er einen trockenen Mund hatte. Ganz weit hinten kam ein Teil von ihm zu dem Schluß, daß dies eine unvollkommene Reaktion war und daß er mehr Training brauchte. Seine Stimme und sein Verstand jedoch waren kühl wie Stahl. »Wir könnten Antistrahlungs-Spritzen brauchen. Ich denke, Sie sind mit mir der Meinung, Juan, daß die nächste genau hier herunterkommen kann. Danach wird mein reardonitischer Freund keine Probleme haben, Ihre Wächter wegzuputzen.«

»Sie werden auch sterben«, stöhnte Murdoch.

»Das will ich nicht«, sagte Trevelyan, »aber hier steht viel mehr auf dem Spiel als das, was ich will.«

Faustina schnellte hinter Murdoch herum. Sie zog ihm die Waffe aus dem Holster, warf sich nach vorn und rammte Trevelyan die Mündung in den Bauch. »Uuff!« würgte er. *Ich mache nicht gerade eine heroische Figur, was?* durchzuckte es ihn. *Aber die Geschöpfe hier haben auch nur soviel Würde gehabt, wie sie selbst aufbieten konnten, nachdem der sinnlose Zorn des Himmels über sie hereingebrochen ist.*

»Ich bringe Sie selbst um!« tobte sie.

Er kannte Tricks, die Waffe beiseite zu schlagen und sie ihr wegzunehmen. Aber es waren noch andere auf ihn gerichtet. Er sah ihr in die Augen, aus denen die Tränen strömten, und sagte: »Warum sollte mein Partner euch nicht vernichten, wenn Sie das tun?«

Murdoch wand ihr die Waffe aus der Hand. Sie fuhr ihm mit den Fingernägeln ins Gesicht. Er schlug sie nieder. Keuchend und schweißüberströmt fragte er: »Was wollen Sie?«

»Wenn Sie etwas über Reardoniten wissen«, sagte Trevelyan und sah, daß Murdoch es tat, »dann ist Ihnen wohl klar, daß es Rauchschmied nichts ausmachen wird, mich zusammen mit euch zu vernichten. Aber er ist ebenfalls der Meinung, daß es nicht wünschenswert ist. Ebensowenig wie die Zerstörung dieses schönen Ortes. Schließen wir einen Kompromiß.«

»Ich habe gefragt, was Sie wollen, Sie Teufel?«

»Sicheres Geleit zurück zu meinem Schiff. Rauchschmied wird mich per Funk überwachen. Ihr Schiff bleibt an Ort und Stelle. Beim ersten Anzeichen irgendeiner Täuschung schießt er. Schlimmstenfalls muß er beide Schiffe eliminieren, verstehen Sie, und darauf hoffen, daß diese Welt von jemandem wiederentdeckt wird, der sie respektiert. Sobald ich in der Luft bin, werde ich rasch noch einmal heruntergehen und ihn aufnehmen, zu schnell, als daß Sie rechtzeitig starten könnten. In diesem Punkt sind Sie hilflos; aber keine Angst. Mit einem Vorsprung und meinem schnelleren Schiff werde ich vor Ihnen auf den Grenzplaneten sein und Verbote erlassen. Niemand wird Ihnen folgen, wenn er weiß, daß er sich damit Kriegsschiffe auf den Hals holt. Ich schlage vor, Sie suchen sich einen unbekannten Ort und halten sich versteckt.«

Murdoch schlug seine Faust in die Handfläche, wieder und wieder. Für einen Moment sah er alt und ausgehöhlt aus.

Dann erwachte seine Fröhlichkeit. »Sie gewinnen auch diesmal, Mike«, sagte er. »Ich eskortiere Sie persönlich zu Ihrem Boot. Hier.« Er hielt ihm seine Pistole hin. Trevelyan nahm sie.

Faustina setzte sich auf. An ihrem schmalen Unterkiefer breitete sich ein blauer Fleck aus, wo sie die Faust ihres Geliebten getroffen hatte. Sie sah sie beide durch Tränen und verfilzte Locken hindurch an und war nichts anderes mehr als ein verwirrtes, verprügeltes Kind.

»Warum?« bettelte sie. »Warum können wir kein Patent bekommen – wo w-w-wir doch die Supernova für euch entdeckt haben. Sie tun das – machen alles kaputt für . . . zwei- oder dreihundert Spezialisten – und deren *Neugier*?«

Trevelyan hockte sich vor sie hin. Er nahm ihre beiden Hände in seine eine Hand, und die andere beschrieb einen Kreis und zeigte schließlich zum Tempel. »Nein«, sagte er ganz sanft. »Für sie. Haben sie keine Rechte? Daß jemand kommt, um sie kennenzulernen, damit sie für uns nicht verloren sind.«

Aber sie verstand ihn nicht. Wir wachen über den Großen Pakt, den innersten Kern der Zivilisation, der Gesellschaft und schließlich des Lebens selbst: den unausgesprochenen Pakt zwischen den Lebenden, den Toten und den Ungeborenen, daß sie alle nach unseren besten, armseligen vergänglichen Fähigkeiten in der Einheit der Zeit eins bleiben. Ohne das hätte nichts einen Sinn, und es könnte sein, daß nichts bleiben würde. Aber die jungen Generationen haben so oft kein Verständnis dafür.

Danach fand Trevelyan nie wieder Befriedigung in seiner Arbeit. Die Unbeständigkeit des Lebens in einem gleichgültigen Universum verspottete seine nach Strukturen suchende Rationalität. Er wußte, daß seine Zivilisation und seine Rasse so vollständig zugrunde gehen konnten wie die Wesen, welche die Supernova getötet hatte.

Ein paar Jahre später nahm er eine Nomadin zur Frau und seinen Abschied vom Dienst, um mit auf ihr Schiff zu kommen. Er fand die festgefügte, traditionsbeladene Lebensweise der Nomaden befriedigender als die atomisierte, rein intellektuelle Existenz, die man auf der Erde für normal hielt. Noch bevor er ein Klanmitglied auf der Peregrine *wurde, ging Trevelyan in die Legende ein, weil er ein Komplott der technikfeindlichen Alori vereitelt hatte, den menschlichen Charakter zu zersetzen.*

Einen und sogar viele äußere Feinde konnte man besiegen; aber gegen den Feind im Innern gab es keine Verteidigung. Bei der allgemein vorherrschenden seelischen und geistigen Entwicklungsstufe konnten die eingewurzelten Widersprüche zwischen Individuen und Gesellschaftsformen nicht gelöst werden. Die Datenmenge, die gesammelt werden mußte, um Entscheidungen treffen zu können, überstieg die Kapazität jeder Organisation, sie zu verstehen, und noch viel mehr, sie zu koordinieren. Die Stellare Union flog auseinander wie eine überdrehte Feder.

Aber wie Trevelyan weise vorausgesehen hatte, trugen die selbstgenügsamen, unternehmungslustigen Nomaden das vielfältige Saatgut des Wissens sicher durch das Dritte Dunkle Zeitalter. Die Vorläufer unserer eigenen Zivilisation gehörten zu denen, die ernteten, was die Nomaden gesät hatten.

In der ungewissen Dämmerung des 5. Jahrtausends hatten die weit verstreuten Kinder der Erde sie so gut wie vergessen. Die Wiege der Menschheit war »weniger ein Planet und ein Volk als vielmehr ein Traum« geworden. Aber selbst Träume müssen einmal enden.

EIN KAPITEL SCHLIESST

»Nein«, sagte der alte Mann.

»Aber du kannst dir nicht vorstellen, was es bedeutet«, sagte Jorun, »du weißt nicht, was du gerade aussprichst.«

Der alte Mann – Kormt von Huerdar, Sohn des Gerlaug und Sprecher für Solis Bürgerschaft – schüttelte den Kopf, und die krausen Locken wirbelten um seine breiten Schultern.

»Ich habe es durchdacht«, sagte er. Seine Stimme war langsam, tief und unversöhnlich. »Du gabst mir fünf Jahre, darüber nachzudenken, und meine Antwort ist – nein.«

Jorun fühlte eine aufsteigende Müdigkeit in sich.

»Du hast nicht alles durchdacht«, sagte er kalt. »Du warst nur gedankenlos empfindlich für ein totes Symbol. Das ist keine menschliche Reaktion, sondern eine Reflexhandlung.«

Kormts Augen, aus deren Winkeln Krähenfüße zogen, waren heiter und ruhig unter den dichten Brauen. Er lachte leicht in seinen grauen Bart, gab aber keine Antwort. Hatte er die Beleidigung nicht verstanden oder sie einfach an sich abgleiten lassen? Es kam kein rechtes Gespräch mit diesen Bauern zustande, der Abstand zwischen den Partnern war zu groß, und dieser Abgrund konnte nicht überschritten werden.

»Gut«, sagte Jorun. »Die Schiffe werden morgen oder übermorgen hier sein, es wird etwa einen weiteren Tag erfordern, um alle unsere Leute an Bord zu bringen. Du hast noch Zeit, dich zu entscheiden, aber nachher wird es zu spät sein. Ich bitte dich, denke darüber nach – was mich angeht, ich bin zu beschäftigt, um weiter zu diskutieren.«

»Du bist ein guter Mann und weise in deiner Art, aber du bist blind. Etwas in dir ist gestorben.« Kormt winkte mit seiner knorrigen Hand. »Schau dich um, Jorun von Fulkhis. Dies hier ist die Erde. Es ist die Heimat der gesamten Menschheit. Du kannst nicht weggehen und sie vergessen. Ein Mensch kann dies nicht tun, es ist in ihm, in seinem Blut und seiner Seele. Er wird für immer die Erde in sich tragen.«

Joruns Augen wanderten entlang dem Bogen von Kormts Arm. Sie standen am Rande der Stadt. Hinter ihnen lagen die Häuser, niedrige Holzbauten, gedeckt mit Stroh oder roten Ziegeln. Rauch kam aus den Kaminen. Geschnitzte Galerien hingen über den verrückten Windungen der Straßen. Der Lärm von Rädern und Holzschuhen, das Lachen spielender Kinder drang an ihre Ohren. Jenseits davon waren Wälder und die unglaublich zerfallenen Mauern von Sol City. Die Hügel waren gerodet und gaben den Blick frei auf die sanfte Landschaft sauberer Felder und die entfernt glitzernde See. Verstreute Gehöfte, schläfriges Vieh und gewundene Kieswege, Umzäunungen aus altem Marmor und Granit – alles träumte unter der Sonne.

Jorun atmete tief, der Geruch nach Laub, ausgedörrter Erde und der salzige Geschmack der See bissen in seiner Nase. Er dachte, daß es keine zwei Planeten gab, die den gleichen Geruch hatten, und keinen einzigen, der den Reichtum der Erde besaß.

»Es ist eine schöne Welt«, sagte er langsam.

»Es ist die einzige. Der Mensch kommt von hier und hierher muß er am Ende zurückkehren.« Kormts Stimme war kompromißlos.

»Ich weiß nicht –« Jorun seufzte. »Nimm mich, nicht ein Atom meines Körpers war von diesem Boden, bevor ich landete. Seit Ewigkeiten lebt mein Volk auf Fulkhis, bemüht, sich den Bedingungen anzupassen. Es würde hier nicht glücklich werden.«

»Die Atome sind nichts. Die Form ist von Wichtigkeit. Sie wurde dir von der Erde gegeben.«

Jorun sah den Alten an. Kormt war so wie die meisten seines Zehnmillionenvolkes – stämmig und düster. Er verfügte über ein hohes Alter, zu hoch für einen Primitiven, der nicht medizinisch behandelt wurde. Er mußte bald zweihundert Jahre alt sein, aber sein Rücken war gerade und sein Schritt fest. Das grobe Gesicht mit der markanten Nase enthielt eine merkwürdige Kraft. Jorun selbst näherte sich seinem tausendsten Geburtstag, aber in Kormts Gegenwart fühlte er sich wie ein Kind.

Es war sinnlos. Die wenigen Bewohner Terras waren ein zurückgebliebenes Volk armer Bauern, unwissend und uninteressiert. Was konnten sie der alten und mächtigen Kultur entgegensetzen, die diesen kleinen Planeten fast vergessen hatte? Kormt sah auf die untergehende Sonne.

»Ich muß jetzt gehen«, sagte er, »falls du mich zu sehen wünschst, ich werde heute abend in der Stadt sein.«

»Wahrscheinlich, denn es gibt eine Menge zu tun, um die Evakuierung einzuleiten. Du bist eine große Hilfe.«

Der Alte verbeugte sich mit umständlicher Höflichkeit, wandte sich um und ging davon. Er trug das gewöhnliche Gewand der Männer, veraltet im Material wie im Schnitt. Lockere Hosen aus fabrikgewebtem Stoff, eine Jacke und einen Hut. Verglichen mit deren eintönigem Blau war Joruns Tunika in ihren wechselnden Regenbogenfarben wie ein loderndes Feuer. Der Psychotechniker seufzte, als er ihn gehen sah. Er hatte eine Schwäche für den alten Burschen. Es würde verbrecherisch sein, ihn zurückzulassen. Aber das Gesetz verbot geistigen oder physischen Zwang. Die Arbeit war, die menschliche Rasse zu erhalten.

Eine liebliche Welt. Joruns bewegliches Gesicht – blaß und großäugig – sah rund um den Horizont. Eine schöne Welt, die uns hervorbrachte. Es gab schönere Planeten in der endlosen Weite der Milchstraße – den indigoblauen Ozean Loas, die himmelstürmenden Berge Sharangs und den Himmel von Jareb, der aus tropfenden Lichtern zu bestehen schien – oh, viele und viele, aber es gab nur eine Erde.

Jorun erinnerte sich seines ersten Eindrucks, den er von diesem Planeten bekommen hatte, als er nach dem mörderischen Zehntagerennen durch 30000 Lichtjahre hierher gelangt war. Er kam von Corazuno, und die Erde erschien vor seinen Augen. Ein polierter Schild in Blau, geschmückt mit den Farben des Landes, die Pole gekrönt vom schimmernden Dunst der Morgenröte. Schatten von Wolken und der graue Sturz des Regens. Jenseits des Planeten hing sein Mond, er hatte sich gefragt, wie viele Generationen schon zu dieser Sichel hinaufgesehen oder sein Licht betrachtet hatten, das wie eine Brücke über bewegtem Wasser lag. Wie ein Hafenzeichen stand die Erde gegen die enorme Schwärze des Himmels.

Für Jorun, der aus dem Zentrum der Galaxis kam, war der Himmel kahl. Dies hier war der äußerste Rand, wo die Sterne nur spärlich gesät waren. Er war die unzähligen Sternenmassen des Zentrums gewohnt, hatte etwas gefröstelt und seine Hülle aus Luft und Wärme enger in einer krampfartigen Bewegung um sich gezogen. Die Stille hatte in seinem Kopf getrommelt, und er hatte sich rüsten müssen für das Treffen seiner Gruppe auf dem Nordpol.

Gut, dachte er, wir haben eine nette Routineaufgabe. Die erste Expedition vor fünf Jahren bereitete die Eingeborenen auf die Geschehnisse vor. Unsere Gruppe hat lediglich die Bauern für die Schiffe zu organisieren. Aber das war eine Menge harter Arbeit gewesen, und er war müde geworden. Es würde gut sein, den Job zu beenden und nach Hause zurückzukehren.

War es tatsächlich so?

Er dachte auch an den Flug mit seinem Teamkameraden Zarek von dem Poltreffen in dieses Gebiet, das ihnen zugeteilt worden war. Ebenen aus windgekräuseltem Gras, verdunkelt von Herden wilden Viehs, Forsten mit mächtigen Bäumen, Hunderte von Kilometern weit, mit dem stählernen Schimmer der Flüsse und Seen. Warmer Regen brach den vergossenen Sonnenschein, dessen Strahlen Joruns Augen blendeten. Alles war von Menschen verlassen, aber von einer furchterregenden Vitalität. Seine eigene Welt von Ödland und Klippen in den zerrissenen Seen war ein Geizhals neben dieser hier. Hier erfüllte Leben die Ozeane, die Erde und der Himmel klangen davon. Er fragte sich weiter, ob diese Kraft im Menschen, die Energie, die ihn zu den Sternen trieb, ihn zum Halbgott und Halbdämonen machte, das Vermächtnis der Erde darstellte. Gut – der Mensch hatte sich verändert und sich an die Verhältnisse gewöhnt, die auf den kolonisierten Planeten herrschten. Die meisten Rassen konnten sich hier nicht mehr wohl fühlen. Jorun dachte an seine Begleiter, den bernsteinhäutigen Chuli der Tropenwelt, der über Kälte klagte, den schmalbrüstigen und fröhlichen Cluthe und die intellektuelle Taliuvenna mit dem fliegenden Haar und den glänzenden Augen, nein – für sie war die Erde nur ein weiterer Planet unter den Tausenden, die sie in ihrem langen Leben gesehen hatten.

Und er, Jorun, war ein sentimentaler Narr.

Er hätte durch seinen Willen das Gefühl des Bedauerns herauszwingen können, aber er wollte es nicht. Dies war das unwiderruflich letzte Mal, daß menschliche Augen jemals auf die Erde schauen konnten, und irgendwie fühlte er, daß es ihm mehr sein sollte als nur eine psychotechnische Arbeit.

»Hallo, guter Herr!«

Er wandte sich der Stimme zu und brachte seine müden Lippen lächelnd auseinander. »Hallo, Julith«, sagte er. Sie war eine Ururenkelin des Sprechers. Etwa vierzehn Jahre alt, sommersprossig, mit scheuem Lächeln und ruhigen, grünen Augen. Sie schien phantasiereicher als ihre Kameradinnen und knickste in unbeholfener Anmut. Unter dem Arbeitskittel sahen ihre bloßen Füße hervor.

»Bist du beschäftigt, guter Herr?«

»Ja, aber nicht zu sehr.« Er war froh über die Gelegenheit, sich unterhalten zu können. Es beruhigte seine Gedanken.

»Was kann ich für dich tun?« Sie zögerte, dann sprach sie atemlos.

»Ich möchte gern, daß du mich an den Strand hinunterbringen würdest, nur für wenige Stunden. Es ist zu weit zum Gehen, ich kann mir keinen Wagen oder ein Pferd leihen. Aber nur, wenn es keine Umstände macht, Herr.«

»Solltest du nicht eigentlich zu Hause sein?«

»Ich brauche nicht zu melken oder dergleichen, mein Vater ist Bäcker.«

Jorun überlegte kurz. Er hatte noch in der Stadt zu tun, und es war nicht anständig, Zarek warten zu lassen. Aber es stellte die letzte Gelegenheit dar, den Strand zu sehen. Sein Mund verzog sich ein wenig.

»Warum willst du zum Strand, Julith?«

»Morgen habe ich keine Gelegenheit mehr.«

»In Ordnung«, sagte er, »ich trage dich.«

»Du bist sehr freundlich, guter Herr«, dankte sie ernst.

Er antwortete nicht, sondern streckte seinen Arm aus, sie umklammerte ihn mit einer Hand, während sie den Arm um seine Taille legte. Der natürliche Generator unter seiner Schädeldecke antwortete seinem Willen, faßte hinaus und krallte sich an das Gewebe der Kräfte und Energien, die das Weltall darstellte. Sie erhoben sich ruhig und schwebten so langsam seewärts, daß er keinen Windschirm auswerfen mußte.

»Werden wir ebenso fliegen können, wenn wir zu den Sternen kommen?« fragte sie.

»Ich fürchte, nein. Du siehst, Julith, die Leute meiner Rasse sind so geboren. Vor Tausenden von Jahren lernten die Menschen die großen Grundkräfte des Kosmos mit einem kleinen Aufwand an Energie zu kontrollieren. Zum Schluß gebrauchten sie künstliche Mutation – sie änderten sich selbst. Langsam, über viele Generationen hinweg, lernten sie mit den Kräften umzugehen. Eines Tages wuchs in ihren Hirnen ein neues Teil, das diese beherrschende Kraft erzeugen konnte. Wir vermögen uns mit diesen Fähigkeiten sogar zwischen den Sternen zu bewegen. Aber euer Volk hat diese Kraft nicht, so haben wir Raumschiffe gebaut, um euch fortzubringen.«

»Ich sehe es ein«, sagte sie.

»Eure Ururenkel können wie wir diese Fähigkeiten haben, wenn sie sich verwandeln lassen wollen.«

»Sie wünschten es vorher nicht, ich glaube, sie möchten sich auch nicht in der neuen Heimat verwandeln lassen.«

Es war keine Bitterkeit, sondern eine sachliche Feststellung.

Jorun persönlich zweifelte daran. Der psychische Schock dieser Entwurzelung würde zwangsläufig die Tradition zerstören. Es würde keine Jahrhunderte dauern, bis sie kulturell der Galaxis angeglichen waren. Angeglichen, ein hübscher Ausdruck. Warum nicht gleich – verspeist?

Sie landeten am Strand. Er war weiß und lief von dem salzgebleichten Gras zu der Brandung. Die Sonne stand tief und schien durch den Dunst, verwandelte ihn in Gold. Jorun sah direkt in ihre riesige Scheibe. Er setzte sich, und der Wind füllte seine Nase mit scharfem, nassem Geruch. Der Sand knirschte. Er nahm eine Muschel, wendete sie in seinen Fingern und staunte über ihre komplizierte Architektur.

»Wenn du sie ans Ohr hältst, kannst du die See hören«, sagte Julith. Die rauhen Silben klangen durch ihre kindliche Sprache in seltsamer Zärtlichkeit. Er nickte und gehorchte ihrem Wink. Es war nur der kleine Laut des Pulsschlages in ihm – man hörte ihn auch in der Stille des Alls, aber hier sang die Muschel von rastloser Unermeßlichkeit, Wind und Gischt und den langen Wolken unter dem Mond.

»Ich habe zwei für mich selbst«, meinte Julith, »ich habe sie, damit ich immer an diesen Strand erinnert werde. Meine Kinder und deren Kinder werden sie auch halten und unser Meer in ihnen hören.« Sie faltete die Finger um die Muschel.

»Nimm diese für dich selbst«, sagte sie.

»Danke.« Die Wogenkämme rollten gegen das Land, die Menschen nannten sie die Pferde Gottes. Eine Wolke im Westen wechselte ihre Farbe.

»Gibt es Ozeane auf unserem neuen Planeten?«

»Ja, es ist die erdähnlichste Welt, die wir fanden. Sie war noch nicht bewohnt, und ihr werdet dort glücklich sein.«

Aber die Bäume und Gräser, die Fische und die Vögel, Erdboden und Tiere, Gestalt und Farbe, Geschmack und Gewebe, all dies ist anders. Der Unterschied ist unbeträchtlich, aber der Abgrund zweier Millionen Jahre unterschiedlicher Entwicklung klafft zwischen ihnen. Keine andere Welt kann ganz so sein, wie die Erde, dachte er bei sich.

Julith sah ihn aus ernsten Augen an.

»Fürchtet sich dein Volk vor den Hulduvianern?« fragte sie.

»Aber nein, natürlich nicht.«

»Warum gebt ihr ihnen aber dann die Erde?«

Ihre Stimme zitterte ein wenig, als sie dies fragte.

»Ich dachte, euer ganzes Volk kennt die Gründe inzwischen. Die Zivilisation der Menschen hat sich auf den Mittelpunkt der Galaxis hin entwickelt. Dieser Teil des Alls bedeutet für uns gleichsam Wüste. Du hast keinen Eindruck von Sternenlicht gehabt, bis du nicht bei Sagittarius warst. Die Hulduvianer sind eine andere Kultur. Sie gleichen uns nicht im mindesten. Sie leben auf großen, giftigen Planeten wie Jupiter und Saturn. Sie sind uns so fremd, daß sie nicht einmal den Eindruck von Ungeheuern machen. Keine Seite versteht die andere.

Sie gebrauchen auch kosmische Energie, aber in einer Weise, die sich von unserer sehr unterscheidet. Verschiedene Gehirne, verstehst du? Es wurde beschlossen, daß die beiden Zivilisationen am besten fahren würden, wenn sie durch weite Distanzen voneinander getrennt wären. Die Aufteilung der Galaxis, wie sie vorgenommen wurde, hat sich als absolut störungsfrei herausgestellt. Sie waren sogar so freundlich, uns das Zentrum zu überlassen. Sie selbst zogen sich an den Rand der Milchstraße zurück, obwohl dort wesentlich weniger Sterne sind.

Durch dieses Abkommen sind wir verpflichtet, alle Menschen und menschenähnlichen Wesen aus ihrem Gebiet auszusiedeln, bevor sie kommen. Sie werden das gleiche tun und aus unserem Gebiet verschwinden. Ihre Kolonisten werden noch jahrhundertelang nicht zu Jupiter und Saturn kommen, aber wir müssen den Siriussektor reinigen, denn es ist noch viel Arbeit in anderen Bezirken. Zum Glück leben hier nur wenige Menschen, seit vor 50000 Jahren das Erste Imperium fiel.«

»Aber das Volk des Siriussektors sind wir!« Juliths Stimme bebte.

»Und das Volk von Alpha Centauri und Procyon und Sirius und – oh, Hunderte anderer Sterne. Doch alle zusammen sind nur ein Tropfen in den Trillionen der Galaxis. Siehst du es nicht ein, Julith, ihr müßt gehen für das Wohl von uns allen?«

»Ja«, sagte sie, »ich weiß dies alles.«

Sie stand auf und schüttelte sich.

»Gehen wir schwimmen!«

Jorun schüttelte den Kopf und lachte.

»Nein, ich warte auf dich, wenn du gehen willst.«

Sie nickte und rannte den Strand hinab. Sie verschwand hinter einer Düne, um sich den Badeanzug überzustreifen. Jorun sah in den Himmel.

Der Abendstern sah heraus, er war nicht sicher, ob es Venus oder Merkur war. Er sollte mehr wissen, über die Menschheitsgeschichte und die ersten, die mit Raketen losrasten, um auf unbekannten Welten zu sterben. Die unbeholfenen Schritte zu den Sternen. Er konnte es nachlesen in den Archiven Corazunos, aber es war zu viel zu tun und zu denken, er würde nie Zeit dazu finden.

Unsere Grundeinheiten der Beschleunigung, der Zeit und der Länge, die Maßstäbe, mit denen wir die Planeten einstufen, alle lassen sich schließlich zur Erde zurückführen. Wir tragen dieses ungebaute Denkmal in uns, unsere Kultur deutet in der letzten Konsequenz immer auf die Erde. Aber sind wir wirklich noch Kinder dieser Erde?

Nun dachte er wie der alte, eigensinnige Kormt, der sich mit blinder Stärke an sein Land klammerte, einfach nur, weil es seines war. Wenn man all die verschiedenen Völker dieser wandernden Gattung Homo sapiens betrachtete – es gab viele Arten zwischen den Sternen –, dann waren sie alle Zellen der großen Kultur, die hier ihren Anfang genommen hatte. Hätte nicht der erste behaarte Halbmensch ein Feuer gegen die Nacht angezündet, wären nicht Dunkelheit, Kälte und wilde Tiere gewesen, Feuerstein und Sauerstoff, so wäre diese Kultur nie zustande gekommen.

Ich werde unlogisch, zu müde. Die Nerven sind überbeansprucht, die psychosomatische Kontrolle schwindet. Ich beginne, in der Erde ein dunkles Muttersymbol zu sehen.

Julith kam zu ihm zurückgelaufen. Sie atmete schwer, ihr Gesicht war undeutlich in der Dunkelheit. »Ich möchte lieber nach Hause«, sagte sie. Er konnte nicht sagen, ob der Ton ihrer Stimme Lachen war oder Weinen.

Sie flogen langsam zurück. Die Stadt war ein Funkeln von Lichtern, Wärme schimmerte aus den Fenstern. Jorun setzte das Mädchen außerhalb ihres Hauses ab.

»Danke, guter Herr«, sagte sie knicksend. »Möchtest du zum Essen kommen?«

Die Tür öffnete sich und zeichnete das Mädchen schwarz ab gegen die Röte des Innern. Joruns leuchtende Tunika glühte auf wie eine Fackel in der Nacht.

»Es ist der Sternenmann«, sagte eine Frauenstimme.

»Ich nahm deine Tochter zum Schwimmen mit«, sagte er, »ich hoffe, es macht nichts aus.«

»Und selbst, wenn es etwas ausmachen würde, was hätte es noch zu bedeuten?« Ein Baß brummte. Jorun erkannte Kormt. Der Alte mußte hier zu Gast sein. »Was könnten wir jetzt noch dagegen unternehmen?«

»Alter, das ist keine Art, mit einem Herrn zu sprechen!«

»Er ist sehr freundlich gewesen. Möchtest du nicht kommen und mit uns essen, guter Herr?« Jorun verweigerte zweimal, für den Fall, daß es sich nur um höfliche Floskeln handelte, dann nahm er freudig an. Er war die Kost der Gasthäuser müde, in denen er und Zarek wohnten. Er trat ein, bückte sich unter der niedrigen Tür. Es war ein rauchgeschwärzter Raum – Küche, Eßzimmer und Wohnzimmer zugleich. Er war in einer unbeholfenen Eleganz eingerichtet, Eichenvertäfelung mit geschnitzten Ornamenten, gehämmertem Kupfer. Eine unglaublich alte Radiumuhr stand auf dem Kamin, eine chemische Flinte hing darüber.

Juliths Eltern – ein ruhiges Handwerkerpaar – führten ihn an das Ende des Holztisches, während ihn ein halbes Dutzend Kinder mit großen Augen beobachtete. Sie schienen die einzigen zu sein, denen die Auswanderung nichts ausmachte.

Das Essen war reichlich und gut. Sie aßen, was die Höfe produzierten. Es gab sogar Eis und Bier. Als sie fertig waren, wollte Jorun gehen, aber es wäre unhöflich gewesen. Er setzte sich auf einen Stuhl am Feuer, Kormt gegenüber, der eine großkopfige Pfeife stopfte. Schatten huschten über sein zerfurchtes Gesicht, die Augen schimmerten.

»Ich gehe bald mit dir hinunter in die Stadthalle. Das ist der Ort, denke ich, an dem die Registrierung weitergeht?«

»Ja«, sagte Jorun leise, »ich kann Zarek ablösen. Ich würde es begrüßen, wenn du mitkämst. Dein Einfluß ist sehr beruhigend auf die Gemüter.«

»So sollte es sein, ich bin schon seit hundert Jahren ihr Sprecher. Gerlaug, mein Vater, war es vor mir, sein Vater Kormt vor ihm.«

Er nahm einen Ast aus dem Feuer, hielt ihn über die Pfeife und sah ihn aus verwirrten Augen an.

»Wer war dein Großvater?«

»Ich weiß es nicht, ich denke, er lebt noch irgendwo, aber . . .«

»Ich dachte es. Keine Heirat, keine Familie, kein Heim, keine

Tradition.« Er schüttelte seinen wuchtigen Kopf. »Ich bedaure euch Galaktiker.«

Jorun holte tief Atem. Der alte Kerl konnte ihn ärgerlich machen.

»Wir haben Aufzeichnungen, die in eine Zeit zurückgehen, noch bevor die Menschen diesen Planeten verließen. Aufzeichnungen von allem. Du bist es, der vergessen hat.«

Kormt lachte und blies den Rauch in seine Richtung.

»Das ist es nicht, was ich meine.«

»Denkst du, es ist ein Fortschritt für die Menschheit, ein unveränderliches Leben zu führen, starr, gleichförmig von Jahrhundert zu Jahrhundert, ohne neue Träume, ohne neue Triumphe, immer derselbe Kreislauf des Gewöhnlichen? Ich kann dir nicht zustimmen.«

Einst war Terra das Zentrum des Universums gewesen, aber die lange Wanderung sternwärts nach dem Zusammenbruch des Ersten Imperiums zog die dynamischen Elemente der Bevölkerung hinweg, die Entwicklung dauerte jahrtausendelang. Die Zeremonien des Familienlebens, die Werte der Volkskunst und der Musik, der Religion waren den Galaktikern in dieser Spanne verlorengegangen. Aber für einen, der zwischen den Sternen flog, war dies eine vorüberhuschende Passage.

Kormts Stimme unterbrach Jorun in der Träumerei.

»Triumphe, Träume, Arbeit, Liebe und Leben, endlich der Tod und langer Schlaf in der Erde, diese Begriffe haben keineswegs die Notwendigkeit in sich, geändert zu werden. Für jedes neugeborene Kind sind sie bestimmend.«

Jorun konnte auf dieses Argument nichts erwidern.

»Schön«, begann er nach einer Weile. »Wie du weißt, wurde uns diese Evakuierung aufgezwungen, wir wollten euch nicht aussiedeln; wir mußten.«

»Oh«, sagte Kormt, »in diesem Punkte wart ihr sehr nett. Es würde uns wahrscheinlich in gewisser Hinsicht weniger schwerfallen, wenn ihr mit Ketten und Gewehren gekommen wärt.«

»In jedem Falle wird es für dein Volk sehr hart sein. Es ist ein Schock, und sie brauchen Führer, die sie durchbringen. Du hast die Pflicht, ihnen zu helfen.«

»Vielleicht.« Kormt blies Rauchringe auf seinen jüngsten Enkel, dieser krähte vor Vergnügen und kletterte auf seine Knie.

»Aber sie werden darüber hinwegkommen.«

»Du merkst anscheinend nicht«, sagte Jorun fast verzweifelt,

»daß du der einzige Mensch auf dieser Erde bist, der sich weigert, fortzugehen. Du wirst allein sein für den Rest deines Lebens. Wir können deinetwegen nicht zurückkommen, weil wir es nicht riskieren werden, die Kolonien der Hulduvianer zu passieren. Du wirst allein sein, sage ich.«

Kormt zuckte die Schultern. »Ich bin eben zu alt, um meine Ansichten zu ändern. Von den Nahrungslagern, die hier zurückgelassen werden, kann ich gut leben.« Er streichelte das Haar des Kindes, aber sein Gesicht war finster.

»Jetzt nichts mehr von all diesen Dingen, ich bin der Erörterungen müde.«

Jorun nickte, und Stille senkte sich über den Raum. Er dachte an Kormt, den letzten Mann der Erde. Allein lebend und allein sterbend und doch – diese Einsamkeit war nicht größer als die aller Menschen zu allen Zeiten. Kormt setzte das Kind ab, klopfte seine Pfeife aus und stand auf.

»Komm, guter Herr«, sagte er und griff nach seinem Stock. »Gehen wir.«

Sie gingen die Straße hinunter, unter den Lampen und an den gelben Fenstern vorbei, ihre Schritte klangen auf den Steinen. Dann und wann begegneten sie einer schemenhaften Gestalt, die sich vor Kormt verneigte – nur eine alte Frau, die weinend zwischen den Mauern hindurchhuschte, nahm keine Notiz von ihnen.

»Sie sagen, es gibt keine Nacht auf euren Planeten.«

»Manchen Planeten sind leuchtende Himmel gegeben worden, einige besitzen auch Städte, in denen es immer Tag ist. Aber wenn jedermann kosmische Energie kontrollieren kann, besteht kein Grund, zusammenzuleben. Die meisten sondern sich dann voneinander ab. Auf meinem Planeten gibt es sehr dunkle Nächte, ich sehe von meinem Haus nichts als Ödland.«

»Es muß ein sonderbares Leben sein, zu niemandem zu gehören«, sagte Kormt kopfschüttelnd.

Sie kamen auf den Marktplatz. Ein Brunnen stand in der Mitte des weiten Platzes. Eine Statue, die man aus den Ruinen gegraben hatte und der ein Arm fehlte, stand weiß in der erstarrten Bewegung eines tanzenden Mädchens unter dem Himmel. Jorun wußte, daß sich Liebende hier trafen, und der Gedanke schoß ihm durch den Kopf, wie unsagbar einsam diese Gestalt hier in den nächsten Äonen sein würde.

Die Stadthalle, ein altes Gebäude mit geschnitzten Drachenköpfen an den Regenrinnen, stand am Ende des Platzes. Viele Generationen hatten sich hier versammelt. Eine lange Kette von Menschen harrte vor dem Registrierpult, Jorun ging seitlich an ihnen vorbei.

Gesichter tauchten aus der Dunkelheit und prägten sich ihm ein. Eine Mutter, die murmelnd ihr Kind beruhigte, ein Bauer mit stechenden Augen, der einen Fluch zerbiß, als er Jorun sah. Der Rest schien sein Schicksal ruhig auf sich zu nehmen. Ein Priester hielt versunken Zwiesprache mit seinem Gott, ein junger Mann ballte und öffnete hilflos seine großen Hände.

Jorun kam zum Pult am Kopf der Reihe. Der massive, haarlose Zarek fragte jeden einzelnen geduldig. Name, Alter, Beruf, Angehörige und besondere Wünsche. Er tippte auf der Protokollmaschine. Eine halbe Million Einzelschicksale ruhte in deren Speicher.

»Ah – da bist du endlich.« Sein Baß polterte. »Wo warst du bis jetzt?«

»Ich hatte eine wichtige Unterhaltung über die Evakuierung. Es tut mir leid, daß ich zu spät kam. Ich kann jetzt die Arbeit übernehmen.«

»In Ordnung! Ich denke, wir können die Sache bis Mitternacht abgewickelt haben.« Zarek lächelte und schlug ihn auf den Rükken. Er ginge essen und dann schlafen, sagte er noch. Jorun entschloß sich zu der langen und sinnlosen Routinearbeit und winkte einem Terraner. Darin wurde er durch den gähnenden Kormt unterbrochen, der ihm eine gute Nacht wünschte. Ein anonymes Gesicht nach dem anderen zog an ihm vorbei. Er war erstaunt, als der letzte heraufkam. Es war ein kleiner Bursche, farbiger gekleidet als die anderen und mit hellen Augen. Er erklärte, daß er Händler sei. Für die Bauern war es bequemer, die Dinge bei ihm zu kaufen, als sie selbst herzustellen.

»Ich hoffe, du hast nicht zu lange warten müssen.«

»Nein, ich legte mich ins Bett und wartete, bis es soweit war; ich rechnete damit, daß die Bauern hier warten würden.«

»Klug von dir.« Jorun reckte sich und stand auf. Der Raum war eine stille, dämmerige Höhle.

»Guter Herr, ich bin ein mittelmäßig begabter Bursche, du weißt, daß ich gern meine Dankbarkeit ausdrücken würde für alles, was du für uns tust.«

»Ich würde nicht sagen, daß wir viel tun.« Jorun schloß die Maschine.

»Die Bauern würden es nicht gern hören, aber dies hier war kein Platz für jemanden mit Unternehmungsgeist. Ich wäre schon längst weg, wenn sich eine Möglichkeit geboten hätte. Jetzt, wenn wir in die Zivilisation zurückkommen, habe ich viele Möglichkeiten. In fünf Jahren mache ich mein Glück, wetten?«

Jorun lächelte ohne Überzeugung. Die Barbaren würden nicht die geringste Chance haben, an der gigantischen, galaktischen Kultur teilzuhaben, geschweige denn, sie zu erfassen. Er hoffte, diese Erkenntnis bräche nicht das Herz des kleinen Kerls.

»Nun – gute Nacht. Ich wünsche dir alles Glück.« Er ging hinaus auf den Platz. Er war vollständig leer, der kalte Strahl des Mondes übertraf das Licht der Lampen. Fern heulte ein Hund. Die Hunde, sofern sie nicht mitgenommen wurden, sie würden auch einsam sein.

Gut, dachte er, die Aufgabe ist erledigt. Morgen oder übermorgen kommen die Schiffe.

Er fühlte sich müde, wollte aber nicht schlafen. Er zwang sich zur Wachsamkeit. Er hatte wenig Gelegenheit gehabt, die Ruinen zu besichtigen. Er wollte sie sich jetzt bei Mondlicht ansehen. In der Luft schwebend, geisterte er über die Dächer, bis er zu der toten Stadt kam. Schwacher Luftzug murmelte um ihn, die Grillen und die See durchbrachen schwach die vollkommene Stille.

Sol City, die Hauptstadt des legendären Ersten Imperiums, war großartig gewesen. In ihrer Blüte erstreckte sie sich über vierzigtausend Quadratkilometer. Sie war das fröhliche und zauberhafte Herz menschlicher Kultur, gesättigt vom Lebensblut der Sterne. Genies mit auserlesenem Geschmack wurden ausgesucht, sie zu schaffen. Sie war keine bloße Gebäudeansammlung, sondern ein Ganzes, überstrahlt von der Spitze des Zentralpalastes. Sie war trotz der immensen Größe ein überwältigender Anblick gewesen, ein Funkeln von poliertem Metall, farbigem Stein und bunter Plastik, Musik und Licht.

Geplündert von den barbarischen Horden, die wie Maden durch die Knochen des gefallenen Imperiums schwärmten, ausgesetzt dem Wetter und geschüttelt von Veränderungen der Erdkruste, auseinandergebrochen von wuchernden Wurzeln und durchwühlt von einigen Generationen von Schatzsuchern und Archäologen, zu einem Steinbruch gemacht für die Bauern, die ihren Stein für die Hütten brauchten – aber immer noch wohnte Schönheit unter den zerbröckelnden Bögen, den umgestürzten Pfeilern und den blinden Fenstern. Es blieb ein Traum, den eine Rasse einst geträumt hatte.

Aber waren sie aufgewacht?

Jorun bewegte sich still über die Ruinen. Bäume wuchsen zwischen eingefallenen Blöcken, sprenkelten sie mit Licht und Schatten. Der Marmor einer Karyatide funkelte weiß im Mondlicht. Diese Mädchenfigur hatte einst Blöcke von Gestein wie Blumen in ihrem Haar getragen. Der beinahe vollständige Umriß eines Hauses hob sich gegen den Horizont ab, hier hatte einst ein Adeliger seine Freunde unterhalten.

Roben schillerten von unirdischer Schönheit, Juwelen schienen Feuer zu träufeln. Eilige Zwischenspiele zynischen Witzes blitzten über der Musik und den Bewegungen tanzender Mädchen. Hier schliefen einst Menschen, hatten sich geliebt und waren Seite an Seite gelegen in der Dunkelheit, um die festlichen Züge zu beobachten. Hier hatten Sklaven gearbeitet und geweint, Kinder unter Weiden gespielt. Es war eine grausame und schöne Zeit gewesen, sie war vergangen, doch sie hatte pulsiert.

Sie war von ihren späteren Kindern schon vergessen worden.

Eine Katze auf der Jagd sprang geräuschlos auf eine Mauer und glitt an ihr entlang. Jorun schüttelte sich und flog in das ehemalige Zentrum der Stadt. Eine Eule schrie irgendwo, und wie eine verdammte Seele flatterte eine Fledermaus ihm aus dem Weg. Er ließ die Luft der Erde um sich wehen.

Der Palast war völlig zerfallen, nur die zernagten Säulen eines ewigen Metalls stachen aus den Trümmern. Er mußte gigantisch gewesen sein. Die Menschen bauten heute selten in dieser Höhe, der menschliche Geist hatte sich gewandelt. Er war abstrakter geworden und suchte Größe in der Verinnerlichung. Hier aber hatten die Menschen die Macht des Himmels herausgefordert. Jorun setzte sich auf die Galerie eines Turmes, ein Habicht floh aus seinem Nest. Dann war Stille.

Nein – da war ein anderer Schrei, die Sternenbahnen entlangschallend. Ein dunkler Streifen huschte über den Mond. »Haay – ahh!«

Jorun erkannte den freudigen Ruf des jungen Cluthe, der durch den Himmel raste. Eine andere Gestalt folgte. Als sie sich näherten, erkannte er Taliuvennas geschmeidige Umrisse. Sie waren für die afrikanischen Gebiete abgestellt worden, aber sie spürten ihn und kamen aus der Luft, um sich neben ihm niederzulassen.

»Wie geht es dir«, fragte Cluthe, sein mageres Gesicht lachte im Mondschein. »Huuhh – welch ein Flug!«

»Alles in Ordnung. Fertig in eurem Sektor?«

»Ja – so dachten wir, wir sollten rasch zu dir herüberfliegen und die letzte Gelegenheit wahrnehmen, noch etwas von der Erde zu sehen.«

Taliuvennas volle Lippen verzogen sich, als sie über die Trümmer sah. Sie kam von Yunith, einem der wenigen Planeten, auf dem sie noch Städte hatten, und war ebenso ein Kind der hochfliegenden Arroganz wie Jorun eines seiner Hügel und Tundren war.

»Ich dachte, die Stadt wäre größer«, sagte sie.

»Nun – vor fünfzigtausend Jahren waren es stattliche Gebäude, man kann nicht mehr viel erwarten«, sagte Cluthe.

»Es ist noch einiges zurückgeblieben.« Jorun sah sich um. »Stücke, die aus irgendeinem Grunde nicht weggebracht wurden, du mußt nur näher hinsehen.«

»Ich sah einiges davon in den Museen. Ich muß sagen, gar nicht schlecht.«

»Los jetzt, Tally«, rief Cluthe, schlug ihr auf die Schulter und sprang in die Luft. »Da – du fängst mich!«

Sie kreischte vor Vergnügen und schoß ihm nach. Sie drehten sich durch leere Fensterhöhlen, schlängelten um geborstene Säulen und rasten durch die steinerne Wildnis. Ihre Schreie weckten einen Wirbel von Echo. Jorun seufzte.

Ich sollte lieber schlafengehen, dachte er, es ist schon spät.

Das Raumschiff wirkte wie ein Stahlpfeiler gegen den grauen Himmel. Noch stäubte feiner Regen herunter, aber wenn er aufhörte, würde die Hülle glänzen, als wäre sie poliert.

Die Menschenschlange bewegte sich immer weiter in das Schiff, sie schien für immer weiterzugehen. Einige der Schiffsmannschaft schwebten über ihnen und warfen Schutzschilde gegen den Regen aus. Die Menschen drückten vorwärts, ohne viel zu sprechen. Sie führten kleine Wagen mit sich, die mit ihren persönlichen Habseligkeiten beladen waren. Jorun stand abseits und beobachtete sie, ein Gesicht nach dem anderen zog vorbei, gegerbt durch die Sonne – Hände, schmutzig vom Boden der Erde. Gut, meinte Jorun, ich dachte schon, sie würden gefühlvoller sein, aber sie scheinen sich nichts daraus zu machen. Julith kam mit ihren Eltern vorbei, trat aus der Reihe und knickste vor ihm.

»Guter Herr«, sagte sie, »werde ich dich wiedersehen?«

»Ja«, log er, »ich werde manchmal nach dir schauen.«

»Oh, bitte, tu's. In einigen Jahren vielleicht, wenn du kannst.« Ihr kleines Gesicht war ernst.

Es brauchte viele Generationen, um dieses Volk auf unseren Standard zu bringen, in einigen Jahren, für mich, wird sie unter der Erde liegen.

»Ich bin sicher, daß du sehr glücklich werden wirst.«

Sie schluckte. »Ja«, sagte sie so leise, daß er sie kaum noch hören konnte. »Ja, ich weiß, ich werde glücklich sein.«

Sie wandte sich um und rannte zu ihrer Mutter zurück. Regentropfen glitzerten in ihrem Haar. Zarek trat hinter Jorun.

»Ich machte in den letzten Minuten einen großen Rundflug über das gesamte Gebiet – es ist menschenleer. Die Evakuierungsbefehle sind befolgt worden, außer von deinem alten Mann.«

»Gut«, sagte Jorun tonlos.

»Ich wünschte, du könntest etwas für ihn tun.«

»Ich auch.«

Ein junger Mann und seine Frau traten Hand in Hand in den Regen hinaus. Ein Raumfahrer rief zu ihnen hinüber: »Geht besser zurück, ihr werdet naß werden.«

»Das ist es gerade, was wir wollen«, sagte der Mann und ging zurück. Der Schwanz der Prozession erreichte Jorun und verschwand schnell im Schiff. Der Regen fiel stärker, von Joruns Schild abprallend wie silberne Speere. Im Westen zuckten Blitze.

Kormt kam langsam auf ihn zu. Sein Bart und seine Kleidung waren regennaß. Seine Schuhe platschten im Schlamm. Jorun erweiterte seinen Schutzschild, um ihn zu bedecken.

»Ich hoffe, du hast deinen Sinn geändert«, sagte der Fulkhisianer.

»Nein, ich habe nicht. Ich blieb nur weg, bis alles an Bord war. Ich hasse Abschiede.«

»Du weißt nicht, was du tust«, sagte Jorun wohl zum tausendstenmal. »Es ist einfach Irrsinn, allein hierzubleiben.«

»Ich sagte dir schon, daß ich Abschiede nicht mag.«

»Ich muß den Kapitän benachrichtigen, dir bleibt noch eine halbe Stunde, bevor das Schiff aufsteigt. Niemand wird über dich lachen, wenn du deinen Entschluß änderst.«

»Ich will nicht«, lachte Kormt ohne Wärme. »Ihr seid die Zukunft. Warum könnt ihr die Vergangenheit nicht in Ruhe lassen – ich bin die Vergangenheit.« Er blickte durch den Regen in die Richtung der Hügel.

»Ich bin hier verwurzelt, das müßte euch genügen, Galaktiker!«

Jorun streckte die Hand in der veralteten Geste der Erde aus.

»Auf Wiedersehen!«

»Auf Wiedersehen.« Kormt drückte Joruns Hand kurz und gleichgültig. Dann wandte er sich um und ging davon, dem Dorf zu. Jorun sah ihm nach, bis er um eine Biegung verschwand. Er verweilte noch in der Luftschleuse, über die rauchlosen Kamine schauend, über die graue Landschaft. Lebe wohl, Mutter Erde, dachte er ernst, und dann – erstaunt über sich selbst – vielleicht tut Kormt das Richtige, nach all diesem. Er betrat das Schiff, und die Schleuse schloß sich hinter ihm.

Gegen Abend hoben sich die Wolken, und der Himmel zeigte ein klares Blau, Gras und Blätter glitzerten. Kormt kam aus dem Haus, um den Sonnenuntergang zu beobachten. Es war schön, flammendes Gold im Westen. Schade, daß Julith ihn nicht sehen konnte. Sie hatte die Sonnenuntergänge geliebt.

Aber wenn sie ihn jetzt rief, und der Ruf eilte mit Lichtgeschwindigkeit zu ihm, erreichte er ihn erst, wenn er längst tot war.

Nichts würde zu ihm kommen, niemals wieder.

Er stopfte die Pfeife und zündete sie an; die Hände in den Taschen, schlenderte er die Straße hinunter. So, alter Knabe, dachte er, jetzt hast du eine ganze Welt für dich. Du kannst mit ihr machen, was du willst. Du bist der reichste Mann, den es jemals gab. Speisen und Vorräte gab es genug, aber er wünschte sich, beschäftigt zu sein. Er konnte seine Farm weiterführen, eine andere vielleicht dazu. Er erreichte das Ende der Straße, folgte dem Kiesweg den Hügel aufwärts. Dämmerung kroch über die Felder, die See war ein metallener Streifen, und die ersten Sterne blinkten auf. Wind erhob sich und rauschte in den Bäumen.

Aber wie still waren alle Dinge.

Auf dem Gipfel des Hügels stand die Kapelle. Er öffnete eine Pforte und ging um das Gebäude herum zu dem kleinen Friedhof. Hinter einigen Steinen der Gemeinde wucherte Unkraut, sein Fuß streifte an einem Kranz, den heute früh jemand hierher gelegt hatte. Er fand sein Familiengrab, stemmte die Fäuste in die Hüften und sah hinunter auf die Gravur.

Gerlaug Kormts Sohn, Tarna Huwans Tochter. Hundert Jahre lagen sie jetzt in der Erde. Vater und Mutter. Seine Finger stahlen sich über den Stein des Grabes seiner Frau und wischten darüber hinweg. Er konnte es manchmal nicht fassen, daß der große Gerlaug und der schüchterne Huwan gestorben waren. Er, Kormt, hatte zu viele Menschen überlebt. Ich mußte bleiben, dachte er, jeder hat für das Land zu sorgen, wenn auch nur für eine kleine Weile. Ich werde noch zehn Jahre aushalten, ehe die Wälder vordringen. Die Dunkelheit wuchs um ihn herum, er fuhr hoch, als er fern einen Kinderschrei zu hören glaubte – nein, nur ein Vogel.

Er verfluchte sich selbst für das heftige Pochen seines Herzens. Ein düsterer Ort hier, es war besser, ins Haus zurückzukehren. Die Sterne strahlten in einer unerbittlichen Helle, er sah kurz zu ihnen hinauf und dachte, daß er sie noch niemals so hell gesehen hatte. Zu hell, er liebte das nicht.

Geht weg, Sterne, dachte er. Ihr nahmt mein Volk, aber ich bleibe hier. Dies ist mein Land. Er bückte sich, um es zu berühren. Aber das Gras war naß und kalt. Der Wind murmelte unter den Hecken, seine Schritte knirschten im Kies, kein anderer Laut. Keine Stimme rief, keine Maschine drehte sich, kein Hund bellte. Nein – er hatte nicht gedacht, daß es so still sein würde. Und – dunkel. Keine Lichter. Die Straßenbeleuchtung selbst zu bedienen, nur, um die Stadt zu sehen, das war kein Spaß. Er sah nichts außer den Sternen. Er hätte an eine Lampe denken können, aber er war alt, und keiner erinnerte ihn mehr. Wenn er starb, gab es niemanden, der seine Hände hielt und ihm die Augen schloß, ihn in die Erde senkte. Die Wälder würden über das Land wachsen, und die Wölfe würden an seinen Knochen nagen.

Aber ich wußte es vorher. Was bedeutet es schon, ich bin alt genug, um mich mit diesem Wissen abzufinden. Die Sterne waren über ihm. Während er gegen seinen Willen hinaufschaute, sah er, wie hell sie waren, hell und still. Und wie weit entfernt! Er sah Licht, das seine Quelle verlassen hatte, bevor er geboren worden war. Er blieb stehen, den Atem zwischen den Lippen einsaugend.

»Nein«, flüsterte er. Dies war sein Land, und er gehörte zu ihm. Es war fest, nicht nur ein Staubkorn, das durch eine Unendlichkeit von Kälte und Dunkel wirbelte. Die Erde konnte nicht so verlassen sein!

Der letzte Mensch, der letzte Mensch auf der gesamten Erde.

Er schrie auf und begann zu rennen. Seine Füße klapperten laut auf der Straße, aber die Stille verschluckte auch dieses Geräusch. Er bedeckte sein Gesicht gegen die unbarmherzige Lohe der Sterne und stöhnte wie ein verwundetes Tier.

Aber es gab keinen Platz, an den er sich flüchten konnte, überhaupt keinen . . .

Es gibt keine Rückkehr zur Erde. Sie ist mit der Kindheit unserer Rasse verschwunden. Aber wie ein Dichter einmal gesagt hat: »Ganz gleich, wie weit wir hinausziehen, das Salz und den Rhythmus ihrer Gezeiten haben wir für immer in unserem Blut.« Ein Kapitel ist zu Ende. Die Sage der Menschheit geht weiter.

Quellenangaben und Übersetzervermerke

»Gypsy« erschien zuerst in Astounding, Copyright © 1950 by Street & Smith, Inc. Übersetzung Copyright © 1965 by Arthur Moewig Verlag, München/Raststatt. Übersetzt von Horst Mayer.

»Star Ship« erschien zuerst in *Planet Stories,* Copyright © 1950 by Love Romances Publishing Co. Inc. Übersetzung Copyright © 1988 by Verlag Ullstein GmbH, Frankfurt am Main/Berlin. Übersetzt von Peter Robert.

»Virgin Planet« erschien zuerst in *Venture,* Copyright © 1957 by Mercury Press, Inc. Übersetzung (unter dem Titel »Planet der Frauen«) Copyright © 1971 by Wilhelm Heyne Verlag, München. Übersetzt von Wulf H. Bergner.

»Teucan« erschien zuerst in *Cosmos Science Fiction and Fantasy,* Copyright © 1954 by Star Publications, Inc. Übersetzung Copyright © 1988 by Verlag Ullstein GmbH, Frankfurt am Main/Berlin. Übersetzt von Peter Robert.

»The Pirate« erschien zuerst in *Analog,* Copyright © 1968 by The Condé Nast Corporation. Inc. Übersetzung Copyright © 1988 by Verlag Ullstein GmbH, Frankfurt am Main/Berlin. Übersetzt von Peter Robert.

»The Chapter Ends« erschien zuerst in *Dynamic Science Fiction.* Copyright © 1953 by Columbia Publications. Inc. Übersetzung Copyright © 1962 by Arthur Moewig Verlag, München/Rastatt. Übersetzt von Hans Kneifel.